W0179369

Das Buch

Ein spritziger und wunderschöner Liebesroman, der an einem Ort spielt, der nicht moderner sein könnte: dem Internet!

Wenn LadyChatterley und MrNiceGuy sich in den Chatroom einloggen, wahren beide ihre Anonymität. Online können sie der Realität entfliehen und sie selbst sein. Eine tiefe Freundschaft entsteht zwischen den beiden, obwohl sie sich in der Realität nicht kennen.

Im realen Leben ist LadyChatterley Charlotte, eine unscheinbare Leseratte, die in einer Buchhandlung in München arbeitet und für ihr großes Idol, den Schauspieler Jonas schwärmt. Durch einen Zufall kommt sie zu der Ehre, ihren Schwarm persönlich kennenlernen zu dürfen und stellt fest, dass er bodenständig und wirklich der Mann ihrer Träume ist.

Kann die Liebe zwischen dem schüchternen Bücherwurm und dem begehrten Schauspielstar wirklich entflammen? Doch wer ist eigentlich MrNiceGuy, und welche Rolle spielt er im Film ihres Lebens?

Die Autorin

Barbara Leciejewski wollte schon als Kind Schriftstellerin werden, strebte jedoch zunächst einen „richtigen" Beruf an und zog fürs Studium der Germanistik und Theaterwissenschaft nach München. Nach verschiedenen Jobs am Theater und einer Magisterarbeit über Kriminalromane arbeitete Barbara Leciejewski als Synchroncutterin. Die Liebe zum Schreiben ließ sie allerdings nie los. Inzwischen hat sie sieben Romane veröffentlicht und ist glücklich in ihrem Traumberuf.

Liebe auf den ersten Chat

Ein Roman von Barbara Leciejewski

Mehr zum Autor finden Sie auf
www.facebook.com/leciejewski.barbara/ und
www.feuerwerkeverlag.de/barbara-leciejewski/

Abonnieren Sie auch unseren Verlags- und Autoren-Newsletter und
erfahren Sie so als Erster von unseren **Neuerscheinungen,
Autorennews** und exklusiven **Buch-Gewinnspielen**:
www.feuerwerkeverlag.de/newsletter

Überarbeitete Neuauflage November 2020
© FeuerWerke Verlag, alle Rechte vorbehalten
Maracuja GmbH, Laerheider Weg 13, 47669 Wachtendonk
Herstellung: Books on Demand GmbH, Printed in Europe
Umschlaggestaltung: Catrin Sommer, rausch-gold.com
Bildmaterial: Adobestock: 113027204
Shutterstock: 501488272, 153626633, 1455337403
© Originalausgabe 2016 in der Verlagsgruppe Droemer Knaur GmbH
& Co. KG, München, Lektorat: Stefanie Röder

ISBN: 978-3-945362-98-3

Kapitelübersicht

1. Roter Teppich

CHARLOTTE war gar nicht so übel, wie sie selbst dachte. Ein bisschen farblos zwar, was an ihrem mausbraunen Haar und ihrer blassen Haut lag, aber eigentlich ganz hübsch. Sie schminkte und kleidete sich dezent, wenig Kajal, gedeckte Farben. „Beige steht dir gut", hatte ihre Großmutter immer gesagt. Das fand Charlotte zwar nicht, wegen ihrer blassen Haut, aber dennoch bevorzugte sie Farben, die nicht weiter auffielen: Dunkelblau, mattes Grün, Braun, Schwarz zu festlichen Anlässen. Ihre wilden Naturlocken bändigte sie ohne großen Aufwand mit simplen Haargummis, und sie ging immer ein klein wenig geduckt, weil sie sich mit 1,80 m zu groß fühlte.

„Models sind alle so groß." Damit hatte ihre Mutter sie früher ermuntern wollen, die Schultern zurückzunehmen und den Rücken durchzustrecken.

„Ja, Mama, Models! Models und Basketballspieler und Trolle."

Charlotte fand, sie war von einem Model ungefähr so weit entfernt wie von einem Troll, und fuhr vorsichtshalber lieber fort, sich zu ducken. Groß sein war ihr unangenehm. Es war ihr lieb, wenn sie in einer Menge verschwand, das war ganz in Ordnung für sie. Sie wollte nicht herausragen, in keiner Weise.

Jetzt verschwand sie wieder in der Menge. In dem Pulk von Menschen, die vor dem Bayrischen Hof darauf warteten, einem ihrer Stars zu begegnen und ein Autogramm oder besser noch ein Selfie mit dem erwählten Liebling zu ergattern. Die Aussicht darauf war gering, denn vorn tummelten sich die Fotografen und verhinderten, dass man nahe genug herankam, und außerdem fand der Deutsche Filmball mitten im Winter statt. Es war zu erwarten, dass die Stars in ihren schicken Outfits den Gang über den roten Teppich so schnell wie möglich hinter sich bringen wollten. Zeit für ein Pressefoto? Ja, gern. Zeit für ein Selfie mit Fans? Ein andermal vielleicht.

„Habt ihr ihn schon entdeckt?", fragte Juliane, eine der Frauen, mit denen Charlotte hier war. Juliane war klein und korpulent und konnte nicht sehen, was da vorne los war, selbst wenn sie sich, von einem auf den anderen Fuß wippend, auf die Zehenspitzen stellte und ihren gedrungenen Körper dabei so weit streckte, wie es ihre Gelenke gerade noch zuließen, ohne zu zerreißen.

„Charlotte, kannst du was sehen?", quengelte sie frustriert und zog sie am Ärmel.

„Wenig", sagte Charlotte. „Ich glaube, da ist gerade Uschi Glas angekommen."

„Uschi Glas interessiert mich nicht", motzte Juliane. Sie machte Anstalten, sich weiter nach vorne zu drängen, aber das wäre selbst für eine wesentlich dünnere Person schwierig geworden. Für eine Frau mit Julianes Verdrängung war es unmöglich.

„Der ist bestimmt schon drin", vermutete Iris, die sich fröstelnd bei ihrer Zwillingsschwester Jutta untergehakt hatte. „Ich glaube auch", meinte diese. „Wir sollten irgendwo in ein Café gehen. Ich brauche was Warmes zu trinken."

„Wir warten noch eine viertel Stunde, dann gehen wir", entschied Brigitte und sah auf die Uhr. Sie war die Gründerin des Fanklubs, hatte die Webseite gestaltet, betreute die Facebook-Seite, und weil sie die Hauptorganisatorin war, war sie damit auch so etwas wie die Chefin.

Der Fanklub! Charlotte war da reingerutscht, ohne es wirklich zu merken oder zu wollen. Sie war eine begeisterte Cineastin und hatte schon immer ihre Zeit lieber bei einem guten Film oder einer guten Sendung vor dem Fernseher verbracht als in einer Diskothek oder bei ähnlichen Vergnügungen.

So hatte sie damals auch die Serie mit dem sinnigen Titel *Feierabend* entdeckt, in deren Zentrum ein Beerdigungsunternehmen und seine drei Betreiber standen. Vom Zuschauer wurde dabei eine gute Portion skurrilen Humors verlangt, doch dafür wurde er mit tief berührenden Momenten, ergreifenden Geschichten und höchster Schauspielkunst belohnt. Alles in allem eine Sternstunde deutscher Fernsehunterhaltung, und Charlotte waren ihre *Feierabend*-Abende heilig. Es war ihre unangefochtene Lieblingsserie.

Der jüngste der drei Hauptdarsteller und der heimliche Star der Serie war Jonas Förster gewesen. Er spielte Ferdinand, einen jungen, gut aussehenden Mann mit schulterlangen blonden Haaren, dunkelgrau-blauen Augen, die immer ein wenig verträumt aussahen, und genau dem sympathisch-frechen Charme, dem neunzig Prozent aller Frauen unweigerlich verfielen. Charlotte zählte sich zwar zu den restlichen zehn Prozent, aber dennoch war Ferdinand auch ihr erklärter Favorit gewesen.

Nach vier erfolgreichen Staffeln wurde die Serie zum Bedauern einer riesigen Fangemeinde schließlich abgesetzt.

Zu der Zeit war Charlotte gerade mit Tom zusammen gewesen, warum, wusste eigentlich keiner von beiden so recht. Doch auch diese Beziehung war nach wenigen Staffeln beendet. So kam es, dass sie an ein und demselben Abend zwei Verluste zu verkraften hatte. Gerade noch war die letzte Szene der letzten Folge von *Feierabend* über den Bildschirm geflimmert, hatte sie Abschied genommen von den vertrauten Charakteren und zu den Klängen der wunderschön traurigen Abspannmusik ein paar Tränen verdrückt, als ihr Freund das Wohnzimmer betrat und sich neben sie setzte. Wie einfühlsam von ihm, hatte sie noch gedacht, als er ihre Hand nahm und sie bedauernd ansah.

„Charlotte, ich muss dir etwas sagen."

Ich-muss-dir-etwas-sagen-Sätze endeten nie gut, und in diesem Fall endete er mit, nun ja, dem Ende. Tom hatte eine andere, und mit Charlotte war … Feierabend.

Aber das war nicht weiter schlimm. Tom und sie blieben Freunde oder gute Bekannte zumindest. Das war ohnehin die angemessenere Form von Beziehung zwischen ihnen beiden. Die große Liebe war es für keinen gewesen. Charlotte kam über diesen Verlust problemlos hinweg. Der Verlust der Serie war schwerer zu verdauen. Zu wissen, dass sie in Zukunft ihre Donnerstagabende ohne die vertrauten Gesichter würde verbringen müssen, ohne Ferdinand vor allem, zog sie herunter wie ein Mühlstein um den Hals. Sie fand sich selbst albern und dumm, aber sie konnte es nicht ändern. Sie trauerte.

Ihre Familie und Freunde dachten natürlich, der Grund für ihre Niedergeschlagenheit sei die Trennung. Wie hätte sie ihnen sagen können: „Ach das, Unsinn! Es ist doch okay, dass Tom und ich nicht mehr zusammen sind. Das war doch schon lange überfällig. Nein, ich bin todtraurig, dass diese Fernsehserie zu Ende ist." Unmöglich, darüber zu reden.

Und dann entdeckte Charlotte auf ihrer verzweifelten Suche nach Zerstreuung das Internet und all seine Möglichkeiten. Als sie die Suchbegriffe „Jonas Förster" und „Feierabend" eingab, erhielt sie tausende von Ergebnissen. Und ganz oben befand sich ein Link zu einer Webseite: dem Jonas-Förster-Fanklub. In dem dort angegliederten Forum tummelten sich unzählige Frauen aller Altersklassen, die hemmungslos darüber jammerten, dass sie ihren angehimmelten Star nun erst einmal nicht mehr regelmäßig zu sehen bekämen und wie schrecklich dieses Schicksal sei. Aber nicht nur das. Es wimmelte nur so von Insider-Informationen über Jonas Försters neue Projekte. Alles, was man jemals wissen wollte, bis auf die allerprivatesten Dinge, war auf der Webseite und im Forum nachzulesen.

Natürlich gab es auch Hunderte von Fotos sowie ausführliche Diskussionen und Gerüchte, warum die Serie beendet worden war. Es hieß, dass es hauptsächlich dem riesigen Karrieresprung des Schauspielers zum gefragten Filmstar zu verdanken war, wodurch er immer weniger Zeit hatte. Man fand dies zwar sehr schade, aber gönnte ihm natürlich den Erfolg von Herzen, und immerhin könne man ihn dann in umso mehr Filmen bewundern.

Einen ganzen Tag lang arbeitete sich Charlotte durch Interviews und Videoclips und las alles nach, was es an Wissenswertem über den Schauspieler und seine Arbeit zu erfahren gab. Zuletzt fasste sie sich ein Herz und meldete sich im Forum an. Schüchtern stellte sie sich vor und outete sich als Trauernde, unter Gleichgesinnten durfte man das. Sie wurde herzlich begrüßt, und als man erfuhr, dass sie in München lebte, lud man sie sofort zu den wöchentlichen Klubtreffen ein, da einige Mitglieder, sowie die Gründerin des Klubs und Inhaberin der Webseite, ebenfalls aus München stammten. „Und Jonas Förster ja schließlich auch", freute man sich gemeinsam. Allein diese Tatsache verlieh den Münchner Mitgliedern einen besonderen Status. In der gleichen Stadt zu leben wie der Star, die gleiche Luft zu atmen, den gleichen Boden zu betreten und vor allem die Möglichkeit, ihm zufällig mal auf der Straße zu begegnen, das war einfach überirdisch.

Charlotte kam die Schwärmerei der anderen zwar reichlich pubertär vor, doch sie freute sich trotzdem darüber, in ihren Kreis aufgenommen worden zu sein. Sie traf sich beinah jede Woche mit ihnen, postete im Forum, ging zu Jonas-Förster-Filmpremieren und stand zusammen mit den anderen an roten Teppichen, bei denen annähernd sicher war, dass Jonas Förster sie überqueren würde. Es wurde zu einem Teil ihres Lebens.

„Die Viertelstunde ist um", verkündete Jutta fröstelnd. Brigitte prüfte ihre Uhr, verrenkte sich zur Sicherheit noch einmal den Hals und sagte: „Okay, lasst uns gehen!"

Sich den Weg nach hinten zu bahnen, war wesentlich leichter als nach vorne. Man ließ sie gern durch und rückte zu den frei werdenden Plätzen auf.

Charlotte drehte sich ein letztes Mal um, blickte über die Köpfe hinweg, erwischte eine Lücke in der Menge und schnappte nach Luft. Da war er. Die langen Haare zu einem Pferdeschwanz nach hinten gebunden, aus dem eine widerwillige Strähne heraushing, am Arm ein junges Mädchen mit langen braunen Haaren, seine kleine Schwester, wie Charlotte wusste.

Jonas Förster betrat den roten Teppich.

Die Lücke in der Menge schloss sich, und es war nichts mehr zu sehen. Charlotte lächelte und sagte nichts zu den anderen.

Er hasste es. Jedes Mal. Er fühlte sich so unwohl, dass er am liebsten über den roten Teppich gerannt wäre, aber das ging nicht. Er musste ganz langsam gehen, immer wieder haltmachen und das Blitzlichtgewitter und die gebrüllten Kommandos der Fotografen über sich ergehen lassen.

„Hier rüber, Jonas!", „Kopf höher!", „Bitte mal, Arm in Arm!", „Hierher schauen, bitte!" …

Das Wort „bitte" war schon ein Fortschritt, damit hielten sich die meisten gar nicht erst auf. Man nannte ihn Jonas und duzte ihn, als hätte man schon wer weiß wie viele Male gemeinsam besoffen unterm

Tisch gelegen. Und er musste lächeln, als wäre das alles ganz okay. Gehörte schließlich dazu. Das war sein Job und der Preis des Ruhms.

Er schluckte sein Unbehagen hinunter, spielte seine Rolle und lächelte tapfer. Minni konnte das besser. Seine Schwester Jasmin, die er manchmal für derlei Gelegenheiten mobilisierte. Sie war gerade mal zweiundzwanzig und so herrlich unbefangen und gut gelaunt, dass es mühelos auf ihn abfärbte und ihn lockerer erscheinen ließ, als er sich bei solchen Anlässen fühlte. Minni war die Geheimwaffe, die er einsetzte, wenn seine eifrige Managerin ihm für den Gang über den roten Teppich wieder einmal irgendeine Schauspielkollegin an die Seite stellen wollte, um gezielt Spekulationen in der Presse anzuheizen, die sich natürlich jedes Mal in Rauch auflösten.

Mit Minni fühlte sich Jonas wohl. Sie war Familie, sie kannte ihn besser als jeder andere Mensch auf der Welt. Sie hatte Spaß an diesem Zirkus, und manchmal übertrug sich dieser Spaß sogar auf ihn.

Sie winkte in die Kameras, legte ihm den Arm um den Hals und drückte ihm einen schwesterlichen, feuchten Kuss auf die Wange. Die Fotografen lachten, als er sich mit dem Handrücken darüber fuhr und ein gequältes Gesicht machte. Minni nutzte die Gelegenheit, ihn ein paar Meter weiterzuziehen. Gleich hatten sie den Eingang erreicht und dann war es vorbei. Sie war einfach genial.

Jonas atmete auf, als sie drinnen waren. Minni grinste. „War doch gar nicht so schlimm", meinte sie und blitzte ihn provokant an. Ihre Augen hatten die gleiche seltsam dunkle, undefinierbare Farbe irgendwo zwischen blau und grau wie seine, nur dass in ihren noch der unbekümmerte Glanz lag, der seinen schon seit einer Weile verloren gegangen war.

„Wärst du eben nicht Schauspieler geworden", sagte sie schulterzuckend. Er brummte.

„Fernsehstar!", fuhr sie fort. Er warf ihr einen mahnenden Blick zu.

„Filmstar!"

„Halt jetzt die Klappe, okay", raunte er ihr zu.

Sie streckte sich, sodass sie näher an sein Ohr kam und raunte zurück: „Sex-sym-booool!"

Er packte sie unsanft um den Hals und gab ihr eine Kopfnuss, wogegen sie sich lachend mit einem Hieb gegen seine Rippen wehrte.

Sie hatte ihr Ziel erreicht, Jonas lachte und entspannte sich dabei. In diesem Bereich waren keine Kameras, keine Presse, und dass sie die Blicke seiner Kollegen auf sich zogen, war ihm egal.

„Komm, wir saufen!", sagte Minni und zog ihn an der Hand hinter sich her. „Essen, saufen, tanzen, Spaß haben, okay?"

„Ich muss ein paar Leute treffen", bemerkte Jonas verdrießlich.

„Jens Plapperer?", fragte Minni hoffnungsvoll.

„Nein, den nicht", erwiderte Jonas, „aber wenn ich ihn sehe, stelle ich ihn dir vor."

„Yay!", freute sich Minni. Die Tatsache, dass ihr eigener Bruder ein Star war, und das Wissen darum, wie sehr es ihm auf die Nerven ging, ständig als solcher behandelt zu werden, hinderte sie nicht daran, selbst ins Schwärmen zu geraten, wenn es um bestimmte Prominente ging.

Jonas lächelte über ihre kindliche Begeisterung und war froh darüber, sie dabeizuhaben. Er war elf Jahre älter als sie, aber trotz dieses großen Altersunterschiedes hatten sie sich immer blendend verstanden. Sie war der Mensch, der ihn geerdet hatte. Damals schon, als der ganze Rummel um seine Person losging, etwa sechs Jahre zuvor, als seine Karriere plötzlich explodierte. Als ihn plötzlich alle haben wollten und er sich vor Angeboten kaum retten konnte. Als er mit einem Mal körbeweise Fanpost bekam und seine Hand weh tat von den vielen Autogrammen, die er zu schreiben hatte. Er wurde auf der Straße erkannt, zu Talkshows eingeladen, erhielt Interviewanfragen ohne Ende. Seine Agentur, die selbst genug damit zu tun hatte, alle Anfragen zu sondieren und dabei die Rosinen herauszupicken, riet ihm zu einem Manager, damit er das alles bewältigen konnte und professionellen Rat erhielt, wie er damit umgehen sollte, was er annehmen sollte und was nicht.

In seinem Kopf hatte sich alles gedreht, es kam zu plötzlich, ging zu schnell. Und dann brachte Minni das Karussell seiner Gedanken zum Stehen. Sie kam zu seiner Wohnung mit verheulten Augen, weil David Linkstädter, ein Junge aus ihrer Schule und eine Jahrgangsstufe über ihr, sie nicht haben wollte. Ihre große Liebe, David Linkstädter. Der Junge, von dem sie ihren ersten Kuss erhalten hatte, der ihr süße

Komplimente gemacht und ihr schöne Blicke zugeworfen hatte. Blicke, die für eine naive, romantische Sechzehnjährige das Versprechen wahrer Liebe und ewiger Treue enthielten. Und nun hatte er eine andere, mit der er Arm in Arm, vor Minnis Augen, über den Schulhof trottete. Die Welt war untergegangen.

Jonas schob die Kartons mit Fanpost beiseite, ignorierte die wiederholten Anrufe seiner neuen Managerin und widmete sich ganz dem Kummer seiner Schwester. Am Abend bestellten sie Pizza und sahen sich gemeinsam *Sense and Sensibility* an. In der herzzerreißenden Szene, in der Marianne im Regen auf dem Hügel stand, von dem aus man das Haus ihres treulosen Geliebten Willoughby sehen konnte, und sie sehnsüchtig seinen Namen rief, schluchzte Minni hemmungslos mit.

„Marianne hat am Ende doch einen viel Besseren gekriegt", tröstete Jonas Minni, die sich schniefend an ihn klammerte. „Und du kriegst auch einen Besseren."

Am nächsten Tag rief er in der Schule an, entschuldigte seine Schwester und fuhr stattdessen mit ihr in die Berge. Dort oben auf der Hütte in der Frühlingssonne vergaß Minni ihren Linkstädter, und Jonas vergaß alles andere. Der Hüttenwirt kannte ihn nicht, und weil sie die einzigen Gäste waren, gab es keine versteckten oder offenen Blicke.

Es war nicht das letzte Mal gewesen, dass Minni und ihre Belange Jonas wieder auf die Erde zurückgeholt hatten. Der erste richtige Freund, Ärger mit den Eltern, Schulstress, Unsicherheit bei der Studienwahl, das alles waren Dinge gewesen, bei denen Jonas' Rat und seine Schulter zum Anlehnen gefragt waren. Und Minni wurde nie abgewiesen. Für sie hatte er immer Zeit, sie kam nach wie vor an erster Stelle.

„Na, hast du den Spießrutenlauf überlebt?" Eine Hand legte sich kameradschaftlich auf seine Schulter. Jonas drehte sich um und sah in das amüsierte Gesicht von Torben Mantrow, seinem Regisseur von *Feierabend*. Dieser hatte ihn damals am Theater entdeckt und vom Fleck weg als einen seiner Hauptdarsteller für die Serie engagiert. Somit war er gewissermaßen mitverantwortlich für alles, was in der Folge mit Jonas geschehen war.

„Ich hatte Unterstützung", sagte Jonas und deutete auf Minni.

„Oh, hallo Jasmin", sagte Torben und umarmte das Mädchen, das er fast genauso lange kannte wie ihren Bruder. „Meine Güte, du wirst ja immer hübscher. Ist das eigentlich erlaubt?"

Minni lachte verlegen. Sie mochte und bewunderte Torben mit seiner jahrzehntelangen Erfahrung, seiner Ruhe und Souveränität und der Gabe, sich und das, was er tat, nicht allzu ernst zu nehmen.

Sie standen noch eine Weile zusammen und unterhielten sich. Immer mehr Bekannte kamen vorbei, grüßten kurz mit Handschlag oder Umarmung, je nachdem, und wechselten ein paar Worte. Man versprach sich gegenseitig, sich später mehr Zeit füreinander zu nehmen und ging weiter zum nächsten Bekannten, dem man das Gleiche versprach.

Bald hatten Jonas und Minni ein Glas Champagner in der Hand und schlenderten durch die Horden von Prominenten, wichtigen Leuten und solchen, die das alles gern gewesen wären. Als sie auf Jens Plapperer trafen, schmolz Minni dahin. Allerdings hatte der Star-Schauspieler eine neue junge Eroberung dabei, eine Blondine, an der weder die Lippen noch die Brüste echt waren. Als Jens Plapperer Minni vorgestellt wurde, hätte es nicht eindeutiger sein können, dass er die Silikonlast an seinem Arm am liebsten losgeworden wäre, um sich der hübschen Schwester seines Kollegen zu widmen. Jonas zog Minni rasch weiter.

„Der ist aber auch älter geworden, oder?", flüsterte Minni Jonas zu, der grinsend nickte. „Ich meine, er sieht immer noch toll aus und alles, aber … na ja, eben älter."

Sie fanden ihren Platz im Saal und später, als Minni sich angeregt mit zwei Bekannten von Jonas unterhielt, nutzte dieser die Gelegenheit für die Gespräche, die ihm von Roswitha, seiner Managerin, aufgetragen worden waren.

Es ging um neue Projekte, von denen sie hatte läuten hören, Filmrechte, die erworben worden waren, angeblich, und die eine oder andere Rolle, die vielversprechend und noch nicht besetzt war. Jonas hasste diese Art der Kontaktpflege, aber Roswitha hatte ihm seit ihrer ersten Begegnung eingeschärft, dass das nun einmal sein müsse.

„Oben ist man ganz schnell, besonders wenn man deine Kombi hat: gutes Aussehen und großes Talent. Aber die Tauben fliegen einem nicht in den Mund, weißt du. Das alles nützt einem gar nichts, wenn man nicht zeigt, dass man auch Biss hat. Engagement. Initiative. Den Willen, dranzubleiben. Man muss sich zeigen, nicht zu oft, denn dann hat man dich schnell satt oder denkt, du hättest es nötig, aber oft genug. Und vor allem bei den richtigen Gelegenheiten. Und man muss sich an die richtigen Leute halten. Das wirst du alles ganz schnell lernen, keine Angst."

Und er hatte es gelernt. Genauso wie er gelernt hatte, dass er unbedingt bei seinem Markenzeichen, den langen Haaren, bleiben musste und allenfalls kleine Affären, aber keine feste Freundin haben durfte. Nicht offiziell jedenfalls.

„Das mit der Schauspielkunst ist ja alles schön und gut, aber man muss schon auch Emotionen wecken, weißt du", hatte Roswitha geschulmeistert. „Dein Trumpf sind nun einmal deine weiblichen Fans. Und die muss man bei der Stange halten. Sie müssen weiter von dir träumen können. Sie müssen sich vorstellen können, dass *sie* diejenige wären, die du erwählen würdest, wenn du ihnen je begegnen würdest. Wenn dieser Platz schon besetzt ist, funktioniert das nicht mehr."

„Ich kriege aber auch Post von Männern", hatte Jonas betont harmlos eingeworfen. Roswitha hatte nur einen unwirschen Laut von sich gegeben und gemurmelt: „Na gut, den paar Schwulen sei es eben auch gegönnt zu träumen." Dann jedoch war sie erstarrt, hatte ihm diesen entsetzten Blick zugeworfen und gefragt: „Du … du bist doch nicht schwul, oder?" Jonas, dem ab und zu ein kleiner Teufel auf der Schulter saß, hatte eine Sekunde lang überlegt, ob er ihr vielleicht sagen sollte, er wisse es noch nicht genau, eventuell sei er bi, doch dann hatte er sich zu ihrer großen Erleichterung dazu bekannt, sich ausschließlich von Frauen angezogen zu fühlen.

„Gott sei Dank! Es ist einfach unglaublich anstrengend, wenn man seine ganze Arbeit bei einem Klienten darauf verwenden muss, seine Homosexualität zu verbergen. Was man da alles anstellen muss, ich kann dir sagen …"

Und dann hatte sie ihm abschreckende Geschichten erzählt, in denen es immer darum ging, mit wie viel Aufwand sie sich darum gekümmert hatte, das Image dieses oder jenes Frauenschwarms nicht dadurch zu versauen, dass bekannt wurde, dass der Typ in Wirklichkeit auf Männer stand. Image war nämlich alles.

Jonas mochte Roswitha nicht besonders. In seinen Augen war sie eine kalte, berechnende Frau, die mit Menschen jonglierte, deren Gefühle ihr ziemlich gleichgültig waren. Sie war großartig in ihrem Job, war immer bestens informiert, hatte tausend Kontakte und so viele Fäden in der Hand, wie man es sich von einer Managerin nur wünschen konnte, aber ihre menschlichen Qualitäten musste man mit der Lupe suchen.

Jonas entdeckte Fritz Ganzendorfer, einen Produzenten, von dem Roswitha wusste, dass er ein ganz großes Filmprojekt in Planung hatte. Natürlich war das alles noch streng geheim, aber in den innersten Insiderkreisen wurde gemunkelt, dass die Bekanntgabe einer Sensation gleichkommen würde. Eine internationale Produktion, die unzweifelhaft weltweite Aufmerksamkeit erregen würde. Bei einem großartigen Drehbuch und entsprechender Besetzung Oscar-Material.

„Stell dir vor, du wärst in einer Oscar-Produktion dabei. Du könntest international Karriere machen. Schau dir Christoph Waltz an", hatte Roswitha ihm eingeschärft. „Sieh zu, dass du beim Filmball mit Ganzendorfer ins Gespräch kommst."

Jonas strich sich die Strähne, die ihm immer wieder in die Augen fiel, aus dem Gesicht und machte zwei entschlossene Schritte auf den wichtigen Produzenten zu, als ihm jemand in den Weg trat.

„Hallo Jonas, sieht man dich auch mal wieder?"

Die Stimmung unter den Mitgliedern des Fanklubs war nicht gerade die beste. Sie saßen in ihrer Stammkneipe in der Georgenstraße und schauten trüb in ihre Tassen. Glühwein und heiße Schokolade trösteten wenig. Sie hatten sich mehr erhofft, immerhin gab es nicht allzu viele Gelegenheiten, Jonas Förster leibhaftig zu begegnen, auch wenn er in München lebte. München war groß, und außerdem war er für Dreharbeiten oft weg. Und natürlich wussten sie auch nicht, wo genau er wohnte. Irgendwo in Neuhausen, hieß es. Nein Haidhausen. Oder doch Bogenhausen? Irgendein Hausen, aber man wollte ja seine Privatsphäre respektieren. Offiziell. Und überhaupt. Brigitte achtete sehr auf so etwas. Sie hatte persönlich die Erlaubnis erhalten, eine

Facebook-Fan-Seite aufzumachen, nachdem sich Jonas Förster anscheinend geweigert hatte, eine eigene Seite zu pflegen. Seine Managerin war jedoch der Meinung, dass man in den sozialen Netzwerken auf jeden Fall präsent sein sollte, also hatte sie Brigittes zaghafter Anfrage gnädig zugestimmt und fütterte sie seitdem mit exklusiven Infos über seine Termine und Projekte.

„Schade!", sagte Jutta zum wahrscheinlich zehnten Mal und ihre Schwester Iris nickte düster.

„Vielleicht war er gar nicht da", überlegte Anneli, mit Anfang vierzig die Älteste in der Runde. Sie war verheiratet und hatte eine achtjährige Tochter, die auch schon ganz in Jonas Förster verschossen war, wie sie gern erzählte. Außerdem meinte sie, dass sie Jonas sicher nicht von der Bettkante stoßen würde, und ihr Mann, tja, der hätte, falls Jonas je vor ihrer Haustür aufkreuzen würde, leider das Nachsehen. Geständnisse wie diese waren stets von einem lustigen Kichern begleitet, womit sie andeuten wollte, dass sie das alles natürlich nur im Scherz von sich gab. Aber man dürfe doch träumen, und das täten doch alle. Franziska, die junge, sexy BWL-Studentin, die sich selbst für unwiderstehlich hielt, stimmte ihr ungerührt und ganz ernsthaft zu. Natürlich, das sei doch klar, dass man sich immer für Jonas entscheiden würde, wenn man die Wahl hätte. Bei Männern sei es doch schließlich genau dasselbe. Die würden ihre Alte auch jederzeit gegen Scarlett Johansson eintauschen, wenn sie könnten. Brigitte versuchte gern, dieses Thema abzuwürgen, indem sie darauf hinwies, dass man doch schließlich an dem Schauspieler und Künstler Jonas Förster interessiert sei und diesen durch den Klub unterstützen wolle. Diese billigen sexuellen Anspielungen seien sicher nicht in seinem Sinn, meinte sie, doch die anderen ahnten, dass auch sie sich heimlich nach Jonas verzehrte.

Charlotte hielt sich meistens aus all diesen Gesprächen heraus. Sie äußerte sich allenfalls zu Jonas' Filmen, sagte etwas über seine Serie oder über Fernsehauftritte, aber sie machte niemals Kommentare über sein Äußeres oder seine erotische Ausstrahlung. Die anderen waren das schon von ihr gewöhnt. Charlotte war in dieser Hinsicht ein bisschen langweilig. Sie redete immer am wenigsten. Das störte aber keinen, sie selbst hatten genug zu sagen.

„Ich glaube auch, dass er gar nicht da war", stimmte Juliane Anneli zu. „Wir hätten ihn doch irgendwann sehen müssen, lange genug haben wir ja gewartet."

„Schleichen sich manche Promis nicht durch den Hintereingang hinein?", fragte Iris in die Runde.

„Doch nicht beim Deutschen Filmball. Warum sollten sie?", fragte Anneli verwundert.

„Warum sollten sie nicht?", erwiderte Jutta. „Ich hätte auch keine Lust auf die ganzen überdrehten Fans und die Pressefritzen und den ganzen Kram." Das Thema Hintereingang oder nicht, Jonas beim Filmball oder nicht, wurde noch eine Weile verhandelt.

Charlotte hörte zu und schwieg. Sie hatte ihren Glühwein ausgetrunken und hob schüchtern die Hand, als der Kellner vorbeiging. „Ich würde gern zahlen, bitte", sagte sie wie immer ein wenig zu leise.

„Willst du schon gehen?", fragte Brigitte überflüssigerweise. Wen interessierte es schon, wann Charlotte ging? Sie war hilfreich, wenn man über die Köpfe einer Menschenmenge hinwegsehen musste, weil sie so groß war, aber in einer solchen Runde trug sie wenig zur Unterhaltung bei. Ob sie da war oder nicht, war im Grunde egal.

„Ja, ich muss noch etwas lesen", erklärte Charlotte. Sie sagte nicht, was sie lesen musste. Interessierte auch keinen. Sie schauten alle nur ein wenig verwundert und fanden die Begründung für den frühen Aufbruch wohl reichlich seltsam.

Sie zahlte, gab wie immer zu viel Trinkgeld, weil sie wie immer Angst hatte, zu wenig zu geben, lächelte den anderen zum Abschied zu und sagte: „Bis nächste Woche dann." Man lächelte flüchtig zurück, doch kaum hatte Charlotte ihnen den Rücken zugewandt, unterhielten sie sich auch schon wieder über Jonas und sein Fernbleiben.

Wenn ihr wüsstet, dachte Charlotte und verließ das Lokal.

„Warum wolltest du denn schon gehen?", fragte Minni ihren Bruder. Sie saßen in einem Taxi. Der Fahrer tat so, als sei er ganz auf die Straße konzentriert, doch Jonas hatte mittlerweile ein Gespür dafür entwickelt, wann er beobachtet wurde, und der Taxifahrer hatte definitiv Elefantenohren, die genau verfolgten, was seine Gäste auf der

Rückbank zu erzählen hatten. Er hatte Jonas natürlich erkannt. Die langen Haare, Bayrischer Hof, Filmball, das hätte von jemandem ein Höchstmaß an Gleichgültigkeit verlangt, um nicht zu lauschen.

„Ich war müde", antwortete Jonas knapp auf Minnis Frage, obwohl er bei einem Blick auf die Uhr, die gerade mal halb elf zeigte, selbst merkte, wie weit hergeholt das klang. Minni kapierte die unausgesprochene Botschaft „Lass uns später reden", und schwieg von da an.

Das Taxi fuhr die Oberföhringer Straße hinauf und bog schließlich in die kleine Nebenstraße ein, in der sich Jonas' Elternhaus befand und wo Jasmin noch immer wohnte. Sie stiegen beide aus, und Jonas gab dem Taxifahrer ein großzügiges Trinkgeld. „Aber nicht zu protzig werden", klang ihm Roswithas Belehrung bezüglich Trinkgeldern im Ohr.

Jonas' uralter, roter Toyota, den er fuhr, seit er den Führerschein gemacht hatte, stand in der Einfahrt.

„Kommst du noch mit rein?", fragte Minni.

„Ja, aber nur kurz zum Hallo-Sagen."

Ihre Eltern saßen vor dem Fernseher und schauten sich einen spanischen Film an, der einen sehr künstlerisch-wertvollen Eindruck machte.

„Hey, warum schaut ihr nicht lieber Dschungelcamp?", neckte Minni die beiden, als sie hereinkam.

Ihre Mutter drehte sich überrascht um. „Und warum seid ihr schon wieder da?"

„Musst du Jonas fragen." Minni schnappte sich die Katze und verpasste ihr ein paar ungebetene Streicheleinheiten.

„Ich hab Myriam Michalski getroffen", sagte Jonas.

„Oh!" Minni verzog das Gesicht. Jetzt war alles klar.

Myriam Michalski war eine der prominentesten deutschen Schauspielerinnen. Sie hatte die Fünfziger-Schallmauer schon seit einer ganzen Weile durchbrochen, sah aber immer noch um Klassen besser aus, als die meisten ihrer jungen Kolleginnen. Roswitha hatte es vor einiger Zeit für eine gute Idee gehalten, die beiden miteinander bekannt zu machen. Ein neuer Film mit Jonas war damals kurz davor, in die Kinos zu kommen, Myriam Michalski hatte sich gerade getrennt, und Schlagzeilen mit Spekulationen über eine mögliche Verbindung zwischen Jonas und dieser Schauspielikone wären eine tolle Promo gewesen. Kurzfristig natürlich nur. So hatte Roswitha sich das gedacht. Allerdings ging die Rechnung in diesem Fall nicht ganz auf, denn Myriam Michalski entwickelte ein echtes Interesse an Jonas, was sie ihm unmissverständlich klar machte. Genauso unmissverständlich machte er ihr jedoch klar, dass dies bei ihm nicht der Fall war. Jonas beendete das Ganze rechtzeitig, und Roswitha, der die Sache entglitten war, fürchtete die schlimmsten Folgen, sobald sie davon erfuhr, denn Myriam Michalski hatte eine Menge Einfluss. Zum Glück wirkte sich die Eitelkeit der zurückgewiesenen Schauspielerin positiv auf ihre Diskretion aus, und so redete sie mit niemandem über den Verlauf dieser kurzen Affäre. Nur wenn Jonas ihr begegnete, was dieser in aller Regel vermied, brach eine Art Eiszeit aus.

Kein Wunder, dass das beabsichtigte Gespräch mit Ganzendorfer ins Wasser fiel, weil Jonas so schnell wie möglich die Veranstaltung verlassen wollte.

Seine Familie, der die Ratschläge und Ideen von Roswitha oft gegen den Strich gingen, wusste von der Geschichte, doch Jonas war erwachsen, und deswegen sahen sie keinen Anlass, sich einzumischen.

„Na, wenn schon", meinte Maximilian Förster gelassen, ohne den Blick vom Bildschirm zu wenden. „Wenn man sein Leben damit verbringt, Leute zu meiden, denen man nicht begegnen will, kann man irgendwann ganz zu Hause bleiben. Das wäre in deinem Beruf eher ungünstig." Jonas' Vater war Mathematik-Professor und sah alles sehr sachlich und undramatisch.

Jonas setzte sich seufzend neben seine Schwester auf das zweite Sofa. Seine Mutter beugte sich zu ihm rüber und tätschelte sein Knie.

„Dafür bist du jetzt auch mal wieder hier bei uns. Wir bekommen dich ja kaum noch zu sehen."

„Ich wohne doch nur um die Ecke, Mama."

„Deswegen sehen wir dich nicht häufiger", beharrte seine Mutter.

„Letztens hab ich Papa sogar beim Bäcker getroffen", erinnerte sich Jonas.

„Stimmt!", bestätigte sein Vater. „Ich hab ihn gar nicht gleich erkannt, weil er so eine komische Schrat-Mütze trug und dazu die Sonnenbrille. Im Januar!"

„Ja, weil da in letzter Zeit immer so eine Frau vor unserem Haus rumlungert."

„Deinetwegen?", fragte Minni erstaunt. Sie fand es nach wie vor komisch, dass ihr Bruder, der für sie schließlich nichts weiter war als ihr Bruder, diese Aufmerksamkeit erregte. Dass es Fans gab, die sich auf der Straße verzückt nach ihm umdrehten, tuschelten, ihn ansprachen, um ein Autogramm oder Selfie baten, oder die bei öffentlichen Events peinliche Kreischorgien veranstalteten.

„Nein, wahrscheinlich wegen unserem Hausmeister, der sieht superscharf aus mit seinem speckigen alten Hut und dem Blaumann", erwiderte Jonas.

„Stimmt, ich steh auch auf den", behauptete Minni.

„Ich könnte ihn dir vorstellen", bot Jonas mit großer Ernsthaftigkeit an.

„Oh supi!", rief Minni und klatschte kleinmädchenhaft in die Hände.

„Jonas' Hausmeister?", fragte ihre Mutter verwirrt. „Wieso, was ist denn mit dem?"

Ihr Mann schmunzelte, obwohl er den Eindruck machte, intensiv den Film zu verfolgen.

Jonas genoss es, im Kreis seiner Familie zu sein. Dieses unaufgeregte, liebevolle Desinteresse an seiner Person. Es fühlte sich wieder so an wie früher, als er nichts weiter war als ein begeisterter, unbekannter Schauspielschüler an der Falkenbergschule. Keiner beachtete ihn, er konnte tun und lassen, was er wollte, sich verabreden, mit wem er wollte, die Haare tragen, wie er wollte, hingehen, wohin er wollte. Natürlich hatte er davon geträumt, einmal Erfolg als Schauspieler zu haben, wer tat das nicht, aber so hatte er es sich nicht vorgestellt. Er hatte nicht geahnt, was ein solcher Erfolg mit sich bringen und was es ihn kosten konnte. Er zwang ihm auch außerhalb der Bühne und fern der Filmkameras Rollen auf, die er zu spielen hatte. Manchmal wusste er gar nicht mehr, wer er eigentlich war. Nur in Momenten wie diesen, wenn er mit seiner Familie im Wohnzimmer saß und es sich so anfühlte, als sei die Zeit vor sechs Jahren stehengeblieben, weil sich nichts in ihrem Verhältnis zueinander geändert hatte oder je ändern würde, ganz egal auf welcher Sprosse der Karriereleiter er gerade stand, dann fühlte er sich wieder wie er selbst. Wenn ein spanischer Kunstfilm wichtiger war als sein Erscheinen, wenn seine Mutter ihm die Knie tätschelte, als wäre er noch ein kleiner Junge, wenn er mit seiner Schwester Albernheiten austauschte und er sich keine Gedanken darum machen musste, was irgendwer von ihm dachte, dann war alles gut.

„Ich muss los", sagte er und stand auf.

„Du könntest morgen zum Kaffee vorbeikommen", schlug seine Mutter vor.

„Morgen treffe ich mich mit Werner und Gregor zum Wandern. Das Wetter soll ganz schön werden."

„Na, dann." Lächelnd gab seine Mutter auf. Sie umarmte ihn zum Abschied und zupfte ihm aus alter Gewohnheit den Kragen zurecht, an dem es eigentlich gar nichts zu zupfen gab.

„Vielleicht komme ich morgen Abend vorbei", meinte Jonas. „Ich könnte die beiden zur Brotzeit mitbringen."

Seine Mutter strahlte. „Ja, genau, so macht ihr das."

„Tschüss, Mama." Er gab ihr einen Kuss auf die Wange, rief den anderen beiden ebenfalls einen Abschiedsgruß zu und machte sich auf den Weg.

In seiner Straße fand er mühelos einen Parkplatz. Zum Glück war es der Stalkerin zu spät oder zu kalt, um noch vor dem Haus zu warten. Jonas ging die drei Treppen bis zu seiner Wohnung hoch, einer kleinen, einfachen, Dreizimmerwohnung. Seine Fans wären enttäuscht gewesen. Unordentlich sah es aus, weil er ein Chaot war und keine Putzfrau wollte. Er wollte seinen Krempel selbst aufräumen und seinen Dreck selbst wegputzen, das Problem war, dass er das nur selten tat. Wann immer seine Mutter zu Besuch kam, stemmte sie die Fäuste in die Seiten, schüttelte ungläubig den Kopf und schnappte sich Eimer und Putzlappen. Jetzt war sie schon länger nicht mehr da gewesen, und weil es momentan auch keine Frau gab, die er mit einer ordentlichen Wohnung beeindrucken musste oder zumindest mit seinem Durcheinander nicht verschrecken wollte, sah es eben so aus, wie es aussah. Jonas störte das nicht weiter. Er schaute auf die Uhr. Es war fast zwölf.

Er klappte seinen Laptop auf, öffnete den Browser und brauchte einen Klick, um das Filmforum aufzurufen. Mit schnellen Fingern schrieb er seinen Usernamen, MrNiceGuy, und loggte sich ein. Der Chatroom war leer. Er würde warten und währenddessen die neuesten Posts durchforsten. Vielleicht selbst ein paar bissige Kommentare über den zweiten Teil des Hobbits schreiben. Er wollte gerade loslegen, als er das typische Froschquaken hörte, das ertönte, wenn jemand den Chatroom betrat. Jonas lächelte und schrieb: „Hi, schön, dass du da bist."

Charlotte nahm die U3 bis zum Bonner Platz. Von hier aus hatte sie es nicht weit bis zu ihrer kleinen Wohnung, in der sie schon seit fast zehn Jahren lebte. Damals, während der Studentenzeit, hatte sie die beiden Zimmer der Wohnung mit einer Kommilitonin geteilt, die heute noch ihre beste Freundin war. Pauline war nach drei Jahren zu ihrem Freund gezogen, mit dem sie inzwischen verheiratet war und zwei Kinder hatte. Charlotte hatte sich jedoch an ihr Zuhause gewöhnt, und weil sie keine zweite Pauline als neue Mitbewohnerin fand, hatte sie alles daran gesetzt, die Wohnung allein behalten zu können. Ihr damaliger Freund Elmar hatte keine Lust gehabt einzuziehen, und Charlotte hätte das auch nicht gewollt, denn das Ende dieser Beziehung war absehbar gewesen. So kam es, dass sie allen Mut zusammennahm und in einer kleinen Buchhandlung in der Gegend vorsprach, als man dort eine Mitarbeiterin suchte. Sie sei zwar keine Fachkraft, hieß es, aber als Aushilfe sicher qualifiziert genug, denn Charlotte war äußerst belesen und kannte nahezu jedes Stück Literatur, das jemals geschrieben worden war. Auf diese Weise konnte sie ihr Studium und ihre Wohnung finanzieren, und nach dem Abschluss an der Uni übernahm man sie sogar als vollwertige Buchhändlerin. Sie hatte ohnehin nicht gewusst, was sie sonst hätte machen sollen. Literatur und Philosophie, was machte man damit?

Charlottes Leben spielte sich im Wesentlichen zwischen ihrer Wohnung in der Aachener Straße und der lediglich zehn Gehminuten entfernten Buchhandlung ab. Nur die wöchentlichen Fanklubtreffen in der Georgenstraße kamen noch hinzu. Ein kleines Dreieck auf dem Münchner Stadtplan beinhaltete ihren Lebensraum. Doch Charlotte war zufrieden, sie brauchte nicht mehr. Dieses eintönige, ereignislose Leben wurde bestens ergänzt durch die Geschichten anderer in Büchern und Filmen. Spannende, aufregende, tragische, komische und romantische Geschichten, in denen sie mitleben konnte, mitlachen, mitweinen, mitfiebern. Alles von ihrer Couch aus. Das war gut so.

Und dann gab es ja auch noch das Internet, das sie für sich entdeckt hatte. Man konnte zu Hause bleiben und doch mit Menschen aus aller Welt reden, wenn man mochte. Man fand immer Leute mit gleichen Interessen. Man konnte auf dem Bett sitzen mit ungewaschenen Haaren, den ältesten Schlafanzug tragen, einen fetten Pickel auf der Nase haben, und keinen störte es. Und auch, dass sie schüchtern und zurückhaltend war, störte keinen, denn es fiel überhaupt nicht auf. Die virtuelle Welt erlaubte ihr, die zu sein, die sie war.

Charlotte schlang die Arme um ihren Körper, als sie aus der U-Bahn-Station nach oben kam. Es war eiskalt. Sie beeilte sich, nach Hause zu kommen, und freute sich auf die Heizung in ihrer Wohnung und das Manuskript, das sie am Nachmittag angefangen hatte zu lesen. Eine ältere Dame, Frau Hindelang, hatte es Charlotte in der Buchhandlung zugesteckt. „Daran habe ich zwei Jahre lang geschrieben", hatte Frau Hindelang gesagt und dabei halb stolz und halb verschämt ausgesehen. „Es ist sozusagen meine Lebensgeschichte, und ich würde mich freuen, wenn Sie es lesen und mir sagen würden, was Sie davon halten. Natürlich nur, wenn Sie Zeit haben."

Charlotte hatte immer Zeit, und die ältere Dame war nicht die Erste, die mit einem solchen Anliegen an sie herangetreten war. Seit langem hatte es sich herumgesprochen, dass Charlotte sich bereitwillig als Testleserin zur Verfügung stellte. Angefangen hatte alles mit einer Stammkundin, die ihr anvertraut hatte, sie habe selbst ein Buch geschrieben. Spontan hatte Charlotte geäußert, wie liebend gern sie es lesen würde, und die Kundin war erfreut darauf eingegangen. Von dem positiven Urteil der Buchhändlerin ermutigt, hatte sie anschließend sogar gewagt, es einem Verlag anzubieten. Seit dieser Zeit bekam Charlotte regelmäßig Manuskripte von ambitionierten Hobbyautoren oder Gelegenheitsschreibern mit nach Hause. Sie alle erhofften sich von ihr eine Einschätzung ihrer Werke und vertrauten auf ihre Meinung. Die Tatsache, dass Charlotte nicht nur viel Sachverstand besaß, sondern auch dieses liebenswerte Wesen, das sie dazu befähigte, bei aller Objektivität, überall etwas Positives zu sehen und jedes einzelne Werk auf seine Weise wertzuschätzen, tat ein Übriges. Die wenigsten Manuskripte waren besonders gut, aber Charlotte hatte für jeden ein nettes, aufbauendes Wort übrig. Das Buch von Frau Hindelang allerdings war sogar sehr gut.

Charlotte vergrub den Kopf in ihrem Mantelkragen und hastete die Speyerer Straße entlang. Als sie in die Aachener Straße einbog, kramte sie schon mal die Haustürschlüssel aus ihrer Handtasche. Sie achtete nicht darauf, wohin sie lief, ihre Füße kannten den Weg, und dann stand sie auch schon vor ihrer Haustür.

„Hallo du!"

Charlotte schrie auf vor Schreck. Vor ihr, auf der Stufe vor ihrer Haustür, saß ein Penner mit einer großen Stofftasche und zwei Plastiktüten, in der seine Habe war. Er trug zwei Mäntel übereinander, von denen einer zerschlissener aussah als der andere, seine Hände steckten in Fäustlingen, bei denen man den Teil über den Fingern umklappen konnte. Aus einem unrasierten Gesicht heraus grinste er sie an.

„Spinnst du, mich so zu erschrecken."

Selbst dieses angedeutete empörte Fauchen klang bei Charlotte noch harmlos und lieb. Der Penner stand auf und gab ihr einen Kuss auf die Stirn.

„Tut mir leid, das wollte ich nicht. Ich brauche Asyl für eine Nacht. Es ist einfach zu kalt."

„Und Mama?", fragte Charlotte ihren Bruder Amadeus, seines Zeichens renommierter Schriftsteller und momentan, aus Recherchegründen, wie er sagte, Obdachloser.

„Mama ist nach Mallorca gedüst und hat vergessen, mir einen Schlüssel dazulassen. So viel zu ihren mütterlichen Gefühlen."

Charlotte schnupperte. „Du stinkst."

„Ich weiß", sagte Amadeus schlicht. „Das heißt, ich weiß es nicht, weil man es nach einer gewissen Zeit selbst nicht mehr riecht, aber ich kann es mir denken."

Charlotte sperrte endlich die Tür auf und ließ ihn eintreten.

„Gott sei Dank, du bist ein Schatz", sagte Amadeus erleichtert und schüttelte prustend die Kälte ab.

„Würdest du bitte nicht ausatmen."

Amadeus lachte laut auf.

„Und nicht lachen."

Sie lachten jetzt beide, Amadeus hielt sich dabei die Hand vor den Mund.

„Nimm erst mal ein Bad", empfahl Charlotte. Ihr Bruder wühlte in einer der Plastiktüten und hielt triumphierend eine Zahnbürste in die Höhe.

„Und ich hoffe, du hast keine Mitreisenden dabei", fuhr Charlotte mit einem angeekelten Blick auf Amadeus' Kleidung fort. „Morgen kannst du dein Zeug bei mir in die Waschmaschine stecken."

„Du bist die beste kleine Schwester der Welt", sagte Amadeus und verschwand im Badezimmer.

Charlotte bezog ein Kissen und eine Decke für ihren Bruder und richtete im Wohnzimmer die Couch als Schlafstätte her. Anschließend zog sie sich in ihr Schlafzimmer zurück.

Mit dem Manuskript von Frau Hindelang machte sie es sich auf ihrem Bett bequem und vertiefte sich in die nächsten Seiten, auf denen die alte Dame von ihrer Kindheit bei Pflegeeltern berichtete. An der Stelle, an der sich der Pflegevater zum ersten Mal mit brutaler Gewalt an der Kleinen verging, brach Charlotte ab. Die Schilderung dieses Überfalls erfolgte ebenso unvorbereitet wie die Tat selbst und war so schockierend, dass man schmerzhaft genau nachvollziehen konnte, wie es erst für das missbrauchte Kind gewesen sein musste. Was mochte es die alte Dame gekostet haben, darüber zu schreiben? Und auf diese Weise. Ob sie es jemals zuvor jemandem erzählt hatte? Oder war sie, Charlotte, jetzt die Erste, die davon erfuhr?

Sie konnte nicht weiterlesen.

Sie hörte Amadeus, der aus dem Badezimmer kam und im Wohnzimmer den Fernseher einschaltete. An diesen banalen Geräuschen ihrer Gegenwart hielt sie sich fest.

Sie legte das verstörende Manuskript zur Seite, stand auf und ging hinüber zu ihrem Bruder.

„Möchtest du noch etwas essen? In der Küche sind noch zwei Semmeln, und der Kühlschrank ist voll."

Noch mehr hilfreiche Banalitäten. Amadeus lehnte dankend ab und meinte, er habe bereits gegessen. In der Hand hielt er eine Flasche Bier.

Charlotte ging ins Badezimmer, putzte sich die Zähne und wusch sich gewissenhaft das bisschen Schminke aus ihrem Gesicht.

„Gute Nacht", sagte sie zu Amadeus, der zurückgrüßte, indem er die Bierflasche in die Luft reckte.

Charlotte zog ihren Schlafanzug an und machte einen erneuten Versuch weiterzulesen, doch nach wenigen Sätzen gab sie auf. Sie konnte nicht, sie musste erst eine Nacht darüber schlafen.

Sie legte das Manuskript zur Seite, sah auf die Uhr und schnappte sich ihr Notebook. Das war genau das, was sie jetzt brauchte. Die Internetseite, zu der sie wollte, war unter ihren Favoriten gespeichert. Sie loggte sich mit ihrem Usernamen ein: LadyChatterley. Dann betrat sie den Chatroom. MrNiceGuy war bereits da.

2. LadyChatterley und MrNiceGuy

„Hɪ, schön, dass du da bist.“

„Hi! Ja, ich dachte, ich schau noch schnell vorbei.“

„Wie war dein Tag?“

„Bescheiden. Und jetzt ist auch noch mein Bruder gekommen und verdrängt mich aus meinem eigenen Wohnzimmer.“

„Wieso das denn?“

„Er ist obdachlos.“

„OMG!“

„Nein, nicht richtig. Oder doch richtig.“

„Was jetzt?“

„Also, er ist eigentlich Schriftsteller und recherchiert für ein Buch.“

„Cool!“

„Ja, das macht er aber schon seit über einem Jahr.“

„Oh!“

„Und langsam haben wir den Verdacht, dass er sich ans Obdachlossein gewöhnt hat und dass er es gar nicht mehr anders will.“

„Echt?“

„Ja, keine Ahnung. Er hat da inzwischen viele Freunde, und er erzählt immer, wie toll man sich selbstversorgen kann. Nur von Abfällen.“

„Von Abfällen? Igitt.“

„Nein, von dem, was die Supermärkte alles wegwerfen. Alles noch brauchbar, sagt er.“

„Da hat er Recht.“

„Stimmt.“

„Wie heißt denn dein Bruder? Kennt man den?“

„Netter Versuch!“

„LOL!“

„Ich hab dir schon viel zu viel über ihn erzählt.“

„Klar, es gibt ja kaum Schriftsteller, da kann man leicht erraten, wer er ist, mit den ganzen Infos: Sitzt in deinem Wohnzimmer, durchwühlt die Tonnen der Supermärkte, ... Ich kann mir schon denken, wer das sein könnte."

„Scherzkeks! Als Gegenleistung müsstest du mir jetzt was von dir erzählen. Als Ausgleich."

„Etwas ähnlich Verfängliches?"

„Genau!"

„Mal überlegen ..."

„Ich warte."

„Okay, also ..."

„Na?"

„Ich habe heute Abend eine Verflossene getroffen."

„Oh! Das ist ja wirklich ... aussagekräftig. Da hättest du mir ja gleich deine Adresse durchgeben können."

„Fast. Ich glaube, es gibt nicht viele Leute, die heute Abend per Blick getötet wurden."

„Uiii! Sooo eine Verflossene also."

„Allerdings!"

„Na ja, hast es ja überlebt."

„Wie man's nimmt."

„Lass uns über was anderes reden. Obdachlose Brüder und bösartige Verflossene, das wird mir jetzt zu ..."

„Genau, das ist viel zu ..."

„Zu zu."

„Ja, genau: zu zu."

„LOL"

„LOL"

LadyChatterley und MrNiceGuy hatten sich etwa ein halbes Jahr zuvor kennengelernt. Sie waren beide im selben Filmforum angemeldet und hatten irgendwann festgestellt, dass sie sich für die gleichen Themen interessierten, häufig an den gleichen Diskussionen teilnahmen und dass sie fast immer einer Meinung waren. Wenn LadyChatterley sah, dass MrNiceGuy etwas gepostet hatte, klickte sie schon automatisch dorthin, um zu lesen, was es war, und fast jedes Mal nickte sie zustimmend mit dem Kopf und wunderte sich darüber, dass jemand, den sie gar nicht kannte, genau die gleichen Gedanken hatte wie sie. Und umgekehrt war es genauso.

Eines Tages trafen sie sich im Chatroom. Zufällig. LadyChatterley hatte etwas gelangweilt und sinnlos herumgeklickt und war ungewollt auf den Chat-Button geraten. Als sie sah, dass sich dort gerade jemand aufhielt, und ohne auf den Usernamen zu achten, wollte sie den Chatroom gleich wieder verlassen, doch bis sie herausgefunden hatte, wo der virtuelle Ausgang war, hatte MrNiceGuy, der anwesende User, sie bereits begrüßt.

„Hi!", stand da auf dem Bildschirm.

Erstens konnte sie sich jetzt nicht einfach wieder verdrücken, das wäre unhöflich gewesen, und LadyChatterley war auch im Internet höflich, und zweitens bemerkte sie jetzt den Namen.

„Hi!", antwortete sie.
„Das ist aber nett, dass ich dich hier treffe", schrieb MrNiceGuy.

Seine Freude war deutlich zu spüren und sie beruhte auf Gegenseitigkeit.

Seit diesem ersten Chat, der ganze drei Stunden gedauert hatte, trafen sie sich regelmäßig, oft täglich. Sie setzten ihre Chats immer auf „privat", damit ihnen kein anderer User, der sich ebenfalls zufällig mal in den wenig frequentierten Chatroom verirrt hätte, in die Quere kommen konnte.

Sie unterhielten sich über Gott und die Welt, oft über Filme und Serien und andere Fernsehsendungen, über Bücher, über Politik manchmal, wenn es gerade aktuellen Zündstoff gab. Sie kannten sich gut und wussten viel voneinander. Nur nicht die Namen und nichts Persönliches: keinen Wohnort, keine Beziehungen, keinen Beruf, kein Alter. Manches davon konnten sie anhand der einen oder anderen Bemerkung in etwa erraten, das Alter zum Beispiel. Oder auch, dass keiner von beiden verheiratet war und offensichtlich auch in keiner festen Beziehung lebte, denn dann hätten sie wohl kaum so viel Zeit miteinander verbringen können. Ganz sicher war sich LadyChatterley in diesem Punkt jedoch nicht, denn es gab zwischendurch auch Zeiten, in denen MrNiceGuy nur kurz oder überhaupt nicht chatten konnte. Aber das schien dann immer mehr aus beruflichen Gründen schwierig zu sein. Vielleicht war er Krankenpfleger mit Nachtdienst. Es gab genügend Berufe, in denen nicht nur von neun bis fünf gearbeitet wurde und auch mal am Wochenende. Sie machte sich nicht allzu viele Gedanken darüber, denn dies gehörte zu den persönlichen Dingen, die sie für sich behalten wollten. Auf keinen Fall und trotz der regelmäßigen Scherze, die sie damit trieben, wollten sie ihre Anonymität gefährden. Allerdings hatten sie beide spezielle E-Mail-Adressen generiert und ausgetauscht. Nur zur Sicherheit. Es wäre dumm gewesen, sich darauf zu verlassen, dass der Chatroom des Filmforums ewig da sein würde. Was, wenn dem Betreiber plötzlich einfiel, dass er keine Lust mehr dazu hatte und den Laden dicht machte? Das war viel zu riskant. MrNiceGuy und LadyChatterley hatten sich an ihre abendlichen Gespräche gewöhnt, sie waren längst Freunde geworden und wollten nicht mehr aufeinander verzichten.

„Welchen Film hast du zuletzt gesehen?", fragte MrNiceGuy.

„Moment, da muss ich überlegen", tippte LadyChatterley.

„Ich meine nicht im Kino."

„Im Kino war es der Hobbit vor einem Jahr. Ich sehe mir Filme lieber zu Hause an."

„Ha! Bei mir der zweite Teil vor einem Monat. Ich meinte aber nicht im Kino."

„Oh, ich weiß."

„Und?"

„Das war *Stolz und Vorurteil*."

„Der Film?"

„Ja, der Film."

„Verräterin!"

„LOL"

„Ich dachte, du konntest den nicht ausstehen und jetzt hast du ihn dir noch mal angesehen?"

„Manchmal sieht man Filme beim zweiten Mal anders."

„Und? War Keira Knightley beim zweiten Mal besser?"

„Nein."

„Na also."

„Es geht einfach nichts über die Fassung mit Colin Firth und Jennifer Ehle."

„Wir verstehen uns."

„Oh, Moment! Jetzt fällt mir ein: Das war gar nicht der letzte Film, den ich gesehen habe."

„Welcher war es?"

„Ein deutscher Film."

„Du schaust deutsche Filme???"

„Manchmal. Wenn sie gut sind."

„Und welchen hast du gesehen?"

„*Wintergrün*."

„Ich dachte, du schaust deutsche Filme nur, wenn sie gut sind."

„Das weiß man ja vorher nicht immer. Kennst du den Film?"

„Ja. Und der ist scheiße."

„Na ja …"

„Allein der Titel … *Wintergrün*! Was soll denn das?"

„Aber er wurde gut besprochen. Hat sogar Preise gewonnen."

„Und was sagst du dazu?"

„Weiß nicht. Ist mir alles zu düster und zu gekünstelt. So pseudo-Godard-mäßig."

„Stimmt genau! Also scheiße."

„Ja, eigentlich schon. Und die Schauspieler spielen alle als wären sie aus Holz."

„Passt doch zu Jonas Förster. LOL"

„Sonst finde ich den eigentlich gut, aber in *Wintergrün* … Nee."

„Hast du schon mehr Filme mit dem gesehen?"

„Ehrlich gesagt, *Feierabend* war damals meine Lieblingsserie. Hast du jetzt eine schlechte Meinung von mir?"

„Quatsch! Die Serie war ja auch gut."

„Hast du die etwa auch gesehen?"

„Ein paar Folgen."

„Schade, dass es die nicht mehr gibt. Aber, wer weiß, vielleicht machen sie ja einen Film daraus, fürs Kino."

„Glaub ich nicht."

„Wieso nicht, das gab es doch schon öfter. Demnächst kommt sogar *Stromberg* als Film."

„Dinge, die die Welt nicht braucht."

„Über *Feierabend* als Film würde ich mich jedenfalls freuen."

„Ich werde es bei Gelegenheit weitergeben."

„Tu das."

„LOL"

„LOL"

LadyChatterley lächelte ihren Bildschirm an, MrNiceGuy seinen.

„Ich bin ziemlich müde, ich muss mich mal aufs Ohr hauen", schrieb sie.

„Ja, ich auch", antwortete er.

„Bist du morgen Abend online?"

„Ja. Ich hoffe."

„Du hoffst?"

„Ich treffe mich morgen mit zwei alten Kumpeln. Wir gehen in die Berge. Aber am späteren Abend müsste ich wieder da sein."

„Ups."

„Was Ups?"

„Du hast ‚Berge' gesagt. Eine Verflossene und Berge. Es wird eng, mein Lieber."

„Oh, Shit! Hab ich gar nicht gemerkt."

„Und jetzt?"

„Jetzt musst du dir bis morgen etwas überlegen, das du mir über dich erzählst. Etwas Persönliches. Damit wir wieder auf einem Level sind."

„Na gut, mach ich. Bis morgen also?"

„Bis morgen.“

„Gute Nacht“, schrieb LadyChatterley.

„Gute Nacht“, schrieb MrNiceGuy.

3. Das echte Leben und die Promi-Front

„WIE lange willst du eigentlich noch obdachlos sein?", fragte Charlotte, während ihr ein frisch geduschter und rasierter Amadeus Kaffee einschenkte. Er hatte ein himmlisches Frühstück gezaubert mit allem, was Charlottes Kühlschrank hergab, dazu Toast, Spiegeleier mit Bacon und Müsli mit Honig und Milch. Charlotte war gar nicht bewusst gewesen, dass sie so etwas zu Hause hatte.

„Hab ich gestern Abend noch vom Supermarkt geholt. Die Packung war abgelaufen", erklärte Amadeus. „Feinstes, teures Markenmüsli. Einfach weg damit, obwohl es noch gut ist. Nur weil es einen Tag über dem Datum ist." Er begleitete seine Empörung über die Wegwerfgesellschaft mit heftigem Kopfschütteln und anklagend in die Luft gestreckten Händen.

„Ich begreife das nicht", rief er, setzte sich und schmierte sich einen Toast.

Er hatte die Marmelade in zwei kleine Schälchen gefüllt, Servietten hübsch gefaltet und statt der ordinären Becher und Teller Charlottes schönes Frühstücksservice benutzt. Sie war sehr gerührt über die Mühe, die er sich gegeben hatte. Dann wiederholte sie ihre Frage, weil er mit seinen Gedanken anscheinend immer noch bei dem abgelaufenen Müsli verweilte.

Amadeus zuckte die Schultern und sagte nichts dazu.

„Du kannst doch nicht deine Gesundheit ruinieren", versuchte Charlotte es mit vernünftigen Argumenten. „Und dein Verlag wartet auch nicht ewig. Was sagen die denn?"

„Die sagen gar nichts. Die warten, bis ich so weit bin."

„Überschätzt du da deinen Wert nicht ein bisschen?"

„Wieso denn? Wenn ich nichts abliefere, müssen die nichts zahlen. Ist denen doch egal."

„Was ist denn mit dir los?", fragte Charlotte. „Hast du gar keine Lust mehr zu schreiben?"

Amadeus ließ seinen Toast sinken und sah in das besorgte Gesicht seiner Schwester.

„Mit Lust hat das nichts zu tun", sagte er leise.

„Sondern?"

„Ich glaube, ich kann das gar nicht."

„Was?" Charlotte war verwirrt. Ihr Bruder hatte drei Romane geschrieben, die allesamt auf der Bestsellerliste gelandet waren und in den Feuilletons regelrecht in den Himmel gelobt wurden. Er hatte mehrere Preise gewonnen. Er konnte schreiben, und sie war sich sicher, das beurteilen zu können.

„Wieso sagst du das?"

„Weil ich versage, wenn es ans Eingemachte geht. Ich habe mir zum ersten Mal etwas vorgenommen, das ambitionierter ist als das übliche Befindlichkeits-Trallala, und schon merke ich, dass ich das nicht kann. Ich kann nicht darüber schreiben, wie es ist, obdachlos zu sein, verstehst du? Weil ich es einfach nicht weiß, nicht wirklich. Ich tu nur so und erfahre gerade mal genug darüber, wie schlimm es ist und wie dreckig es den Leuten geht. Ich höre mir ihre Geschichten an, wie sie früher im Leben standen, zum Teil tolle Berufe hatten, Familien, eine scheinbar sichere Existenz, Hobbys, einen normalen Alltag, … und wie es dazu kam, dass sie so tief abgestürzt sind, und warum sie einfach nicht mehr auf die Beine kommen. Und ich möchte darüber schreiben, aber ich kann es einfach nicht. Wenn es wirklich darauf ankommt, hab ich keine Worte. Dann denke ich: Vielleicht muss ich noch länger dabeibleiben. Ich muss richtig einer von ihnen werden. Und jetzt sitze ich doch wieder hier und esse schön Frühstück im Warmen."

Er hörte auf zu reden und wandte das Gesicht ab. Charlotte fühlte sich hilflos. Und dumm. Warum hatte sie diese blöde Frage gestellt? Offenbar hatte sie in einer Wunde gebohrt, die ohnehin nicht heilen wollte.

Aber irgendjemand musste sich doch kümmern. Und sie war die Einzige, die da war. Ihre Mutter genoss eine saftige Beamtenpension und reiste ständig in der Welt herum. Ihre ältere Schwester lebte in den USA mit Mann und Kindern und gab sich hauptsächlich der Religion hin, und ihr Vater hatte sich nach Schweden abgeseilt, als Charlotte ein

Teenager war. Sie alle kümmerten sich in erster und eigentlich auch einziger Linie um sich selbst. Mehr Familie hatte Amadeus nicht, genauso wenig wie Charlotte.

„Hör auf damit", sagte sie. Ihre Stimme klang einen Moment lang so bestimmt, dass Amadeus überrascht aufblickte.

„Womit denn?"

„Mit diesem Selbstmitleid", sagte Charlotte ein wenig unsicherer, aber immerhin sagte sie es. „Mit dem Gerede davon, dass du das nicht kannst. Das stimmt doch nicht."

„Das verstehst du nicht."

„Okay, das Totschlagargument. Dann können wir ja jetzt aufhören, darüber zu reden."

„Ich hab nicht damit angefangen."

Charlotte nippte an ihrem Kaffee und starrte auf den Tisch.

Am Nachmittag, nachdem die Wäsche gewaschen und getrocknet war, packte Amadeus seine Sachen zusammen. Charlotte gab ihm einen Stoffrucksack von Ikea und eine Tragetasche, die robuster war als die Plastiktüten.

„Schreib was! Okay?", sagte sie zum Abschied.

„Mal sehen", sagte Amadeus und drückte ihr einen Kuss auf die Wange.

„Du kannst heute Nacht wieder hier schlafen", rief sie ihm hinterher, als er schon die Treppe hinunterlief. Ein Nachbar kam von unten hoch und warf zuerst ihr, dann Amadeus, der zwar geduscht hatte, aber immer noch in seinen abgerissenen Klamotten herumlief, einen abschätzigen Blick zu.

„Danke, ich geh wahrscheinlich ins Obdachlosenheim, wenn ich einen Platz kriege", rief Amadeus zurück. Das Gesicht des Nachbarn verfinsterte sich noch mehr. Charlotte schloss lieber die Tür.

Das war alles nicht so einfach.

Wie hatte sie selbst dermaßen aus der Art schlagen können? Exzentrischer Bruder, verrückter Vater, sprunghafte Mutter, fanatische Schwester. Was war bei Charlotte nicht normal? Sie selbst hielt sich für normal, aber vielleicht dachten andere Leute, sie wäre auch ein bisschen seltsam. Die Frauen aus dem Fanklub dachten es wahrscheinlich, weil sie wenig redete und sich an der ganzen Schwärmerei nicht beteiligte. Und die Besitzerin der Buchhandlung dachte es vielleicht, weil sie immer zu Hause war und las oder vorm Fernseher hockte, statt auszugehen und mal jemanden kennenzulernen.

Das mit den Männern hatte Charlotte für sich eigentlich schon abgehakt. Sie war erstaunt, dass sich überhaupt je ein Mann für sie interessiert hatte, zwei sogar. Warum, wusste sie eigentlich nicht. Elmar, der erste, hatte ihr mal gesagt, dass er ihre Haare schön fand. Wenn sie offen waren zumindest. Allerdings störten Charlotte die offenen Haare im Alltag, sie waren unpraktisch und die Locken fielen ihr ständig widerspenstig ins Gesicht. Außerdem war es ein Horror, sie hinterher zu entwirren. Man kam mit der Bürste kaum durch. Deshalb trug sie sie fast immer zu einem Knoten oder einem Zopf zusammengefasst. Elmar hatte also nicht viel von den schönen Haaren. Nachts allenfalls, aber da war es dunkel, weil er das wollte, und entweder lag er irgendwie auf ihren Haaren drauf, oder sie hingen *ihm* ins Gesicht und dann „kam er raus", wie er sagte. Charlotte erinnerte sich daran, dass sie beim Sex jedes Mal daran gedacht hatte, dass das in Filmen immer so erotisch aussah und so romantisch war. Bei ihr und Elmar war es weder das eine noch das andere gewesen.

Tom, was hatte der an ihr gemocht? Sie überlegte lange, bis sie sich an das einzige Kompliment erinnerte, das er ihr jemals gemacht hatte: „Du hast schöne Ohrläppchen!"

Genau das wollte man als Frau doch hören: Schöne Ohrläppchen! Hatte die Plastische Chirurgie diese Marktlücke eigentlich schon entdeckt? Und gab es Ohrläppchen-Models? Ohrläppchen-Double in Filmen, wenn der Hauptdarsteller seiner Partnerin sinnlich am Ohr knabbern sollte, diese aber ein indiskutabel hässliches Ohrläppchen besaß?

Charlotte erlaubte sich fünf Sekunden um darüber nachzudenken, wie sie den Schatz schöner Ohrläppchen eventuell für sich nutzen konnte, dann verbannte sie alle frustrierenden Erinnerungen an merkwürdige Ex-Freunde aus ihrem Kopf, atmete tief durch und griff nach dem Manuskript von Frau Hindelang, das sie am Abend zuvor beiseitegelegt hatte.

Sie zwang sich noch einmal, bei der Stelle zu beginnen, die sie so schockiert hatte. Dann las sie weiter, las, wie das kleine Mädchen in den 50er Jahren immer wieder von dem Mann vergewaltigt wurde, in dessen Obhut es sich befand, und wie die Pflegemutter wegschaute. Die Erinnerungen der alten Dame waren so quälend lebendig, dass es wehtat: Ein Kind, das gegen Ende des Krieges ohne Eltern dastand und niemanden hatte als die flüchtigen Bekannten, die sich ihrer annahmen. Dankbarkeit war ihr eingeimpft worden, und die hatte sie gefälligst zu zeigen. Wie hätte sie infrage stellen können, was der großherzige Wohltäter mit ihr machte? Wie hätte sie sich jemandem anvertrauen können? Und als sie schließlich dem Elternhaus entkam und heiratete, ging es weiter. Es war normal für sie, so kannte sie es. Nur, dass es jetzt ihr eigener Mann war, dem sie dankbar dafür zu sein hatte, dass er sie ernährte, dem sie alles gewähren musste, was er von ihr verlangte, und jeden Schlag ins Gesicht nachsehen.

Es wäre vielleicht halbwegs erträglich gewesen, hätte Charlotte sich vorstellen können, dass es sich dabei um reine Fiktion handelte, doch sie wusste, dass es die Wahrheit war und sich alles genauso zugetragen hatte. Das allein war schon schlimm genug. Das Allerschlimmste jedoch war, dass sie die Frau kannte, die das alles erlitten hatte, die freundliche, stille, immer lächelnde Frau Hindelang.

Was sollte sie ihr zu diesem Buch sagen? Wie sollte sie ihr begegnen? Charlotte kannte sich mit erfundenen Geschichten aus, die zu Ende waren, wenn man den Buchdeckel zuklappte, aber nicht mit dem echten Leben. Wie begegnete man jemandem, der jahrzehntelang nur Missbrauch und Gewalt erfahren hatte. Sie konnte ja nicht einmal mit den Problemen ihres eigenen Bruders umgehen.

Charlotte lag erschöpft und frustriert auf ihrem Bett. Sie war in der Hälfte des Manuskripts angekommen. War es möglich, dass in der zweiten Hälfte alles anders werden würde? Irgendwo musste das Lächeln auf Frau Hindelangs Gesicht doch hergekommen sein. Es musste irgendwann entstanden sein. Irgendjemand musste es ihr gebracht haben.

Jonas saß mit Werner und Gregor in einem kleinen, urigen Lokal mit Blick auf den Kochelsee. Von außen sah es aus wie eine

Holzfällerhütte, von innen ebenfalls. Im Hintergrund sang Johnny Cash.

Die drei hatten ihre Wanderung vorzeitig abgebrochen, weil es zu kalt war. Stattdessen hatten sie sich eine möglichst abgeschiedene Einkehr gesucht, in der sie sich bei heißen Getränken aufwärmen konnten. Abgeschieden verstand sich von selbst, denn sie wollten ihr gemütliches Beisammensein nicht von zudringlichen Fans gestört wissen. Jonas hatte vorsichtshalber auch noch seine Mütze aufbehalten. Dass diese lässigen Wollmützen seit einiger Zeit als Modeaccessoire total angesagt waren, kam ihm sehr entgegen, denn im Allgemeinen waren es in erster Linie seine Haare, die die Aufmerksamkeit auf ihn lenkten.

Die drei Freunde kannten sich seit der Schulzeit, hatten zusammen Abitur gemacht und waren danach drei Monate lang gemeinsam durch die USA gereist. Auch später, als Werner und Gregor studierten und Jonas auf der Schauspielschule war, trafen sie sich regelmäßig, selbst als bei jedem von ihnen Beziehungen dazukamen und die Freundinnen Ansprüche stellten. Entweder wurden die Frauen in das Triumvirat integriert oder in Fällen, bei denen sich das als unmöglich herausstellte, eben wieder, nun ja, ersetzt. Bis schließlich zuerst Werner und dann Gregor die Richtige fanden. Ausgerechnet Jonas erwies sich als Problemfall, besonders seit der Rummel um seine Person losgegangen war, wurde es mit Beziehungen immer schwieriger.

„Da denkt man immer, wer ein Film- und Fernsehstar ist, hat die freie Auswahl, und dabei ist unser Jonas die ärmste Sau", hatte Gregor einmal gesagt. Er hatte es im Scherz gemeint, aber eigentlich den Nagel damit auf den Kopf getroffen. Jonas lernte niemanden kennen. Natürlich kannte er viele Kolleginnen, und es gab immer Frauen am Set, die nur allzu gern etwas mit ihm angefangen hätten. Ab und zu kam es zu kurzen, bedeutungslosen Affären, aber das war es nicht, was er wollte. Seine Eltern lebten seit fünfunddreißig Jahren in einer Bilderbuchehe, das war sein Ideal. So war er nun mal aufgewachsen. Die Kurzzeitbeziehungen, die in seinem Beruf anscheinend dazugehörten, besonders zwischen Schauspielkollegen, waren nicht das, was er anstrebte. Jonas Förster – und von diesen heimlichen, durch und durch kleinbürgerlichen Wünschen wusste Roswitha zum Glück nichts – träumte davon, ebenfalls die Richtige zu finden, mit der er eine Familie gründen und zusammen alt werden konnte.

Einmal hatte er eine Beziehung zu einer „normalen" Frau gehabt, einer angehenden Lehrerin, Silke, eine herrlich unglamouröse, bodenständige Person, die sich wenig von seiner Prominenz beeindrucken ließ. Es ging ein paar Monate lang gut, doch leider gab es da ein paar störende Kleinigkeiten. Jonas musste seine Freundin praktisch verstecken. Sie konnten sich kaum zusammen sehen lassen oder gemeinsam etwas unternehmen, und wenn doch, wurden sie von Fans behelligt. Entweder sie fragten nach Autogrammen, oder sie glotzten und tuschelten. Silke hielt das nicht lange aus und machte Schluss. Das sei ihr zu anstrengend, meinte sie. Jonas verstand das. Er hatte keinen wirklich großen Liebeskummer, er war gern mit Silke zusammen gewesen, hatte ihre Normalität und Natürlichkeit genossen, aber seine große Liebe war sie nicht gewesen. Und trotzdem warf es ihn völlig aus der Bahn, denn *falls* er jemals seine große Liebe treffen würde, die potenziell Richtige, dann wäre es doch genauso. Welche Frau würde das denn mitmachen wollen? Von da an bezweifelte Jonas, dass sich seine geheimen Sehnsüchte je erfüllen würden. Er beneidete Gregor und Werner.

„Na, was gibt's Neues an der Promi-Front?", fragte Werner und rieb sich die Hände in froher Erwartung der Society-Infos aus erster Hand.

„Du bist ein richtiges Waschweib, weißt du das?" Jonas machte ein betont entrüstetes Gesicht.

„Waschweib?"

„Ja, so nennt man das. Kannst du googeln."

„Tratschweib, wenn dann. Und außerdem bin ich überhaupt kein Weib. Cornelia ist das Weib, und die will das wissen", erklärte Werner. „Die gibt mir überhaupt nur Ausgang, wenn ich am Abend mit jeder Menge Klatsch und Tratsch zurückkomme und sie mehr weiß, als in der Bunten steht."

„Ach, quatsch doch nicht", widersprach Gregor. „Cornelia ist doch nur vorgeschoben, die interessiert sich dafür gar nicht."

„Ihr seid vielleicht schöne Freunde", beschwerte sich Jonas.

„Na, hör mal. Wozu haben wir dich denn Schauspieler werden lassen. Muss sich doch irgendwie lohnen", fuhr Werner mit der Neckerei fort.

Es gehörte gewissermaßen zu ihrem Ritual, Jonas und seine Prominenz bei jeder Begegnung ein wenig durch den Kakao zu ziehen.

Jonas erzählte schließlich vom Abend zuvor und fügte als Sahnehäubchen sein Zusammentreffen mit Myriam Michalski hinzu. Natürlich waren auch seine Freunde im Bilde über die Brisanz der Situation.

„Lass dich halt von der ollen Roswitha nicht in solche Sachen reinquatschen", meinte Gregor nüchtern. „Was geht die dein Privatleben an?"

„Ich hab kein Privatleben", sagte Jonas düster.

„Weil du ihr diesen Freibrief gegeben hast, deshalb nicht." Gregor kreuzte die Arme vor der Brust und zog die Stirn in Falten. Johnny Cash und June Carter sangen *It ain't me Babe.*

„Es gibt keinen Freibrief. Sie ist meine Managerin, die muss sich um alles Mögliche kümmern."

„Mit wem du pennst?", fragte Gregor.

„Ich hab nicht mit der Michalski gepennt."

„Nein?"

„Nein. Nicht … so richtig."

Werner verzog den Mund und zog dabei scharf die Luft ein. „Autsch!"

„Ja, mein Gott …" Jonas zupfte verlegen an seiner Mütze herum. „Ist euch noch nie passiert, oder?"

„Doch, na klar", sagte Gregor, der sich das Lachen verkniff. „Passiert doch jedem mal."

„Allerdings bei der Michalski?", überlegte Werner. „Wenn das deine Groupies wüssten."

„Meine Groupies sind mir scheißegal."

„Wenn *das* Roswitha hören würde", meinte Gregor.

„Können wir das Thema jetzt bitte lassen?" Jonas begann, sich mies zu fühlen. Was wussten Gregor und Werner schon davon, wie es ihm ging und welche Kompromisse er andauernd machen musste. Sie hatten gut lachen. Für sie war es reinste Unterhaltung, die sie nur von außen betrachten konnten. Er selbst steckte mittendrin, und das war alles andere als lustig.

„Hey", sagte Gregor und rüttelte ihn freundschaftlich an der Schulter. „Wir meinen das nicht böse. Und denk bitte nicht, wir wüssten nicht, wie du dich fühlst."

Nein, das wussten sie nicht, aber zumindest schienen sie Gedanken lesen zu können.

„Schon gut", murmelte Jonas.

Zwei junge Frauen betraten das Lokal und setzten sich ein paar Tische weiter. Aus dem Lautsprecher dröhnte das nächste Duett mit June Carter.

„Gibt's hier nichts anderes als Johnny Cash?", jammerte Werner.

„Habt ihr den Film gesehen? *Walk the Line*?", fragte Jonas. „War super."

Keiner von beiden kannte den Film. Jonas dachte sofort daran, dass er LadyChatterley danach fragen sollte. Er musste unwillkürlich lächeln. Wie selbstverständlich er bei solchen Dingen an sie dachte, und wie sicher er sich war, dass sie sofort von dem Film schwärmen würde. Obwohl „schwärmen" das falsche Wort war, das tat sie nicht. Schwärmen war etwas Oberflächliches. Sie war anders. Sie war begeistert und von so viel Freude erfüllt, dass sie den Chatroom regelrecht zum Leuchten brachte, wenn sie etwas mochte, und wenn sie etwas nicht mochte, wurde sie zumindest niemals abfällig oder höhnisch wie er manchmal.

„Hey!"

Jonas zuckte zusammen, als Werner ihn am Ärmel zupfte.

„Wo bist du denn?", fragte Gregor. „Wenn du weiter so vor dich hin grinst, ist deine Tarnung bald für die Katz."

Und damit hatte er Recht. Die beiden Frauen steckten die Köpfe über dem Tisch zusammen. Diejenige, die mit dem Rücken zu ihnen saß, versuchte bald darauf, sich möglichst unauffällig umzudrehen.

„Shit!", presste Jonas leise zwischen den Lippen hervor.

Der Wirt kam zu ihrem Tisch.

„Megts no wos?"

„Wie bitte?", fragte Werner, dessen Eltern aus Norddeutschland stammten und der sich manchmal einen Spaß daraus machte, so zu tun, als verstünde er kein bairisch.

„Obs no wos megts", wiederholte der Wirt unbeirrt.

„Nein, danke, wir möchten dann zahlen", sagte Jonas und zückte sein Portemonnaie.

Lass sie bitte dort bleiben, wo sie sind, flehte er innerlich, während er zahlte und dabei konsequent jeglichen Blick in Richtung der beiden Frauen vermied. Sein Stoßgebet wurde nicht erhört. Die Frauen dachten sich wohl, einen im Aufbruch begriffenen Star würde man nicht besonders stören, denn er hatte ja gerade nichts anderes zu tun, als aufzustehen und seine Jacke überzustreifen. Gute Gelegenheit also.

„Entschuldigung", sagte eine vor lauter Aufregung hohe, piepsige Stimme. Die Mutigere der Frauen stand wie herbeigebeamt plötzlich einen Meter von Jonas entfernt und schaute ihn mit großen Augen an. Die zweite stand hinter ihr mit identischem Blick.

Jonas riss sich zusammen, zog die Mundwinkel nach oben und sagte freundlich: „Ja?"

„Ich … äh … wir …, also wir haben Sie gerade eben erkannt und …" – aufgeregtes Schlucken – „und wir wollten fragen, ob wir ein Autogramm …" Die Luft ging aus. Die Frau wurde knallrot.

„Ja, klar", sagte Jonas. „Ich hab jetzt nur keine Karten dabei. Habt ihr etwas?"

„Ich hab ein Notizbuch. Geht das?", fragte jetzt die zweite Frau. Sie hatte sich sehr solidarisch in der Gesichtsfarbe ihrer Freundin angepasst.

„Alles geht" erwiderte Jonas nett, nahm den Stift und das Notizbuch und schrieb einmal ein persönliches Autogramm für Judith und dann noch eins für Friederike. Natürlich auf separate Blätter, damit es kein böses Blut gab.

„Bitte schön!", sagte er und gab das Notizbuch zurück, das wie eine kostbare Reliquie entgegengenommen wurde.

„Danke!", hauchten Judith und Friederike unisono.

„Tschüss", sagte Jonas und folgte Werner und Gregor, die schon vorausgegangen waren. Es waren sehr rücksichtsvolle Freunde.

Als er die Tür des Lokals hinter sich zuzog, atmete er auf. Johnny Cash, June Carter, Judith und Friederike waren überstanden.

Charlotte surfte durchs Netz. Sie hatte sich vorsorglich schon mal im Filmforum eingeloggt, aber sie ging nicht davon aus, dass MrNiceGuy schon so früh – es war kaum neun Uhr – online sein würde. Schließlich konnte ein Ausflug in die Berge länger dauern, und wenn er mit Freunden zusammen war, würde es sicher später werden.

In die Berge. Welche Berge? Etwa die Alpen? Ob er dann wohl auch in Bayern wohnte? Das wäre ja lustig. Aber die Alpen waren groß. Er konnte auch aus Österreich stammen. Oder der Schweiz. Oder er meinte gar nicht die Alpen, sondern den Hunsrück oder den Harz? Sagte man da auch: Man fährt in die Berge? Das wäre doch etwas übertrieben, oder? *Die* Berge, das waren doch eher hohe Berge, nicht so was Mittleres, wo jeder Turnschuhträger hochlatschen konnte.

Charlotte versuchte, nicht weiter darüber nachzudenken. Es war schließlich gegen ihre Abmachung. Er hatte „Berge" gesagt und das war alles. War ihm so rausgerutscht, und sie sollte es nicht weiter beachten.

Allerdings hatten sie vereinbart, dass sie nun auch etwas von sich erzählen musste. Was konnte das sein? Dass sie in einer Zweizimmerwohnung lebte? Das war langweilig. Dass sie schöne Ohrläppchen hatte? Charlotte musste lachen. Klar, das würde ihn interessieren.

In der Wohnung über ihr stritten sich, wie fast jeden Sonntagabend, die Nachbarn, ein jüngeres Ehepaar. Beide verfügten über sehr laute Stimmen. Charlotte fragte sich, was ausgerechnet an den Sonntagen so schlimm war, dass sie sich immer dann streiten mussten. Das könnte sie MrNiceGuy doch erzählen: dass sie Nachbarn hatte, die sich jeden Sonntag stritten. Vielleicht hatte er eine Erklärung dafür. Zumindest fiele ihm irgendeine witzige Bemerkung dazu ein.

Charlotte ging zu ihrem CD-Spieler und schaltete ihn ein. Die Ouvertüre von Don Giovanni übertönte das Gebrüll von oben. Zu Opernklängen surfte sie weiter. Fast widerwillig begab sie sich zwischendurch auch auf die Seite des Fanklubs, und was sah sie da? Helle Aufregung.

Brigitte hatte die Nachricht gepostet: Jonas Förster sei am Abend zuvor doch auf dem Filmball gewesen. In Begleitung seiner Schwester. Dazu hatte sie ein Foto verlinkt, das sie irgendwo im Netz gefunden hatte.

„Wie kann es nur sein, dass wir ihn verpasst haben?", klagte sie und garnierte ihren Post mit vielen weinenden Smileys.

Die anderen antworteten in ähnlicher Weise und übertrafen sich in der Auswahl der Smileys, die ihre Trauer und ihre Enttäuschung ausdrückten. Weinende, hämmernde und in Ohnmacht fallende kleine, gelbe Knödel zierten die Seite haufenweise. Charlotte las die Posts mit einer Mischung aus schlechtem Gewissen und Schadenfreude. Sollte sie lieber posten: „Ich hab ihn gestern gesehen, tut mir leid, dass ich nichts gesagt habe" oder „Ich hab ihn gestern gesehen, aber ich habe nichts gesagt. Ätsch!"?

Sie sollte am besten gar nichts posten. Man würde sich nicht weiter darüber wundern, sie war ja sonst auch eher zurückhaltend. Vielleicht ein scheinheiliges „Schade!". Ja, das ging. Gesagt, getan. Einen traurigen Smiley-Knödel daneben. Fertig.

Es klingelte an ihrer Tür. Von ihrem Fenster aus konnte sie den Eingang sehen. Da stand Amadeus. Charlotte drückte den Türöffner und ließ ihn herein.

„Ich will niemandem den Platz im Obdachlosenheim wegnehmen, wenn ich bei meiner Schwester unterkommen kann", erklärte er ein wenig kleinlaut, als er die Wohnung betrat.

„Ist doch klar", sagte Charlotte. „Da ist noch Gemüsesuppe auf dem Herd."

„Lecker", erwiderte Amadeus nur halb begeistert.

„Mach's dir gemütlich."

„Warum die Trauermusik?", fragte Amadeus, der nicht gerade auf die Musik seines Namensvetters stand.

„Ich wollte die Nachbarn übertönen."

„Ach so. Dafür eignet sich das natürlich."

„Du bist ein Banause." Charlotte lachte und tauschte die CD gegen eine von Pink aus.

„Besser?"

„Geht." Amadeus genehmigte sich etwas von der Suppe. „Eigentlich würde ich lieber fernsehen. Mal sehen, was bei Jauch kommt."

„Mach, was du willst, ich lese noch ein bisschen", sagte Charlotte und zog sich in ihr Zimmer zurück.

Sie schloss die Tür hinter sich, damit sie Ruhe hatte. Oben war es still geworden. Sie wollte gerade einen weiteren Anlauf mit dem Manuskript versuchen, als sie das bekannte leise Froschquaken zu hören glaubte.

Sie schaute nach, und tatsächlich: Da war MrNiceGuy schon im Chatroom.

„Hallo? Bist du da?", hatte er geschrieben.

4. Und es waren die Alpen

„Ja, hallo, ich bin da", schrieb LadyChatterley.

Es dauerte eine Weile, bis er antwortete. Offenbar hatte er den Computer kurzfristig wieder verlassen.

Sie wartete.

„Entschuldigung. Ich musste mir noch ein Bier holen."

„Hattest du einen netten Tag mit deinen Freunden?"

„Ja, schon."

„In den Bergen!!!"

„Wir waren nicht groß in den Bergen, es war zu kalt. Wir sind dann früh eingekehrt."

„Wo denn?"

„Ha Ha!"

Charlotte grinste.

„Und? Hast du dir was ausgedacht, das du mir erzählen kannst?", fragte er.

„Meine Nachbarn streiten sich, und ich hab schöne Ohrläppchen", schrieb sie.

„Meine Nachbarn streiten sich auch, und ich hab auch schöne Ohrläppchen."

„Du willst sagen, das zählt nicht?"

„Beim besten Willen nicht."

„Hm …"

„Was anderes … Was hast du heute so getrieben?"

„Ich war zu Hause."

„Das hilft uns auch nicht weiter."

„Vielleicht doch …"

LadyChatterley zögerte, bevor sie den nächsten Satz schrieb.

„Ich hab etwas gelesen."
 „Aha. Was Besonderes?"
 „Ja, etwas ganz Besonderes."
 „Und das willst du mir erzählen? Als Ausgleich für meine Berge-Info?"
 „Es wäre sogar mehr als ein Ausgleich. Und es ist auch nicht gerade lustig."
 „Entscheide du."

Charlotte ging es eigentlich nicht um den Ausgleich in ihrem gegenseitigen persönlichen Informationsstand. Sie hatte das Bedürfnis, über dieses Buch zu reden, und mit einem Mal wurde ihr bewusst, dass der einzige Mensch, mit dem sie das für möglich hielt, der unbekannte Mann namens MrNiceGuy war. Außerdem kam es ihr bei ihm nicht so vor, als würde sie Frau Hindelangs Vertrauen missbrauchen.

„Also gut, ich erzähl dir, was ich gelesen hab, aber du musst zwischendurch deine Finger stillhalten, okay?"
 „Kein Problem, ich hör einfach nur zu … oder lese vielmehr."

Charlotte erzählte von dem Buch und auch – in Andeutungen und ohne ihren Beruf zu verraten – wie sie dazu gekommen war, es zu lesen. Jonas unterbrach sie kein einziges Mal.

„Ich habe Angst, weiterzulesen, und ich habe vor allem Angst, der alten Dame wiederzubegegnen, verstehst du? Ich weiß nicht, was ich ihr sagen soll."

Jonas hatte das Gefühl, dass ihr beim Schreiben die Tränen über die Wangen liefen.

„Ich bin fertig, du kannst wieder schreiben."

„Okay ... Ich verstehe dich."

„Danke"

„Ist es gut?"

„Was?"

„Das Buch. Ich meine, ist es gut geschrieben? Könnte man es veröffentlichen?"

„Ja, es ist sehr gut, würde ich sagen. Deshalb ist es auch so ergreifend."

„Und würde die Frau das wollen? Veröffentlichen?"

„Das weiß ich nicht. Sie hat es nur mir gegeben."

„Weil sie dir vertraut. Weil sie es erst mal jemandem zeigen wollte, den sie persönlich kennt. Aber man schreibt so was normalerweise nur, wenn man damit an die Öffentlichkeit gehen möchte."

„Ja, vielleicht."

„Hat dein Bruder keine Beziehungen?"

„Mein Bruder?"

„Du hast doch gestern gesagt, dass er Schriftsteller ist."

„Und obdachlos."

„Und was ist er vor allem?"

„Im Moment obdachlos. Er hat eine Schaffenskrise."

„Dann soll er die mal beenden und sich für eine alte Dame einsetzen, die ihre Lebensgeschichte veröffentlichen muss."

„Wieso muss?"

„Da bin ich mir sicher."

„Du kennst sie doch gar nicht."

„Aber ich habe gut zugehört. Zugelesen."

„Ich sollte das Buch vielleicht zuerst zu Ende lesen."

„Auf jeden Fall."

„Okay, dann mach ich das."

„Und dann trittst du deinem Bruder in den Hintern und fragst die Frau, ob sie das auch will."

„Ja, mach ich."

„Und es waren die Alpen."

„Was?"

„Die Berge. Es waren die Alpen."

Ein breites Lächeln trat auf Charlottes Gesicht, und sie tippte:

„Du bist wirklich ein nice guy."
  „Danke, nicht der Rede wert."
  „Doch, ich finde schon."
  „Wieso eigentlich LadyChatterley?"
  „Ein Wortspiel. Chat-terley. Es ging um das Wort Chat. Chatten."

Jonas lachte vor seinem Computer laut auf.

„OMG. ROTFL"
  „Ja, mir ist auch zu spät aufgefallen, dass LadyChatterley irgendwie missverständlich sein könnte und dass niemand es als Wortspiel versteht."
  „Macht doch nichts."
  „Ich hab übrigens ewig gebraucht, bis ich rausgefunden habe, was rotfl heißt."
  „Rolling on the floor laughing."
  „Ja, jetzt weiß ich das auch."
  „Übrigens, was anderes, hast du eigentlich *Walk the Line* gesehen? Den Film?"
  „Sogar im Kino. Neben mir saß ein Mann, der hat die ganze Zeit mitgesungen. In Original-Johnny-Cash-Stimme."
  „Oh, nein!"
  „Ich fand es irgendwie süß. Er hat die Musik total geliebt, das hat man gemerkt."
  „Und wie fandest du den Film?"
  „Fantastisch! Genau die Art Film, die ich mag: unterhaltsam, mitreißend, gefühlvoll, witzig, traurig, … die Schauspieler waren toll, die Geschichte war toll, die Musik, alles. Am liebsten hätte ich auch mitgesungen, aber das hat mein Nachbar ja schon erledigt, also hab ich den Part mit dem Heulen übernommen."

„LOL. Können wir eigentlich auch mal unterschiedlicher Meinung sein?"

„Da finden wir schon noch irgendwas."

„Eigentlich würde ich gerne mal mit dir zusammen ins Kino gehen, aber das geht ja leider nicht."

Charlotte hielt die Luft an. Das hätte sie sich auch gewünscht. Dann überlegte sie und schrieb:

„Wir könnten es so machen wie Harry und Sally. Die haben sich gleichzeitig, jeder bei sich im Bett, *Casablanca* angesehen."

„Das wäre toll. Wir machen eine Filmnacht, sehen gleichzeitig den gleichen Film und können dazu chatten."

„Ich mag es aber nicht, wenn jemand redet, wenn ich einen Film anschaue."

„Und der Typ im Kino? Der hat sogar gesungen."

„Das war was anderes."

„Okay, dann chatten wir eben nicht und halten die Finger still."

„Gut, welcher Film?"

„Wie wäre es mit *Midnight in Paris*?"

„Sehr gern. Du weißt, dass das einer meiner Lieblingsfilme ist."

„Einer von etwa hundert."

„Genau. Aber der ist unter den Top Ten."

„Also abgemacht?"

„Ja. Wann?"

„Ich bin nur noch nächste Woche zu Hause."

„Das heißt?"

„Dass ich danach eine Weile nicht zu Hause bin."

„Ja, so viel hab ich verstanden. Keine Sorge, ich möchte keinen weiteren Ups-Moment provozieren."

„Okay. LOL. Es heißt, dass ich dann eine Weile ziemlich eingespannt bin. Beruflich. Deswegen bin ich nicht zu Hause."

„Okay."

„Chatten kann ich ab und zu, aber keine ganze Filmsession lang."

„Dann also gleich nächste Woche?"

„Ja, wann hast du Zeit?"

„Vielleicht gegen Ende der Woche? Vorher möchte ich noch das Buch fertig lesen, das kann ich nur am Abend."

„Okay, Freitag?"

„Ja, Freitag."

„Dann haben wir jetzt ein Date."

„Sieht so aus."

„Ich freu mich drauf."

„Ich mich auch."

5. Angebotene Leckereien

Es wurde ein schöner Abend. Seltsam und schön.

„Wenn wir uns jemals richtig verabreden, dann in Paris bei Nacht und im Regen", textete MrNiceGuy am Schluss

„Das machen wir", schrieb LadyChatterley zurück.

Dann fragte er nach dem Ende der Geschichte der alten Dame.

„Es geht irgendwie gut aus. Ihr erster Mann wurde zum Glück nicht uralt. Sie lebte lange allein, bis sie dann doch noch mal jemandem begegnet ist. Mit fast sechzig Jahren hat sie die Liebe ihres Lebens getroffen und geheiratet, und ihm hat sie alles erzählt."

„Ein Happy End also."

„Nicht ganz. Ihnen blieben nicht viele Jahre zusammen, dann ist er gestorben. Er hat sie immer dazu ermutigt zu schreiben, weil er meinte, dass sie sich dadurch von der Last ihrer Vergangenheit befreien würde. Nach seinem Tod hat sie ihm den Wunsch erfüllt."

Jonas sah betroffen auf die Zeilen, die LadyChatterley geschrieben hatte.

„Geht es dir gut?"

„Ja. Schon. Es war hart zu lesen."

„Hast du mit deinem Bruder gesprochen?"

„Noch nicht, aber mach ich noch."

Jonas zögerte, doch dann schrieb er:

„Wenn du reden willst, kannst du mir jederzeit eine Email schreiben. Ich weiß nicht, wann ich Zeit für den Chat habe, aber ich checke meine Mails und ich schreibe zurück."

„Ja, okay. Danke."

„War schön, mit dir ins Kino zu gehen."

„Fand ich auch."

Am nächsten Tag packte Jonas seine Koffer. Er musste nach Berlin reisen. Die Dreharbeiten zu einem großen Fernseh-Zweiteiler, in dem er die Hauptrolle spielen würde, starteten am Montag. Er würde zwei Monate lang nicht zu Hause sein. Im Anschluss an den Zweiteiler drehte er einen Spielfilm auf Rügen, und bald darauf begann schon die Promotion für einen Film, den er im vergangenen Jahr gedreht hatte und der im Herbst in die Kinos kommen würde. Das Jahr war voll. Aber dafür hatte er, abgesehen von fünf Drehtagen für einen Tatort, das letzte halbe Jahr nichts weiter zu tun gehabt, als Drehbücher zu lesen und ab und zu einen Fernseh-Termin zu absolvieren, damit man in Erinnerung blieb, wie Roswitha das nannte.

„Ja, das geht schnell. Kaum wird man ein halbes Jahr lang nicht wahrgenommen, schon heißt es: Der ist out. Die blöden Leute denken ja nicht daran, dass man in der Zeit vielleicht gerade dreht." Roswitha ging immer vom dümmsten anzunehmenden Publikum aus.

Einerseits hatte Jonas es genossen, sich jeden Tag einteilen zu können, wie er wollte, andererseits schoss ihm regelmäßig der Gedanke durch den Kopf, dass er in der drehfreien Zeit doch auch mal wieder Theater spielen könnte. Natürlich verdiente man am Theater viel weniger, und richtig bekannt war man da auch nur, wenn man zu den ganz Großen gehörte, aber das war ihm egal. Er hatte es geliebt, drei Stunden lang in einer Rolle zu bleiben, nicht nur jeweils für eine kurze Szene, auf die man ewig warten musste. Das Publikum zu spüren, seine Anwesenheit, seinen angehaltenen Atem, seine Reaktionen. Den Applaus am Schluss.

Er hatte Roswitha darauf hingewiesen, doch die wollte davon nichts wissen. „Dann kannst du deine Filmkarriere vergessen, das sag ich dir. Wo willst du denn die Zeit hernehmen, wenn du in einem festen

Engagement bist? Oder auch nur bei einem Stückvertrag? Dann kannst du alles andere abschreiben."

Wahrscheinlich hatte sie Recht. Und vielleicht wollte man ihn am Theater sowieso nicht mehr. Vielleicht hielt man ihn dort für den Filmfritzen, der sich von der wahren Kunst abgewandt hatte, um Kohle zu machen und berühmt zu werden.

Lustlos suchte er Hemden und T-Shirts heraus, warf Jeans und Unterwäsche durcheinander in den Koffer. Nur seinen Laptop packte er sehr sorgfältig in den Rucksack und achtete darauf, dass er gut abgepolstert war.

Das war am Ende das Gute an dem halben Jahr ohne große Beschäftigung gewesen: seine Chats mit LadyChatterley. Lady*Chat*terley! Er musste grinsen. Sie war wirklich speziell. Nicht nur, dass sie einander ähnlich waren, was ihren Filmgeschmack und ihren Humor betraf, nein, er fühlte sich ihr auch sonst sehr nah. In keinem Moment seines Lebens war er mehr er selbst als abends im Chatroom mit ihr. Und genau aus diesem Grund kam es nicht infrage, dass sie einander je persönlich kennenlernten, oder dass sie auch nur ansatzweise erraten durfte, wer MrNiceGuy war, wobei auch LadyChatterley darauf bedacht zu sein schien, ihre Anonymität zu wahren. Eigentlich war es tragisch, dachte Jonas und sah gedankenverloren aus dem Fenster.

Da unten stand wieder die junge Frau, die ihm in letzter Zeit schon öfter aufgefallen war. Sie war schwer zu übersehen mit ihren langen dunklen Haaren, der kurzen Felljacke, die ihre schmale Taille betonte, dem Minirock und den dünnen Beinen, die in Leggings und hochhackigen Stiefeln steckten. Sie sah ein bisschen aus, als wartete sie auf einen Freier, aber Jonas war sich sehr sicher, dass er es war, auf den sie wartete. Bisher konnte er einer Begegnung mit ihr immer entgehen, aber er hatte keine Lust, sich danach zu richten, ob sie da war oder nicht, wenn er mal das Haus verlassen wollte. Andererseits konnte er nichts gegen sie unternehmen, sie tat ja nichts, und er hatte auch keinen Beweis dafür, dass sie ihn verfolgte oder ihm auflauerte.

Er beobachtete sie eine Weile, dann fasste er einen Entschluss.

Er zog Schuhe und Jacke an und ging nach draußen. Keine Mütze. Er ging direkt an der Frau vorbei, ohne sie zu beachten. Ein Nachbar kam ihm entgegen und grüßte. Jonas grüßte freundlich zurück. Dann lief er die Straße entlang, bis er zu dem Fußweg kam, der zum Isarwehr führte und ging dort weiter. Als er kurz vor dem Wehr ankam, bog er auf einen anderen Weg ab, der wieder zur Straße führte. Die Frau folgte ihm die ganze Zeit in einigem Abstand. Als er bei der Straße ankam, überquerte er die Fahrbahn und lief eine Weile geradeaus, bis er schließlich erneut die Straßenseite wechselte und auf der anderen Seite einfach wieder zurücklief. Die Frau machte auch diesen unsinnigen Richtungswechsel mit. Kurz bevor er wieder in seiner eigenen Straße angelangt war, stoppte Jonas, drehte sich abrupt um und steuerte geradewegs auf die Frau zu.

„Was soll das?", fragte er direkt. „Was haben Sie davon?"

Die Frau war mehr als einen Kopf kleiner als er und wirkte aus der Nähe noch zierlicher als aus der Ferne. Sie musste in dem Outfit fürchterlich frieren und eigentlich hätte ihr diese Konfrontation peinlich sein müssen, doch weder das eine noch das andere war der Fall.

Sie lächelte schief und zog den Reißverschluss ihrer Jacke ein wenig tiefer, darunter erschien ein dunkelroter Pulli mit tiefem Ausschnitt.

„Dass ich dich jetzt endlich kennengelernt habe, das hab ich davon", antwortete sie.

„Sie haben mich nicht kennengelernt", sagte Jonas kalt. „Davon träumen Sie höchstens."

„Komm schon, Jonas", schmeichelte die Frau und ging einen Schritt auf ihn zu. „Du willst nur nicht zugeben, dass ich dir auch aufgefallen bin. Das versteh ich, aber …"

„Als Stalkerin sind Sie mir aufgefallen", schnitt ihr Jonas das Wort ab. „Ich gebe Ihnen den guten Rat, sich nicht mehr vor meinem Haus herumzutreiben und mir aufzulauern, sonst werden Sie von meinem Anwalt hören. Ich hoffe, dass das klar ist."

Damit drehte er sich um, kochend vor Wut, und lief davon.

„Mensch, Jonas", rief ihm die Frau hinterher, doch er tat, als hörte er sie nicht.

Zum Glück war er vorerst nicht mehr zu Hause. Das Packen ging ihm plötzlich viel leichter von der Hand.

Der Montagmorgen in der Buchhandlung war ruhig, kaum ein Kunde verirrte sich in den Laden. Das war normal. Montagmorgens schien kein Mensch Bücher kaufen zu wollen. Charlotte nutzte die Zeit meistens dazu, sich zu informieren, was es Neues gab, was interessant sein könnte und was den großen Konkurrenten an literarischen Schätzen womöglich entging.

Als die melodische Türglocke ertönte, blickte Charlotte überrascht auf und war noch überraschter, als sie Frau Hindelang auf sich zukommen sah.

„Guten Morgen, Frau Frühwald", sagte die alte Dame lächelnd. „Ich dachte, wenn ich am Montag komme, störe ich Sie am wenigsten bei der Arbeit."

„Sie stören mich überhaupt nicht, Frau Hindelang", versicherte ihr Charlotte. Sie konnte eine gewisse Beklommenheit nicht aus ihrer Stimme verbannen. Frau Hindelang lächelte weiter. Sie hielt ihre schwarze Handtasche in beiden Händen vor sich und wartete, Charlotte wusste worauf.

„Ich habe ihr Buch gelesen", sagte sie.

Frau Hindelang schaute einen Moment lang zu Boden, dann hob sie den Blick wieder. Nur wenig hatte sich an ihrem Lächeln verändert, doch wenn man genauer hinsah, konnte man die Anspannung erkennen, die sich in ihren Mundwinkeln festgesetzt hatte.

„Es ist …", begann Charlotte. Dann besann sie sich und zeigte mit der Hand einladend zu der Leseecke im Laden, wo zwei Sessel und ein kleines Sofa standen. „Bitte, setzen wir uns doch zuerst. Da redet es sich angenehmer."

Frau Hindelang nickte nervös.

Charlotte überlegte, ob sie der alten Dame vielleicht etwas anbieten sollte, einen Kaffee oder Tee, aber ihr war klar, dass Frau Hindelang nur eines wollte: ihr Urteil.

„Ihr Buch ist großartig, Frau Hindelang. Ich habe selten etwas gelesen, das mich mehr ergriffen hat. Ich kann Ihnen gar nicht sagen, wie geehrt ich mich fühle, dass Sie es mir anvertraut haben."

Tränen glänzten in den Augen der alten Dame. Sie schlug die Hände vor den Mund und fragte leise: „Wirklich?"

„Wirklich!" Charlotte hatte Mühe, sich zusammenzureißen und nicht selbst zu heulen.

„Wenn das mein Mann gehört hätte ...", flüsterte Frau Hindelang.

„Ich glaube, er hätte sich vor allem darüber gefreut, dass Sie den Mut gefunden haben, dieses Buch zu schreiben, aber ich glaube auch, dass er stolz darauf wäre, wie gut es geworden ist."

„Ja, ganz bestimmt." Das glückliche Lächeln kehrte in das Gesicht der alten Dame zurück.

„Und ich denke", Charlotte zögerte ein wenig, weil sie nicht wusste, ob es das war, was Frau Hindelang wollte, „ich denke, er wäre noch stolzer, wenn Sie es veröffentlichen würden."

Frau Hindelang hob erstaunt die Augenbrauen.

„Ich weiß nicht, ob Sie daran gedacht haben", fügte Charlotte rasch hinzu, „aber das Buch hätte es wirklich verdient."

„Ich weiß nicht ...", sagte die alte Dame. Ihre Augen glitten ziellos über den Fußboden, als wollte sie den Weg verfolgen, der sie hierher geführt hatte, in diese Situation, entscheiden zu müssen, was sie mit ihren niedergeschriebenen Erinnerungen anfangen wollte. „Ich habe es eigentlich nur für mich geschrieben und für meinen Robert, wie ein verspätetes Tagebuch, wissen Sie?"

Charlotte nickte. „Das ist allein Ihre Entscheidung, Frau Hindelang. Nur, falls Sie das möchten, würden Sie mir Bescheid sagen?"

Frau Hindelang versprach es. Dann stand sie auf und gab Charlotte die Hand.

„Auf alle Fälle danke ich Ihnen, Frau Frühwald. Ihre Meinung zu hören, hat mir viel bedeutet."

„Sehr gern, Frau Hindelang", erwiderte Charlotte und schaute der alten Dame hinterher, wie sie, begleitet von der Melodie der Türglocke, den Laden verließ.

Sie hatte Amadeus am Abend zuvor das Manuskript in die Hand gedrückt und ihm gesagt, er solle es lesen. Und als er meinte, er habe momentan weder Zeit noch Lust, sich mit irgendwelchem Geschreibsel zu befassen, nicht mit seinem eigenen und noch viel weniger mit dem anderer Leute, da hatte Charlotte mit der flachen Hand und völlig untypischer Heftigkeit auf den Tisch gehauen und gesagt: „Du liest das gefälligst, sonst brauchst du für den Rest des Winters hier nicht mehr aufzukreuzen, verstanden? Es kommt nicht oft vor, dass ich dich mal um einen Gefallen bitte, aber wenn ich es tue, dann kannst du auch mal über deinen Schatten springen."

Als Amadeus sie einigermaßen überrascht angestarrt hatte, hatte sie die Augen niedergeschlagen, sich die schmerzende Hand gerieben und eine Entschuldigung gemurmelt. Daraufhin hatte er das Manuskript an sich genommen und gemeint, sie müsse das mit dem Ausrasten noch ein bisschen üben.

„Im Ansatz war das schon ganz gut, nur der Abschluss war beschissen. Aber da steckt Potenzial drin, Lottchen. Weiter so!"

Sie hätte gern MrNiceGuy davon erzählt, wie sie ihrem Bruder erfolgreich „in den Hintern getreten" hatte, so wie er es ihr geraten hatte, aber er war nicht online gewesen. Vielleicht am Abend wieder. Oder morgen. Sie musste ihm doch auch von Frau Hindelang erzählen. Und sie vermisste ihn.

Jonas saß im Trailer der Maske und ignorierte den sirenenartigen Klingelton seines Handys, der Roswithas Anruf verriet.

„Du kannst ruhig rangehen, wenn es dringend ist", bot die Kaugummi kauende Maskenbildnerin an, die ihm gerade die Spuren einer Schlägerei ins Gesicht malte.

„Nicht nötig", murmelte Jonas, bemüht, den Mund möglichst nicht zu bewegen.

Er wusste ohnehin, worüber Roswitha mit ihm reden wollte. Nachdem er ihr von dem Debakel auf dem Filmball und dem nicht stattgefundenen Gespräch mit Ganzendorfer und seinem sensationellen Geheimprojekt berichtet hatte, worüber sie nicht erfreut war, hatte sie sich persönlich an den Fall gemacht und vermeldete fast täglich den Stand der Dinge. Jonas hatte regelrecht Mitleid mit dem Produzenten. Entweder er würde danach die Hauptrolle bekommen oder auf ewig ein rotes Tuch für Ganzendorfer bleiben. Roswitha setzte auf alles oder nichts.

„Irgend'ne Frau, die du abwimmeln willst?", grinste die Maskenbildnerin namens Daisy und kaute dabei mit offenem Mund.

Wer mich anruft, geht dich einen Dreck an. Mach mein Gesicht schön blau und blutig und halt die Klappe. Das hätte Jonas am liebsten gesagt, aber er sagte gar nichts. Für Daisy war das Abfuhr genug, und sie arbeitete schweigend weiter.

Als sie mit ihm fertig war, bedankte sich Jonas höflich und ging zurück in seinen Trailer, den er mit zwei Kollegen teilte. Einer von beiden war gerade anwesend.

Das Telefon klingelte erneut.

„Gott, was ist das für ein schrecklicher Klingelton?", fragte Herbert Friedberg, der im Film Jonas' Vater spielte.

„Meine Managerin", sagte Jonas und begann sich für die nächste Szene umzuziehen, eine vom Ende des Zweiteilers. Man drehte wild durcheinander.

Jonas' Filmvater sah fast genauso übel zugerichtet aus wie sein Filmsohn, denn die Prügelei hatte zwischen den beiden stattgefunden. Die längst überfällige Prügelei zwischen einem gewalttätigen Vater und seinem Sohn, der sich nach Jahren der Unterdrückung endlich wehrte. Die Prügelszene musste noch gedreht werden.

Der ältere Kollege interessierte sich nicht für die Managerin. Er saß breitbeinig und zurückgelehnt auf einer Art Diwan und betrachtete Jonas.

„Steht dir besser als mir", meinte er.

„Was?"

„Blut", lachte Friedberg. „Die Mädels werden es lieben."

Jonas verzog das Gesicht, soweit das mit den Farbschichten möglich war, ohne sie zu zerstören. Er mochte diese Art Konversation nicht.

„Schon komisch diese Weiber, auf was die so abfahren", fuhr Friedberg fort. Jonas ging nicht auf das Gerede ein, sondern wünschte sich, in einem anderen Trailer untergebracht worden zu sein.

„Und? Nutzt du das manchmal aus?"

„Was denn?", fragte Jonas genervt.

„Na, die ganzen Frauen, die hinter dir her sind."

„Spinnst du?", entfuhr es Jonas angewidert.

„Wieso denn? Kann einem doch keiner verdenken, wenn man von den angebotenen Leckereien auch mal nascht."

Bevor Jonas noch etwas erwidern konnte, klopfte es an der Tür des Trailers.

„Herein!", rief Friedberg mit seiner dröhnenden Stimme.

Die Tür öffnete sich, und Markwart Leder, der Regisseur persönlich, stürmte herein. Er wirkte immer ein bisschen hyperaktiv und gehetzt. Er lachte kaum, hatte eine steile Falte zwischen den Augen und fuhr sich unaufhörlich durch die dunkelgrauen, schütteren Haare, die schlicht und unordentlich nach hinten gekämmt waren. Wie immer trug er seine lange, hellbraune Strickweste. Hinter ihm her kam Leonie, sein Assistentin, die geklopft und ihm die Tür aufgehalten hatte und eine wichtig aussehende Mappe in der Hand trug.

„Ach du Scheiße!", brach es aus dem Regisseur heraus, kaum dass er den Trailer betreten und Jonas und Friedberg gesehen hatte. „Wer hat das denn verbrochen? Muss ich mich jetzt auch noch in der Maske dazustellen und aufpassen, dass nichts schiefgeht?" Er atmete tief ein, um sich zu beruhigen, aber es nützte nichts, dafür hatte er jetzt wieder genug Luft, um in gleicher Weise fortzufahren. „Das ist zu viel, und das ist zu wenig!", rief er, wobei er mit bedrohlich ausgestrecktem Finger zuerst auf Jonas, dann auf Friedberg zeigte. „Der Sohn vermöbelt den Vater und nicht umgekehrt. Er kriegt zwar auch etwas ab, aber viel weniger. Das hab ich doch ganz klar gesagt." Er wandte sich an seine Assistentin, die betreten danebenstand. „Die dumme Kuh, die das gemacht hat, kannst du gleich rausschmeißen. So was kann ich hier nicht brauchen. Das kostet nur Zeit. Und meine Nerven. Wenn jemand nicht zuhören kann, hat er hier nichts verloren."

Die Assistentin sah Leder mit großen Augen an, aber sie fragte die beiden Schauspieler dennoch gehorsam: „Welche war das es denn?"

„Daisy", sagte Friedberg.

„Aber sie kann nichts dafür", warf Jonas sofort ein. „Ich habe ihr gesagt, sie soll ruhig mehr machen."

„Und ich vertrage die viele Schminke nicht gut", ließ sich Friedberg vernehmen. „Wenn du jedes kleine Mädchen feuern willst, dass vor Schauspielern mehr Ehrfurcht hat als vor Regisseuren, sieht es hier bald ziemlich trist aus."

Leder kniff den Mund zusammen. Was wollte er gegen seine beiden Hauptdarsteller schon ausrichten? Abrupt wandte er sich an seine Assistentin und fuchtelte ihr mit dem Zeigefinger vor der Nase herum.

„Schärf ihr ein, wenn sie sich noch ein einziges Mal nicht an die Anweisungen hält, kann sie verschwinden. Und ihr beide lasst das jetzt neu machen." Damit sprang er aus dem Trailer.

„Sind wir gleich dran?", fragte Jonas Leonie, die sich beeilte, ihrem Meister zu folgen.

„Nee, das dauert noch", rief sie über die Schulter.

„Und wozu dann die Aufregung?" Aber Jonas sprach nur noch mit Luft.

„Noch nie mit Markwart zusammengearbeitet, was?", fragte Friedberg.

„Nein", antwortete Jonas.

„Na, dann bereite dich mal auf eine anstrengende Zeit vor. Bei Markwart waren Leute schon herzinfarktgefährdet."

„Keine Sorge, ich habe ein gutes Herz."

Friedberg grinste und legte Jonas die Hand auf die Schulter.

„Ja, mein Junge, das hast du gerade bewiesen."

Dann gingen sie gemeinsam zurück zur Maske.

Am Mittwochabend fand ein weiteres Treffen des Fanklubs in der Georgenstraße statt.

Als Charlotte eintraf, waren Brigitte, Anneli, Juliane, Jutta und Iris bereits da und mit Heißgetränken versorgt. Unter ihnen fand sich auch ein neues Gesicht. Eine junge Frau, die ein wenig aufgeregt schien und heftig in ihrem Haferl heißer Schokolade rührte. Alles an ihr war extrem dünn, knochig fast schon. Sie hatte kurze, glatte Haare und trug eine altmodische, randlose Brille.

„Hallo Charlotte", sagte Brigitte. Sie fand wohl, dass es der inoffiziellen Chefin oblag, die neuen Mitglieder offiziell einzuführen. „Das ist Heidelinde. Sie ist seit Kurzem neu im Forum, und da hab ich sie zu unseren Treffen eingeladen." Sie schenkte Heidelinde einen freundlichen Blick und Charlotte einen vorwurfsvollen, als sie hinzufügte: „Du kannst das nicht wissen, du warst ja, glaub ich, schon länger nicht mehr online."

Online schon, dachte Charlotte, aber nicht in eurem überdrehten Sabberforum.

„Ja, das stimmt", sagte sie stattdessen. „Ich hatte ziemlich viel zu tun in den letzten zwei Wochen und war abends immer zu müde und habe nur ferngeschaut."

„Ich wette, hauptsächlich Sachen mit Jonas", lachte Heidelinde nervös. „Ich habe alle seine Filme auf DVD und natürlich auch alle Staffeln von *Feierabend*."

Brigitte lächelte sie weiter wohlwollend an und wartete darauf, dass sich Charlotte mit einer entsprechenden Antwort doch noch als qualifiziertes Jonas-Förster-Fanklub-Mitglied erwies.

„Ja, auch was mit Jonas", log Charlotte brav, obwohl sie noch nicht einmal eine einzige Folge *Feierabend* angeschaut hatte. „Ich habe endlich mal *Wintergrün* gesehen."

„Ohhh, *Wintergrün*!", rief Iris und warf einen schwärmerischen Blick zur Decke. „Das ist ja so ein toller Film. Und Jonas sieht so unglaublich gut darin aus."

„Jonas sieht in allen Filmen gut aus", beeilte sich ihr Zwilling klarzustellen.

„Ja, *Wintergrün* ist was ganz Besonderes", bestätigte auch Brigitte. „Den habe ich mindestens schon dreimal gesehen."

Charlotte war sich ziemlich sicher, dass man sie aus dem Fanklub werfen würde, wenn sie wagte, ihre wahre Meinung über den Film zu äußern. Endlich kam der Kellner vorbei, sodass sie ein Glas Glühwein bestellen konnte. Ein einziges Glas gönnte sie sich ab und zu, das war ungefähr die Menge Alkohol, die sie gerade noch vertrug.

Zeitgleich mit dem Glühwein trudelte auch das letzte Mitglied des Fanklubs ein, Franziska. Sie bestellte noch während sie neben dem Tisch stand und sich ihrer kurzen Felljacke entledigte.

„Na", fragte sie aufgekratzt, „was gibt's Neues?"

Brigitte kam ihrer Pflicht nach und stellte Heidelinde vor.

„Hi, nett dich kennenzulernen", sagte Franziska, warf ihre langen Haare zurück und hielt der Neuen die Hand hin. „Wie alt bist du denn? Studierst du auch?"

Heidelinde wirkte etwas eingeschüchtert, erzählte aber, sie sei einundzwanzig und studiere Kunstgeschichte und Latein.

„Dann sind wir ja gleichaltrig", freute sich Franziska. Heidelinde freute sich mit. Zumindest verzog sie die Mundwinkel.

Und das wäre dann auch schon die einzige Gemeinsamkeit, dachte Charlotte insgeheim. Obwohl, da war natürlich noch Jonas Förster. Das verband, wie man sehen konnte, ungemein.

Als es nichts Spannendes mehr über Heidelinde in Erfahrung zu bringen gab, riss Franziska die Unterhaltung an sich. Sie stützte ihre Ellbogen auf den Tisch und beugte sich Aufmerksamkeit heischend vor.

„Ihr werdet nicht glauben, was mir am letzten Samstag passiert ist." Sie sah gespannt in die Runde. Als alle Augenbrauen erwartungsvoll gehoben waren, ließ sie die Bombe platzen: „Ich bin Jonas Förster begegnet."

„WAAAAAS?!", tönte es einstimmig aus fünf Kehlen. Die Zwillinge quietschen laut und mehrmals: „Oh, mein Gott! Oh, mein Gott!" Heidelinde saß stumm mit geöffnetem Mund da, und Charlotte rutschte das Herz in die Knie, so fühlte es sich jedenfalls an. Und es überraschte sie selbst.

Franziska strahlte übers ganze Gesicht.

„Erzähl", hauchte Anneli flehend.

„Also", begann Franziska und kostete die Wirkung ihrer Eröffnung noch ein wenig länger aus. „Ich ging im Englischen Garten spazieren, in der Nähe vom Wehr, wisst ihr, und ich war gerade ganz in Gedanken, als mir plötzlich jemand entgegenkam. Mit Mütze habe ich ihn erst gar nicht erkannt, aber er hat mich so angesehen. So ...." Sie suchte gekonnt nach Worten. „So ... interessiert eben. Man merkt das halt als Frau, ihr kennt das doch." Sie lachte verlegen und senkte den Blick, als müsste sie sich für ihr gutes Aussehen entschuldigen.

Charlotte bezweifelte stark, dass irgendeine der anderen eine Situation, wie Franziska sie beschrieb, kannte, doch die eine oder andere nickte vorsichtshalber.

„Jedenfalls", fuhr Franziska fort, „ich habe dann genauer hingesehen und dann habe ich ihn erkannt."

„Oh, mein Gott!", quietschten die Zwillinge erneut.

„Und dann?", fragte Juliane, als bestünde die Gefahr, dass Franziska ihre spannende Erzählung an dieser Stelle abbrechen würde.

„Dann hat er mich angelacht, weil er, glaub ich, gemerkt hat, dass ich ihn erkannt habe." Einmal mehr schlug sie die Augen nieder, vergrub sogar das Gesicht in den Händen und schüttelte sich. „Das war mir ja so peinlich", winselte sie durch die Finger. Dann ließ sie die Hände sinken. Über ihre Miene glitt ein seliges Leuchten.

„Und er war ja sooo süß!", schwärmte sie.

„Ohhh", machten die anderen.

Charlotte bewunderte innerlich Franziskas Darbietung. Sie war nicht sicher, ob sie ihr diese hanebüchene Geschichte glauben sollte oder nicht. Aber sie war sich auch nicht sicher, woher diese Zweifel kamen. Hielt sie es wirklich für so unwahrscheinlich, und wenn ja, warum eigentlich? Schließlich wohnte Jonas Förster bekanntermaßen in München, und die Gegend konnte auch hinkommen, wenn man den Gerüchten Glauben schenkte. Oder *wollte* sie Franziska einfach nicht glauben, weil, sie – es fiel Charlotte schwer, diesen Gedanken weiterzuspinnen – eifersüchtig war? Aber warum sollte sie eifersüchtig sein? Jonas Förster war ein Schauspieler, und etwas anderes hatte sie nie in ihm gesehen. Die Schwärmerei der anderen hatte sie seit jeher lächerlich gefunden und nie mitgemacht. War sie da etwa nicht ehrlich zu sich selbst gewesen?

„Was hat er gesagt?", fragte Brigitte.

„'Keine Angst, ich beiße nicht', hat er gesagt", behauptete Franziska. „Und ich wusste gar nicht, was ich antworten sollte. Und dann hat er auch noch gefragt, ob ich in der Gegend wohne und ob ich öfter am Wehr spazieren gehe."

Entfesseltes Quietschen, wonnevolles Stöhnen, Ausrufe höchsten Entzückens. Man hätte meinen können, an dem Tisch in der Ecke der Kneipe würde ein Porno gedreht.

„Wir haben noch ein bisschen geredet", fabulierte Franziska enthemmt drauflos und krönte ihre Erzählung mit dem unbestreitbaren Höhepunkt. „Und am Ende", sie schluckte theatralisch, „hat er mich um meine Handynummer gebeten."

Stille! Die gleiche überwältigte, atemlose Stille, die dem großen Schlussakkord einer Oper folgte, nachdem kurz zuvor die Sopranistin eine Arie lang gestorben war.

Dann flüsterte Iris: „Wahnsinn!", und die anderen stimmten allmählich und immer begeisterter in ihre verbale Beifallsbekundung mit ein. Franziska verbeugte sich symbolisch, indem sie die Ellbogen vom Tisch nahm und ihre Hände artig auf ihrem Schoß faltete.

Charlotte ging auf die Toilette. Eine andere hatte unbemerkt in dem Trubel schon vor ihr das Bedürfnis gehabt, sich zu übergeben. Aus einer der Kabinen kamen eindeutige Würgelaute, gefolgt von dem typischen Plätschern der erfolgreichen Wiedergabe von was auch immer.

Dann öffnete sich die Kabine und heraus kam Heidelinde.

„Geht es dir nicht gut?", fragte Charlotte, doch Heidelinde machte kein angegriffenes, sondern eher ein ertapptes Gesicht. Es war ziemlich klar, was da los war.

„Sag's bitte keinem", bat sie kleinlaut. Sie versuchte nicht einmal so zu tun, als wäre ihr nur schlecht gewesen.

„Du hast dir …"

Heidelinde nickte beschämt. „Ich hab's eigentlich in letzter Zeit ganz gut im Griff, aber heute habe ich diese riesengroße heiße Schokolade getrunken, und ich war so nervös, da musste ich ganz einfach …"

„Keine Angst, warum sollte ich irgendjemandem etwas davon erzählen?"

„Danke", sagte Heidelinde, wusch sich die Hände, spülte den Mund aus und drückte sich durch die Tür.

Charlotte fühlte sich miserabel. Sie hätte zu gern mit einem normalen Menschen geredet, aber da war weit und breit keiner in Sicht. MrNiceGuy, dachte sie, doch sie hatte in den vergangenen Tagen kein Glück gehabt. Er war seit ihrem Filmabend am Freitag zuvor nicht mehr online gewesen. Sie würde es später versuchen, aber zuerst musste sie noch eine halbe Stunde aushalten, denn es wäre zu offensichtlich, wenn sie sofort ihre Sachen packen würde.

Was eigentlich? Was wäre offensichtlich?

Sie schob den Gedanken weg und ging wieder zu den anderen, die gerade dabei waren, Heidelinde das, was sie verpasst hatte, in den glühendsten Farben noch einmal zu schildern. Man konnte die irre Geschichte schließlich nicht oft genug hören. Charlotte setzte sich dazu und wartete, bis die halbe Stunde endlich um war.

Jonas saß in seinem Hotelzimmer und klappte seinen Laptop auf. Er war hundemüde, aber er hatte nun schon fünf Tage lang nichts mehr von LadyChatterley gehört. Sie hatte ihm auch keine Email geschrieben. Es war verrückt, aber es machte ihn ganz unruhig .

Er loggte sich ein und wartete im Chatroom. Die Augen fielen ihm fast zu, seine Gedanken drifteten ab zum vergangenen Tag, zu Daisy, Leder, Friedberg und einer Szene, die zum Besten gehörte, was er je gespielt hatte. Er selbst hatte keine Probleme mit seinem Vater, überhaupt keine, nicht wie seine Filmfigur, daher konnte er sich seine Emotionen also nicht holen, aber er kannte das Gefühl, fremdbestimmt zu sein, nur allzu gut. Er trug nicht diesen Hass in sich, aber den Wunsch, endlich einmal alles herauszulassen, was er immer unterdrückte, endlich das zu tun, was er niemals tun durfte.

Er hatte in dieser Szene alles rausgelassen, und Friedberg war der ideale Partner gewesen. Sie hatten sich gegenseitig hochgeschaukelt, bis jeder Anwesende das Gefühl gehabt hatte, die Energie der beiden müsste den Raum zum Bersten bringen.

Jonas war erschöpft, aber glücklich, und er wollte dieses Gefühl mit jemandem teilen, der ihm am Herzen lag. Als sein Kopf in den Nacken fiel, machte er die Augen auf.

Auf dem Bildschirm sah er unter MrNiceGuy einen zweiten Namen: LadyChatterley. Sie war da.

6. Ich existiere, du existierst

„HI!", stand da.

Er hatte keine Ahnung, wie lange schon, und tippte hektisch.

„Hi!"

Und dann noch einmal.

„Hallo? Bist du noch da?"
  „Ja, ich bin da", schrieb sie.

Er atmete auf.

„Gottseidank! Ich bin eingepennt."
  „Wie geht's dir?"
  „Bin kaputt. Aber gut. Und dir?"
  „Gut."
  „Gibt's was Neues?"
  „Ich hab meinem Bruder in den Hintern getreten."
  „Sehr gut. Und sonst?"
  „Die alte Dame kam am Montag zu mir, und ich hab mit ihr geredet."
  „Und? Was hat sie gesagt?"
  „Sie denkt darüber nach, was sie mit dem Buch machen möchte."
  „Okay."
  „Ich bin nicht gut in so was."
  „In was?"
  „Mit Leuten umgehen, mit ihren Problemen."

„Wieso denkst du das?"

„Ich fühle mich so hilflos. Ich finde nie die richtigen Worte."

„Wer sagt denn, was die richtigen Worte sind?"

„Ich finde auch oft überhaupt keine Worte."

„Das kann ich nicht bestätigen."

„Ja hier, aber im ‚richtigen Leben' ist das anders."

„Das hier ist das richtige Leben. Ich existiere, du existierst, wir reden miteinander, das ist das richtige Leben."

„Ich meine, wenn ich Leuten gegenüberstehe. Dann bin ich gehemmt und traue mich nicht zu sagen, was ich wirklich denke. Oder ich weiß nicht, wie. Und dann sage ich meistens gar nichts."

„Geht mir auch oft so."

„Echt? Du kommst mir aber gar nicht so vor. Du bist so offen."

„Ja, hier, aber im ‚richtigen Leben', wie du es nennst, halte ich mich ständig zurück."

„Und warum? Weil du auch nicht die richtigen Worte findest?"

„Oh doch, die liegen mir praktisch auf der Zunge, aber …"

„Aber?"

„Es wäre oft unklug, sie auszusprechen."

„Warum?"

„Weil es womöglich Nachteile für mich bringen würde."

„Ach so."

„Ich bin also in Wahrheit ein rückgratloser Arsch."

„Quatsch!"

„Doch eigentlich schon."

„Hey! Mach dich nicht so runter, du bist bestimmt kein rückgratloser Arsch."

„Okay, aber dann mach du dich auch nicht so runter. Ich bin sicher, du kannst großartig mit Menschen umgehen."

„Und? Wie sieht's bei dir aus?"

„Was?"

„Neuigkeiten. Unverfängliche natürlich."

„LOL"

„Wieso bist du so kaputt, zum Beispiel?"

„Arbeit!"

„Schwer?"

„Anstrengend. Aber auch … gut."

„Okay, ich frage nicht nach der Art der Arbeit, obwohl es mich in den Fingern juckt."

„Nein, frag nicht. Aber es ist etwas vollkommen Seriöses, so viel kann ich dir sagen."

„Also weder Einbrecher noch Pornodarsteller."

„LOL!!!"

„War das ein Nein?"

„Allerdings!"

„Schade, ich hätte beides aufregend gefunden. Aus der Ferne zumindest. Immerhin werden wir uns ja nie begegnen."

„Tut mir leid, dass ich so harmlos bin."

„Ist nicht schlimm."

„Und du? Gibt's da irgendwelche Leichen im Keller?"

„Keine Leichen. Noch leben alle."

„Noch?"

„Menschen wie ich – zurückhaltende, unscheinbare Menschen – neigen zum plötzlichen Ausrasten, weil alles, was sie jahrelang in sich hineingefressen haben, irgendwann herausbricht. Dann könnte es durchaus Tote geben. Ein mögliches Opfer habe ich gerade heute Abend entdeckt."

„Du meinst nicht mich."

„Nein, ich meine jemanden aus meinem ‚richtigen Leben'. Eine Frau."

„Geht's um einen Mann?"

„Nein. Oder … ich weiß nicht."

„Aha."

„Sie ist eine dumme, affektierte Kuh und bildet sich wer weiß was ein. Und ich weiß nicht einmal, ob die Geschichten, die sie da von sich gibt, wahr sind. Und es ärgert mich trotzdem. Oder gerade deswegen."

„Verstehe."

„Bahnhof."

„Was?"

„Du verstehst nur Bahnhof. Und das ist auch gut, aber ich …"

„Ja?"

„Da war vorhin wieder so eine Situation, in der ich einfach nur dasitze und mir den Mist von dieser Frau anhöre und meinen Mund nicht aufmachen kann. Und dabei möchte ich das so gern."

„Und warum tust du es nicht?"

„Weil ich mich dann lächerlich mache. Weil sie dann denkt, ich wäre eifersüchtig, was ich nicht bin. Das ist völlig absurd."

„Es geht also doch um einen Mann?"

„Ich weiß nicht, worum es geht. Also mir. Ich weiß nicht, warum ich mich aufrege, das ist es ja."

„Du weißt es nicht, oder du willst es nicht zugeben?"

Charlotte betrachtete den Bildschirm, das Kinn auf die Faust gestützt, die Stirn in Falten gelegt. Das war die Frage: Wollte sie es einfach nicht zugeben? Dass sie heimlich genauso idiotisch schwärmte wie die anderen? Um Himmels willen, was würde MrNiceGuy von ihr denken, wenn er das wüsste. Wenn er wüsste, dass sie sich mit diesen überdrehten Hühnern traf, die nichts anderes im Kopf hatten, als sich eine Nacht mit einem berühmten Schauspieler vorzustellen. Und sie selbst war auch nicht besser. Das war doch so gut wie eine Leiche im Keller.

„Hallo?"

„Ja, ich bin noch da", schrieb LadyChatterley.

„Ich wollte dich nicht … also ich bin anscheinend auch nicht gut mit Worten."

„Doch. Ich will nur nicht darüber reden, weil es mir peinlich ist."

„Dir muss nichts peinlich sein."

„Danke. Trotzdem."

„Okay."

„Möchtest du jetzt schlafen gehen, du bist doch müde."

„Bin ich, aber ich weiß nicht, wann ich das nächste Mal online sein kann. In den nächsten Tagen hab ich …"

… Nachtdrehs, wollte er schreiben. Jonas musste sich oft zusammenreißen, um nicht einfach alles hinzuschreiben, was ihm in den Sinn kam. Nachtdrehs! Das ging natürlich gar nicht. Und er konnte ihr auch nicht von seiner unangenehmen Begegnung mit dieser Verrückten berichten. Er hatte es keinem erzählt, denn er hoffte, er würde ihr nie wieder begegnen. Erstens hatte er sich deutlich ausgedrückt, und zweitens war er vorerst nicht zu Hause. Vielleicht würde sie die Lust verlieren. Aber es nagte an ihm, mehr als er sich selbst eingestehen wollte. Wie weit gingen solche Stalker? Man hatte schon alles Mögliche gehört. Mit LadyChatterley hätte er darüber reden können. Wenn er gekonnt hätte.

„… wieder so viel zu tun. Bis spätabends wahrscheinlich", vollendete er den Text.

„Du Armer!"

„Ich bin nicht arm. Ich habe keinen Grund, mich zu beschweren. Ich wollte es ja so."

Was meinte er? Die Tatsache, dass er anstrengende Dreharbeiten hatte, oder dass ihn Fans bis vor die Haustür zu verfolgen begannen. Das hatte er eindeutig nicht gewollt. Aber er hatte auch nichts getan, um dem vorzubeugen, von wegen: „Man muss schon auch Emotionen wecken und die weiblichen Fans bei der Stange halten." Roswitha mit ihren bescheuerten Marketingstrategien. Er riss sich zusammen und wischte Roswitha aus seinem Hirn.

„Es macht ja auch Spaß", fügte MrNiceGuy hinzu.

„Das ist toll."

„Und man lernt ab und zu, seine Vorurteile zu überwinden."

„Wie das?"

„Heute hab ich einen neuen Kollegen kennengelernt. Zuerst dachte ich, er wäre ein richtiges Arschloch, und dann hat er sich doch noch als netter Kerl entpuppt."

„Toll!"

„Hat seine Macken, aber die haben wir ja alle."

„Stimmt!"

„So lernt man täglich was dazu."

„Ups."

„Was hab ich denn jetzt schon wieder gesagt?"

„Du hast dich gerade als rund zwanzig Jahre älter entlarvt, als ich dich zuerst geschätzt hatte."

„Wie bitte?"

„Na, das war doch so ein richtiger Alt-Herren-Spruch."

Jonas prustete vor seinem Bildschirm.

„Alt-Herren-Spruch?"

„Ja, du musst mindestens Mitte bis Ende fünfzig sein."

„Komm schon, du weißt genau, dass ich das nicht bin und willst nur mein richtiges Alter herausfinden."

„Warum sollte ich? Ich treffe nur Feststellungen."

„Dann ist das eben eine falsche Feststellung. Bleib mal in etwa bei deiner früheren Annahme."

Charlotte grinste. Sie hatte nur sichergehen wollen.

„Danke für die Info."

„Und du?"

„Ich bin so alt, wie ich wirke."

„Dann müsstest du um diese Zeit schon längst im Bett sein."

Charlotte lachte laut auf.

„Der war nicht schlecht."

„Was du kannst, kann ich schon lange."

„Ja, wir ergänzen uns gut."

Jonas nickte. Und wie gut, dachte er im Stillen und mit einem Anflug von Wehmut.

„Ja.“

„Vielleicht solltest du jetzt doch schlafen gehen.“

„Ja, vielleicht.“

„Wir können uns mailen, wenn du zu beschäftigt bist.“

„Okay, bevor du doch noch irgendeiner Frau an die Gurgel gehst, schreib mir und kotz dich schriftlich aus.“

„Mach ich. Grüß deinen netten Kollegen mit den Macken.“

„Okay.“

„Schlaf gut.“

„Du auch.“

7. Große Pläne

ANFANG April saß Jonas in Roswithas Büro und hörte ihren Ausführungen kaum zu. Er war seit ein paar Tagen wieder in München, doch es hatte keine vierundzwanzig Stunden gedauert, bis er die Stalkerin vor seinem Haus entdeckt hatte. Ganz in Schwarz diesmal: schwarze Baskenmütze auf den langen dunklen Haaren, kurze schwarze Lacklederjacke, enge schwarze Jeans und die hohen Stiefel vom letzten Mal. Sie lief hin und her, tippte ab und zu auf ihrem Smartphone herum und schaute sich immer wieder mal um. Einen Tag später wiederum hatte ein Nachbar an Jonas' Tür geklingelt und ihm ein kleines Päckchen überreicht, das man für ihn abgegeben hatte. Misstrauisch fragte Jonas den Mann, wer das gewesen sei, der zuckte nur die Schultern und mutmaßte: „Die Post halt." Seine Frau habe es entgegengenommen. Jonas bedankte sich und öffnete das Päckchen. Zum Vorschein kam eine rote Geschenkschachtel mit einem mehr als eindeutigen Inhalt: einem getragenen, schwarzen Tanga. Angewidert warf er alles in den Müll.

War das nun die nächste Stufe? Dass sie ihm kleine „Geschenke" zukommen ließ? Und wie weit würde diese Frau noch gehen?

Jonas fühlte den Drang, sich an die Polizei zu wenden, aber was sollte er sagen? Außerdem war sie noch ziemlich jung, auch wenn sie sich redlich Mühe gab, älter zu wirken. Vielleicht in Minnis Alter. Also tat er nichts. Doch als er am Morgen das Haus verlassen hatte, um zu Roswithas Büro zu fahren, hatte sie schon wieder auf ihn gewartet.

„Hallo Jonas", hatte sie herübergerufen, dabei gewinkt und eine Hand lasziv auf die vorgeschobene Hüfte gelegt.

„Wenn ich Sie das nächste Mal hier erwische, rufe ich die Polizei", hatte Jonas kalt erwidert und war ins Taxi gestiegen. Jetzt saß er da und konnte sich auf nichts anderes konzentrieren.

„Hörst du mir überhaupt zu?", fragte Roswitha angesäuert.

„Ja, klar."

„Und? Was sagst du dazu?"

Er hatte keine Ahnung, was sie meinte und wovon die Rede war. Irgendeine Fernsehsendung.

„Ich weiß nicht", antwortete er unbestimmt.

„Jonas, du sagst mir jetzt auf der Stelle, was los ist. So kann ich nicht arbeiten", tobte sie los. Ihre rot gefärbten, mit vielen Nadeln locker hochgesteckten Dauerwellen drohten sich aus der Verankerung zu lösen.

„Da verfolgt mich jemand", platzte es aus Jonas heraus.

„Wer? Wie?", fragte Roswitha naiv.

„Eine Frau, eine Stalkerin", erklärte Jonas. Es war ihm seltsam peinlich.

„Bist du sicher?"

„Ja, allerdings bin ich sicher", schnaubte er empört.

„Schon gut, schon gut." Roswitha stand von ihrem Schreibtischsessel auf und kam auf die andere Seite. Sie setzte sich vor Jonas auf die Schreibtischkante und bemühte sich um einen mitfühlenden Gesichtsausdruck.

„Hast du einen Anwalt?", fragte sie.

„Ich habe noch nie einen Anwalt gebraucht", erwiderte Jonas.

„Ich kann dir die Nummer von einem geben, der sich mit so was auskennt. Man muss sich das ja nicht gefallen lassen."

„Ach nein?"

„Natürlich nicht", sagte Roswitha mit Nachdruck und suchte in ihrem Adressbuch nach der Nummer.

„Sie tut ja nichts."

„Ich denke, sie verfolgt dich."

„Ja, sie lungert immer vor meinem Haus herum, aber weiter macht sie nichts." Die Sache mit dem Päckchen verschwieg er.

„Sprich mit dem Anwalt, der sagt dir schon, was du tun kannst", sagte Roswitha und schrieb Namen und Telefonnummer des Anwalts auf ein Post-it. „Du hast also nicht mitgekriegt, was ich vorhin gesagt habe?"

Jonas seufzte und gab zu, dass er kein Wort davon gehört hatte. Roswitha wiederholte es noch einmal. Der Bayrische Rundfunk plante ein neues Format etwa im Stil der Sendung *Gipfeltreffen*. Nur dass es dabei um das Zusammentreffen eines Stars mit seinem Fan gehen sollte. Man wollte beide bei einer gemeinsamen Unternehmung in möglichst privater, ungezwungener Atmosphäre, wie zum Beispiel bei einer Wanderung in den Bergen, filmen, und dabei sollten sie sich miteinander unterhalten, alles ganz zwanglos.

„Der Bayrische Rundfunk macht so einen Scheiß?", fragte Jonas ungläubig.

„Wieso denn Scheiß?", gab Roswitha pikiert zurück. „*Gipfeltreffen* ist eine ganz tolle Sendung."

„Ja, ich weiß", erwiderte Jonas, „weil sie von einem tollen Moderator geleitet wird und weil immer interessante Leute dabei sind. Aber es ist doch nicht das Gleiche mit irgendwelchen Schauspielfritzen und ihren minderbemittelten Fans."

„Hast du sie noch alle, so herablassend über die Leute zu reden, die dich groß gemacht haben?" Roswitha schoss von null auf hundertachtzig.

„Im Moment hege ich nicht allzu herzliche Gefühle für diese Leute. Außerdem habe ich mich selbst groß gemacht, und zwar, weil ich ein guter Schauspieler bin." Jonas konnte sich nicht bremsen. Sein Nervenkostüm war durch die Stalkerin so angekratzt, dass er seine übliche diplomatische Zurückhaltung vergaß. Roswitha war ein wenig überrascht, aber sie wäre nicht so weit gekommen, wenn sie nicht gewusst hätte, wann sie im richtigen Moment einlenken musste.

„Ich verstehe dich ja, aber diese Frau ist eine einzelne Person. Du kannst nicht alle über einen Kamm scheren. Es ist nicht fair, so zu reden."

Jonas schwieg.

„Denk darüber nach, Jonas. Die wollen mit dir eine Aufzeichnung machen, und das wäre gleichzeitig eine Wahnsinns-Promo für deinen Film im Herbst."

Er stützte den Kopf in die Hände, eindeutig nicht begeistert von dieser Aussicht.

„Du hast ja noch Zeit", sagte Roswitha versöhnlich. „Jetzt drehst du erst mal deinen nächsten Film, und wenn du zurückkommst, reden wir noch mal darüber."

Jonas wusste, was das bedeutete. Roswitha würde inzwischen alles klarmachen, frei nach dem Motto: „Du ich bin davon ausgegangen, dass du das machst. Ist doch 'ne tolle Sache. Super Promo. Ich weiß nicht, was die Produzenten sagen, wenn du jetzt ablehnst."

Er stand auf, nuschelte ein halbherziges „Okay" und ließ sich zum Abschied von Roswitha umarmen. Sein kurzes Aufbäumen war schon wieder zu Ende.

„Ruf den Anwalt an", rief sie ihm hinterher. Jonas nickte und machte, dass er davonkam.

Pauline betrachtete verzückt die bildschöne Krone ihres Weißbiers. Dann hob sie das Glas hoch und hielt es eine Weile in die Luft wie einen Abendmahlskelch, bevor sie es an den Mund setzte und genießerisch das Bier durch den Schaum zog, bis das Glas zu einem Drittel geleert war. Als sie Charlottes amüsiert staunendes Gesicht sah, warf sie den Kopf nach hinten und lachte laut auf.

„Das ist mein allererstes Bier nach mehr als drei Jahren", sagte sie. „Das werde ich doch wohl zelebrieren dürfen."

Pauline war drei Jahre zuvor schwanger geworden, hatte dann ein Jahr lang gestillt und war entgegen aller Wahrscheinlichkeit noch während dieser Stillzeit erneut schwanger geworden, was die Zeit der Abstinenz um weitere anderthalb Jahre verlängert hatte. Ein bitteres Schicksal für die bekennende Weißbierfreundin und Biergartenliebhaberin.

Jetzt saßen die beiden alten Freundinnen in ihrer früheren Stammkneipe in der Karl-Theodor-Straße und feierten Paulines zurückgewonnene Freiheit.

„Du wirst nach einem Bier besoffen sein, und Manfred wird mir die Schuld geben", warnte Charlotte.

„Ich werde ihm sagen, dass du es nicht verhindern konntest, außerdem weiß er das selbst. Wenn es ganz blöd läuft, kann ich ja bei dir übernachten, oder?"

Charlottes Wohnung in der Aachener Straße war gleich um die Ecke.

„Aber immer", sagte Charlotte, obwohl sie insgeheim befürchtete, dass sie dann womöglich nicht würde chatten können. MrNiceGuy verfügte momentan über etwas mehr Zeit, hatte jedoch angekündigt, dass es damit schon bald wieder vorbei sein würde.

„Gut!", sagte Pauline, grinste zufrieden und hob das Glas erneut an den Mund.

Sie unterhielten sich eine Weile über die Kinder, über Paulines Mann Manfred, der sich erst kürzlich als Architekt selbstständig gemacht hatte, und über Paulines Leben im Reihenhaus in Ismaning, über das sie sich selbst gern ein wenig lustig machte. Wenn jemand im Grunde nicht in ein Reihenhaus passte, dann Pauline.

Charlotte war wie immer eine dankbare Zuhörerin. Im Gegensatz zu ihr war Pauline quirlig und erlebte ständig etwas, das sie launig in Gesellschaft zum Besten geben konnte. Sie hätte das Zeug zur Kabarettistin gehabt, aber sie war lieber Innenarchitektin geworden. Kurzfristig zumindest, bis die Kinder kamen.

„In ein paar Jahren, wenn es bei Manfred gut läuft, will ich bei ihm einsteigen. Ich hoffe, das klappt", erzählte sie mit einem Seufzer, der verriet, dass sie nicht ganz davon überzeugt war. „Aber jetzt halte ich die Klappe, und du erzählst", endete sie und sah Charlotte aufmunternd an.

„Bei mir gibt es doch nichts zu erzählen", wiegelte Charlotte ab.

„Blödsinn, bei jedem gibt es was zu erzählen", widersprach ihre Freundin. „Komm schon!"

„Also, …" Charlotte dachte nach. Wieso konnte sie spätabends stundenlang chatten, und jetzt bei ihrer immerhin besten Freundin fiel ihr nichts ein?

„Du kommst zu selten raus", stellte Pauline fest.

„Ich komm doch raus", behauptete Charlotte. „Ich gehe in die Buchhandlung und einmal die Woche zu diesen Treffen."

„Immer noch?", fragte Pauline, die über Charlottes Leidenschaft für Filme und Serien Bescheid wusste und auch über den Fanklub, in den sie da reingeraten war.

„Na ja, eigentlich nicht mehr jede Woche", gab Charlotte zu. „In letzter Zeit eher selten."

„Hast du nicht erzählt, dass die alle spinnen?"

„Nicht alle … einige, … na ja, fast alle, aber eine besonders." Charlotte verdrehte die Augen und erzählte von Franziskas Behauptung, sie sei Jonas Förster begegnet, und er habe sie nach ihrer Nummer gefragt.

„Und? Hat er sie mal angerufen?", fragte Pauline grinsend.

„Was weiß ich. Als ich das letzte Mal beim Treffen war, war sie nicht da. Zum Glück!"

Charlotte hatte sich mehr und mehr zurückgezogen. Sie war im Februar nur zweimal und im März nur ein einziges Mal bei den Treffen gewesen. Sie fühlte sich zunehmend unwohl in diesem Kreis, aber andererseits war es die einzige Gelegenheit, um auch mal unter Leute zu kommen. Deshalb überwand sie sich noch ab und zu.

Anscheinend stand Franziska mit Jonas Förster in lockerem Kontakt, wie es hieß. Sie redete wenig darüber, schlug nur geheimniskrämerisch die Augen nieder, wenn man sie fragte, und meinte, sie wolle nicht zu viel über sein Privatleben ausplaudern. Mit diesem Spruch erntete sie natürlich Brigittes Lob und die glühende Bewunderung, aber auch den Neid der anderen. Wenn jemand etwas nicht ausplaudern wollte, konnte das doch nur heißen, dass es etwas auszuplaudern gab, oder? Charlotte schien die Einzige zu sein, die an Franziskas Geschichten zweifelte, doch sie behielt diese Ansicht tunlichst für sich.

„Hast du Lust, nächste Woche zu uns zu kommen?", fragte Pauline. „Wir laden ein paar Kollegen von Manfred ein. Eine verspätete Einweihung seines Geschäfts sozusagen. Ein paar von denen sind Singles", fügte sie unverblümt hinzu und riss dabei vielsagend die Augen auf.

„Gut aussehend?", fragte Charlotte.

„Geht so", gestand Pauline. „Aber zumindest einer ist wirklich lustig und unterhaltsam. Sehr nett. Der könnte dir gefallen."

„Okay. Wenn er unterhaltsam genug für zwei ist, kann ich ihn mir ja mal ansehen."

„Tu nicht immer so, als wärst du stinklangweilig, das bist du nicht. Du bist intelligent und humorvoll und …", zählte Pauline auf, doch Charlotte unterbrach sie.

„Nur dass ich bei fremden Menschen die Schaltkreise nicht richtig verdrahtet kriege, und weder mein Gehirn noch mein Mund funktionieren."

„Du warst nicht wirklich gut in Physik, oder?"

„Nein."

„Das merkt man."

Pauline bestellte ein zweites Weißbier und Charlotte einen Tee.

Sie redeten noch eine Weile über alte Zeiten, und Pauline sinnierte immer wieder darüber, wie man Charlotte unter die Haube bringen könnte.

„Mit einunddreißig ist der Zug noch lange nicht abgefahren, weißt du", dozierte sie mit weißbierschwerer Zunge. "Als ich so alt war wie du, hab ich gerade mal mein erstes Kind gekriegt. Also da geht noch was."

Charlotte erschloss sich die Logik dieser Aussage nicht, doch das mochte daran liegen, dass es da keine Logik gab. Trotzdem hielt sie es für wichtig, klarzustellen, dass sie erst im Herbst einunddreißig werden würde.

„Na super", freute sich Pauline, „Wo ist denn dann das Problem?" Dabei breitete sie die Arme mit Schwung so weit auseinander, dass sie der Kellnerin beinahe das Tablett aus der Hand gefegt hätte.

„Ich glaube, wir zahlen und gehen zu mir", beschloss Charlotte.

Unterwegs rief sie Manfred von Paulines Handy aus an und informierte ihn darüber, dass sie seiner beschwipsten Frau in ihrer Wohnung Asyl gewährte.

„Du bist so ein guter Mensch, Charlotte", nuschelte Pauline, die sich bei ihr eingehängt hatte und sich schon fast im Halbschlaf befand. „Du verdienst nur einen richtig Guten."

Jonas verbrachte mehrere Nächte im Haus seiner Eltern. Er sagte nicht, was ihn dazu veranlasste, denn er wollte seiner Familie keinen Grund zur Sorge bereiten, und Sorgen hätten sie sich gemacht, wenn sie von der Stalkerin erfahren hätten. Er hatte die Frau zwar bereits Monate zuvor schon einmal erwähnt, doch wenn sie gehört hätten, dass sie sich nach wie vor in der Gegend herumtrieb und ihm ständig auflauerte, hätten sie es mit der Angst zu tun bekommen.

Hatte er selbst Angst? Er wagte nicht, es sich einzugestehen, und dennoch verfolgten ihn Bilder von Stalkern, die irgendwann, wenn sie nicht erhört wurden, ein Messer zückten.

War diese Frau so eine? Wie sollte er das einschätzen?

Er hatte mit dem Anwalt geredet, doch wirklich weitergeholfen hatte ihm das nicht. Man könne die Polizei hinzuziehen. Man könne einen Gerichtsbeschluss erwirken, der der Frau verbieten würde, sich in der Reichweite des Hauses aufzuhalten. Es gäbe da Möglichkeiten. Allerdings war Jonas ja zwischendurch gar nicht zu Hause gewesen und würde es auch für die nächsten anderthalb Monate nicht sein, also sollte man vielleicht abwarten, ob sich das Ganze nicht von selbst auflöste. Vielleicht hätte die junge Frau ja inzwischen auch einen Freund gefunden. Der Anwalt fand das amüsant. Jonas nicht.

Er hatte sich auf die längeren Chats mit LadyChatterley gefreut, doch er fühlte sich blockiert. Sein einziger Gedanke galt dieser Frau, die anscheinend nichts anderes zu tun hatte, als ihm aufzulauern. Aber darüber konnte er natürlich im Chat nicht reden. Obwohl er es gewollt hätte, und obwohl er das Gefühl hatte, dass LadyChatterley der einzige Mensch war, dem er seine Nervosität hätte eingestehen können und der ihn verstanden hätte. Sie hätte die richtigen Worte gefunden, um ihn zu beruhigen, ohne ihm das Gefühl zu geben, seine Reaktion darauf sei übertrieben. Aber dann hätte er sagen müssen: Ich bin nämlich ein nicht ganz unbekannter deutscher Schauspieler. Das wollte er nicht. Auf keinen Fall. Denn dann hätte er nie mehr so offen mit ihr reden können. Wobei, das konnte er ja jetzt auch nicht. Sie war der einzige Mensch, mit dem er über das reden wollte, was ihm auf der Seele brannte, doch das war nicht möglich, weil er dann nie mehr mit ihr reden konnte. Wie verrückt war das eigentlich?

Sie merkte es.

Sie kannte ihn inzwischen so gut, dass sie, auch ohne ihn sehen zu können, ohne viel über ihn zu wissen, spürte, dass etwas nicht in Ordnung war. Seine Worte kamen viel zu zögernd auf den Bildschirm und waren viel zu belanglos. Normalerweise war er es, der schnell tippte und nicht lange nachdachte. In den letzten Tagen dachte er nach. Vor jedem einzelnen Satz gab es eine längere Pause.

Charlotte machte sich Sorgen. Lag es an ihr? Hatte er keine Lust mehr, mit ihr zu chatten?

Vielleicht war die viele Arbeit nur vorgeschoben, vielleicht wollte er sich allmählich von seiner Online-Bekanntschaft verabschieden.

Aber waren sie nicht mehr als das? Waren sie nicht Freunde? Und so war er nicht. Er war nicht unaufrichtig, jemand der Ausflüchte suchte oder den leichtesten Weg wählte. Sie mochten einander wirklich.

„Was ist los?", schrieb sie. „Etwas stimmt nicht mit dir."

Pause. Sie ließ ihm Zeit.

„Ja. Aber ich kann nicht darüber reden. Ich würde es gerne, aber ich kann nicht."

Pause. Er sah auf den Bildschirm und wartete. Dann erschien ihre Antwort.

„In Ordnung. Aber wenn du jemals jemanden brauchst, bin ich da, okay?"

„Okay."

Und nach einer weiteren Pause schrieb er:

„Ich hoffe, es gibt auch in deinem ‚richtigen Leben' jemanden, der weiß, wie großartig du bist."

MrNiceGuy war in den nächsten Wochen abermals schwer erreichbar, doch wenn sie Gelegenheit hatten zu chatten, schien er etwas gelöster zu sein. Anscheinend ging es ihm besser.

Charlotte ging zu der Geschäftseinweihungsparty bei Pauline und Manfred und lernte besagten mittelgut aussehenden, witzigen, netten

Kollegen namens Bertram kennen. Er war wirklich so, wie Pauline es vorausgesagt hatte, nur war leider auch Charlotte so, wie von ihr selbst vorausgesagt: verschüchtert, unsicher, ohne Gesprächsbeitrag. Und je mehr sie es versuchte, desto weniger kam über ihre Lippen. Nicht dass sie Bertram unbedingt gefallen wollte – er war nett, aber mehr auch nicht –, nein, sie ärgerte sich mal wieder über sich selbst. Wieso schaffte sie es nicht, sich ganz locker an Gesprächen zu beteiligen? Sie wurde doch nicht irgendeiner Prüfung unterzogen, die sie zu bestehen hatte, sie war erwachsen und ganz sicher nicht dumm. Warum konnte sie sich dann nicht ungezwungen mit anderen Erwachsenen unterhalten? Klar, sie verstand nichts von Architektur und Statik, und alte Kellergewölbe interessierten sie auch nicht großartig, das waren die Themen, die Bertram drauf hatte. Und der Finanzmarkt, das war sein Steckenpferd, wie er sagte. Charlotte hörte zu, nickte, lächelte, aber was sollte sie zu all dem sagen? Er fragte sie auch nichts. Sie war Buchhändlerin, das hatte er zur Kenntnis genommen und war dann wieder auf sein Steckenpferd zu sprechen gekommen.

Pauline hatte sich irgendwann erbarmt und Charlotte elegant zu einem Frauenplausch, wie sie es nannte, entführt.

„Architekten sind nicht ganz deine Liga, was?", stellte sie ernüchtert fest.

„Ich bin niemandes Liga", sagte Charlotte traurig. Sie suchte die Schuld natürlich bei sich. An ihrer Unfähigkeit, unverkrampft Konversation zu machen über dies und das.

„Blödsinn", meinte Pauline. „Du bist Champions League."

Beim anschließenden Chat berichtete LadyChatterley MrNiceGuy unverblümt von den missglückten Kuppelversuchen ihrer Freundin. Er nannte es zwar einen schlimmen Ups-Moment, aber das war ihr egal. Es musste raus. Dabei weihte sie ihn in ihre neuesten Erkenntnisse über alte Kellerkuppelgewölbe ein. Er sagte ihr, wenn sie ihm noch einmal mit so etwas Langweiligem daherkäme, müsse er den Chat leider abbrechen.

„Wie sieht es mit der Finanzwelt aus?", fragte sie ihn, woraufhin er mehrere ärgerliche, rote Smileys hintereinander postete.

„Du hast also den kurzweiligsten Menschen Deutschlands nicht erobert?"

„Nein"

„Gut!"

Jonas, so sehr er München und sein Zuhause liebte, war froh, wieder weg zu sein. Er genoss das komfortable Hotel auf Rügen und die Bequemlichkeit, täglich von einem Fahrer abgeholt zu werden. Vor allem aber genoss er, dass er hier nicht befürchten musste, dieser Stalkerin zu begegnen.

Die Dreharbeiten waren weniger anstrengend als beim letzten Mal, obwohl er dabei auf eine Kollegin traf, mit der er Jahre zuvor eine kurze Beziehung geführt hatte. Doch im Gegensatz zu Myriam Michalski gab es zwischen ihm und Mia keinerlei Probleme. Sie stichelte ab und zu, aber das war alles.

Roswitha rief ihn zwischendurch immer mal wieder an, auch um sich mit der geplanten Fernsehsendung bei ihm vorzutasten. Jonas blieb vage, was das betraf. Er sagte weder zu noch ab, womit Roswitha zufrieden schien.

Was sie Jonas nicht erzählte, war, dass sie schon alles in die Wege geleitet und auch dem Fernsehsender so gut wie grünes Licht gegeben hatte. Rückendeckung dafür suchte sie bei den Produzenten von *Liebe des Lebens*, des Films mit Jonas, der im Herbst in die Kinos kommen sollte. Schließlich lag es auch in deren Interesse, Jonas vorher noch ein paarmal auf dem Bildschirm zu sehen, und eine Sendung, die eine gewisse Privatheit suggerierte, hatte ohnehin ihren ganz eigenen Reiz.

Jonas würde sich schon fügen, wie jedes Mal. Schlussendlich hörte er doch immer auf sie.

Ein „Fan", mit dem man ihn in der Sendung zusammenbringen konnte, ließ sich schnell finden. Roswitha hatte Kontakt zu der engagierten Frau, die diese Facebook-Fan-Seite betreute und auch eine Fan-Page mit Forum betrieb: Brigitte Irgendwas. Die würde sie benachrichtigen und sie damit beauftragen, jemanden auszusuchen.

Am Dienstagabend klingelte es an Charlottes Haustür. Amadeus stand draußen. Er war rasiert, und seine Kleidung sah nicht schlecht aus.

„Hallo", sagte er, ignorierte das verblüffte Gesicht seiner Schwester und ging direkt ins Wohnzimmer.

„Du siehst gut aus", bemerkte Charlotte, was gleichbedeutend war mit der Frage: Bist du etwa nicht mehr obdachlos?

Amadeus übersprang die Metaebene und landete in Medias Res: „Ich suche jetzt eine Wohnung. Bis ich was gefunden habe, wohne ich bei Mama."

„Super!", sagte Charlotte schmunzelnd, weil es sich einigermaßen ulkig anhörte, wie er das sagte: bei Mama.

„Hast du in letzter Zeit mal mit Frau Hindelang gesprochen?", fragte Amadeus.

„Worüber denn?" Charlotte war verwirrt. Es war ewig her, dass sie ihm das Buch der alten Dame gegeben hatte.

„Darüber, ob sie ihr Buch veröffentlichen möchte."

„Sie wollte darüber nachdenken, aber weil sie seitdem nicht mehr auf das Thema zu sprechen kam – und du ja auch nicht – dachte ich, das hätte sich erledigt."

„Hat sich nicht erledigt. Der Verlag will's rausbringen", erklärte Amadeus trocken.

„Was? Ehrlich? Das ist ja toll!"

„Unter der Bedingung, dass ich endlich mit meinem Buch über die Obdachlosen rüberkomme. Ich glaube, es wird ein Roman", überlegte Amadeus und rieb sich nachdenklich das Kinn.

Charlotte war verblüfft und hin- und hergerissen, welche der beiden Neuigkeiten sie besser fand. Sie beschloss, sich über beide zu freuen und fiel ihrem Bruder um den Hals.

„Freu dich nicht zu früh, wenn das Buch nichts wird, geh ich auf die Straße zurück. Meine Kumpels haben versprochen, mir den Platz unter meiner Stammbrücke frei zu halten."

„Red keinen Unsinn."

„Red du mit Frau Hindelang."

„Und wenn sie es gar nicht veröffentlichen will?"

„Sag ihr einfach: Unter den ganzen vielen Büchern, die völlig bedeutungslos und unwichtig sind und nichts weiter tun als Märchen erzählen – manche besser, manche schlechter –, wird ihr Buch eins sein, das bedeutend ist und wahrhaftig. Sag ihr, dass sie darin mein Vorbild ist, und Vorbilder müssen vorangehen."

Charlotte tat, was sie Amadeus versprochen hatte, und redete mit Frau Hindelang. Sie richtete der staunenden alten Dame wörtlich aus, was ihr Bruder ihr aufgetragen hatte.

„Aber, was muss ich denn da machen?", wollte Frau Hindelang wissen, überwältigt und auch etwas eingeschüchtert von den Aussichten.

„Gar nichts, Sie haben schon alles gemacht. Überlassen Sie das meinem Bruder. Die Verantwortung tut ihm ganz gut."

Frau Hindelang konnte nicht wissen, was Charlotte meinte, aber offensichtlich vertraute sie der jungen Frau und erklärte sich schließlich einverstanden.

Charlotte genoss das gute Gefühl, jemanden glücklich gemacht zu haben, so sehr, dass sie sich die Stimmung eigentlich nicht bei einem Treffen der Fanklubfrauen kaputtmachen lassen wollte, aber Brigitte hatte extra eine Rundmail an alle Mitglieder geschickt, in der sie Großes angekündigt hatte. Was genau, wollte sie nicht verraten, doch sie hatte ihnen allen dringend nahegelegt, beim nächsten Treffen zu erscheinen, sofern sie es zeitlich einrichten könnten. Ausdrücklich und fairerweise, wie sie formulierte, waren damit auch auswärtige Mitglieder gemeint, die normalerweise bei Fanklubtreffen nicht dabei waren. Und um den zu erwartenden großen Andrang bewältigen zu können, hatte sie sogar eine andere Lokalität ausgesucht, in der sie ein komplettes Nebenzimmer reserviert hatte.

Charlotte war zu neugierig, um sich das entgehen zu lassen.

Trotz der großen Ankündigung war der Raum des Lokals nicht gerade brechend voll. Außer den üblichen Mitgliedern war gerademal ein gutes Dutzend weiterer Jonas-Förster-Fans gekommen. Eine darunter allerdings sogar aus Stuttgart. Alle anderen waren aus dem Münchner Umland, eine aus Augsburg, zwei aus Ebersberg.

Brigitte hatte die Tische zusammenstellen lassen und wartete, bis alle mit Getränken versorgt waren. Sie selbst setzte sich strategisch günstig in die Mitte. Charlotte musste unwillkürlich an Da Vincis *Abendmahl* denken, nur mit mehr Leuten und in hufeisenförmiger Anordnung. Zudem waren hier ausschließlich Frauen anwesend. Also doch nicht ganz das Abendmahl.

Brigitte hatte doch tatsächlich ein Glöckchen am Stiel mitgebracht, mit dem sie um Ruhe bimmelte, obwohl das nicht nötig gewesen wäre, denn alle warteten gespannt auf die Eröffnung jenes „Großen", das sie ihnen versprochen hatte.

Sie räusperte sich mehrmals und hatte hektische rote Flecken auf dem Dekolleté, aber gleichzeitig strahlte sie übers ganze Gesicht. Würde Jonas Förster gleich hereinkommen und jede von ihnen küssen? Wohl kaum.

„Ich freue mich, euch heute etwas ganz Besonderes unterbreiten zu dürfen."

Sie sagte wirklich „unterbreiten". Wusste sie noch in welchem Jahrhundert sie lebte? Alle im Raum lauschten mit angehaltenem Atem.

„Wie ihr wisst, stehe ich mit Roswitha Kessler, der Managerin von Jonas Förster, in, nun ja, man kann schon sagen, engem Kontakt."

Die Atemlosigkeit hielt an, bald würden die ersten Ohnmachtsanfälle auftreten.

„Also, Frau Kessler hat mich um Unterstützung gebeten, und ihr werdet nicht erraten, wobei."

Eine Frau für Jonas zu finden? Es war nur zu vermuten, welche Fantasien in diesem Moment in den Köpfen umhergeisterten.

„Der Bayrische Rundfunk hat ein neues Fernsehformat geplant, das sich, laut Frau Kessler, in etwa an der Sendung *Gipfeltreffen* orientiert, bei der der Moderator das Interview mit einem prominenten Gast während einer Wanderung in den Bergen führt. Einige von euch kennen die Sendung sicher."

Wenige Köpfe nickten.

„Im Unterschied dazu soll es jedoch in diesem neuen Format darum gehen, dass eine bekannte Persönlichkeit, zum Beispiel ein Sänger oder ein Schauspieler, mit einem ganz normalen Menschen, der ihn schon immer einmal kennenlernen wollte, zusammentrifft. Sozusagen: Ein Prominenter trifft auf einen Fan."

Die Nachricht sackte nur langsam in die Köpfe, die Querverbindung zu Jonas Förster stand noch nicht.

„Und die wandern dabei?", fragte Iris begriffsstutzig.

„Ja, oder irgendwas anderes", erwiderte Brigitte ungeduldig und unzufrieden damit, dass es noch immer kein großes Hallo gab. „In der ersten Sendung, die Ende Juni aufgezeichnet werden soll, wird jedenfalls gewandert. In dieser ersten Sendung wird der Prominente Jonas Förster sein. Und eine von euch" – große Geste mit der Hand in die Runde – „wird als Fan dabei sein."

So. Jetzt aber. Wenn sie jetzt nicht die Hütte abrissen, waren sie alle im falschen Film.

Sie waren im richtigen. Der Raum explodierte. Charlotte beobachtete fasziniert, wie sich rund zwanzig erwachsene Frauen in Nullkommanichts in kreischende Teenies mit weit aufgerissenen Augen und Mündern und zuckenden Gliedmaßen verwandelten. Doch noch viel verblüffter war sie von ihrem eigenen Herzen, das etwa dreimal so schnell schlug wie sonst. War sie in Gefahr? Sollte sie sich schnell bei jemandem melden, damit man rechtzeitig den Notarzt verständigen konnte?

Brigitte stand auf und hob gebieterisch die Arme, um sich Gehör zu verschaffen. Allmählich kehrte wieder Ruhe ein. Man wollte schließlich noch mehr erfahren.

„Also", wiederholte Brigitte, „eine von euch wird dabei sein. Aber wer?"

Das war die Frage. Alle sahen sich untereinander um, als stünde es der Glücklichen mitten auf der Stirn geschrieben.

„Frau Kessler hat mir den Auftrag erteilt, jemanden auszusuchen – wie, das hat sie mir überlassen. Und ich halte es für das Gerechteste, wenn wir es auslosen."

Das fanden alle.

„Ich habe hier Zettel, die ich austeilen werde", erklärte Brigitte. „Jede von euch wird ihren Namen auf einen Zettel schreiben, und dann werden wir losen. Ich selbst", fügte sie märtyrerhaft hinzu, „werde mich enthalten, denn es würde einen komischen Eindruck machen, denke ich."

Laute des Bedauerns und der Bewunderung für ihr selbstloses Opfer wurden geäußert.

Zögernd hob Charlotte den Finger wie in der Schule.

„Ja, Charlotte?", sagte Brigitte überrascht.

„Ich … ähm … könntest du uns noch Genaueres über diese Sendung erzählen?"

„Ist doch völlig egal. Man ist mit Jonas zusammen, alles andere spielt doch keine Rolle", bemerkte Juliane laut und verständnislos. Franziska hatte den Kopf mit Heidelinde und dem Mädchen aus Augsburg zusammengesteckt.

„Ich hätte nur gern gewusst, auf was man sich da einlässt", sagte Charlotte leiser als zuvor. Ihr Herz raste noch immer.

„Einlässt?" Juliane schüttelte so empört den Kopf, dass ihr Doppelkinn wackelte.

Brigitte sprang Charlotte zu Hilfe, obwohl ihre Miene zeigte, dass sie eindeutig Julianes Meinung war.

„Man wandert ein bisschen durch die Gegend und unterhält sich mit Jonas. Dabei wird man gefilmt. Ein Regisseur, ein Kameramann und ein Tonmensch sind dabei, sonst niemand. Sonst noch Fragen?"

„Nein", sagte Charlotte beschämt. „Danke."

Franziska tuschelte nun noch mit Anneli, die ein komisches Gesicht machte, dann die Schultern zuckte und nickte.

„Also gut, dann schreiten wir zur Auswahl", sagte Brigitte. „Schreibt eure Namen bitte auf!"

Sie verteilte die Zettel, und alle schrieben mit vorgehaltener Hand, als müssten sie etwas verbergen, ihre Namen darauf. Alle, außer Charlotte. Sie ließ den Zettel weiß und leer und warf ihn so zusammengefaltet in den Schlitz des Kästchens, das Brigitte herumgehen ließ.

Charlotte wäre Jonas Förster liebend gern einmal begegnet, obwohl sie nicht wusste, was sie mit ihm hätte reden sollen, aber dass sie dabei auch noch von Kameras beobachtet und aufgenommen werden sollte, das war ausgeschlossen. Sie konnte sich ja nicht einmal auf einer normalen Party in einer normalen Umgebung mit einem normalen Menschen ohne Kameras unterhalten. Auf einer Wanderung mit Jonas Förster und einer Kamera und einem Mikrofon? Nein. Niemals. Auch wenn es ihr noch so schwerfiel. Charlotte war den Tränen nah.

Brigitte öffnete jetzt den Deckel des Kästchens und griff mit einer Hand in den Haufen mit Zetteln. Sie wühlte ein bisschen darin herum, dann zog sie einen davon heraus und hielt ihn mit großer Geste hoch.

Wieder wurde allgemein der Atem angehalten.

Brigitte faltete das Papier auseinander, ihre Mundwinkel sackten nach unten.

„Der ist ja leer", sagte sie und schob ein pikiertes „Pff" hinterher.

„Na, dann auf ein Neues", sagte sie und wühlte noch einmal in den Zetteln. Sie zog einen heraus, entfaltete ihn und verkündete lächelnd den Namen: „Franziska Voss".

Franziska schlug, trunken vor Glück, die Hände vor ihr Gesicht.

Nie in ihrem ganzen Leben hatte Charlotte sich elender gefühlt als an diesem Abend.

8. Jemanden wie dich

„Hı!"

„Hi!"

„Wie geht es dir?"

„Gut und miserabel."

„Wie geht das denn?"

„Die alte Dame hat zugestimmt, ihr Buch zu veröffentlichen, und mein Bruder ist nicht mehr obdachlos und schreibt wieder."

„Das ist ja toll."

„Ja, ich war so glücklich darüber."

„Und jetzt?"

„Immer noch. Miserabel geht es mir wegen was anderem."

„Willst du darüber reden?"

„Nein. Doch."

„Ist es zu persönlich?"

„Persönlicher geht's gar nicht."

„Hat es was mit der Sache zu tun, über die du neulich auch schon nicht reden wolltest?"

„Irgendwie schon."

„Bist du verliebt?"

„NEIN!!!!!!!"

„Also schwer verliebt."

„Ich weiß gar nichts mehr."

„Und was ist so schlimm daran?"

„Alles."

„Ist er verheiratet oder vergeben?"

„Ich weiß es doch nicht. Nein. Das hat alles nichts damit zu tun."

„Aber du bist unglücklich wegen einem Mann."

„Wegen eineS ManneS!"

„Also ja?"

„Ja. Und weil ich so ein Idiot bin."

„IdiotIN!"

„Du kannst mich jetzt nicht zum Lachen bringen, ich heule gerade. Ich will nicht lachen."

„Nicht heulen! Nicht wegen eines Mannes. Und schon gar nicht, weil du dich für eine Idiotin hältst, denn das bist du nicht."

„Bin ich doch."

„Jetzt heulst du noch mehr, stimmt's?"

„Ja."

„Wenn du dir jetzt etwas wünschen könntest, und es würde sofort in Erfüllung gehen, was wäre das?"

„Irgendwas?"

„Ja, alles."

„Dass es nirgendwo mehr Krieg und Unterdrückung gibt."

„Siehst du!"

„Was?"

„Du bist keine Idiotin. Der Typ sollte lieber heulen, wenn er jemanden wie dich nicht haben kann."

9. Dramen

„DU machst das alles hinter meinem Rücken aus?", tobte Jonas in ungewohnter Manier in Roswithas Büro. Er war wieder zurück in München und eigentlich guter Laune gewesen, weil er festgestellt hatte, dass die Stalkerin nicht mehr vor seinem Haus auftauchte. Er hatte ein schönes Wochenende mit seiner Familie verbracht, ausgiebig gefaulenzt, sich am Morgen mit Herbert Friedberg zum Frühstück getroffen, wobei sie Pläne für eine weitere Zusammenarbeit geschmiedet hatten, und danach bei Roswitha vorbeigeschaut, wie sie ihn gebeten hatte.

In dieser Unterredung vermittelte sie ihm so vorsichtig wie möglich und in kleinen, leicht verdaulichen Häppchen, dass die Verhandlungen über die Sendung, die mittlerweile den Arbeitstitel *Seite an Seite* erhalten hatte, bereits abgeschlossen und in trockenen Tüchern waren. So trocken, dass der Termin der Aufzeichnung schon feststand, und der sogenannte Fan, der ihm an die Seite gestellt werden sollte, war auch schon ausgesucht. Jonas rastete aus.

„Jetzt beruhige dich erst mal, Jonas, was soll das denn?" Roswitha ging zum Gegenangriff über. „Die Hertha Film ist auch daran interessiert, dass du das machst. Du hast Promo-Sendungen in deinem Vertrag, vergiss das nicht"

„Aber doch nicht so was", echauffierte sich Jonas.

„Ach nein? Zeig mir doch mal, an welcher Stelle das steht: Nicht so was."

Roswitha wusste, wie sie Jonas wieder dahin bringen konnte, wo sie ihn haben wollte. Allerdings wurde das in letzter Zeit zunehmend schwieriger. Er schien da irgendeinem schlechten Einfluss ausgesetzt zu sein. Vielleicht dieser Friedberg, den konnte sie nicht ausstehen.

Jonas setzte sich auf das Sofa in Roswithas Büro und vergrub die Hände in seinen Haaren. Seine verdammten Haare, die er sich endlich abschneiden lassen wollte. Verdammte Roswitha! Verdammte Scheiß-Sendung!

Elsa Frank kam ihm plötzlich in den Sinn, seine Kollegin aus *Feierabend* und eine der begabtesten Schauspielerinnen, die er kannte. Die hatte das nicht mitgemacht, diesen ganzen Mist. Ihre Karriere war dementsprechend nicht der Rede wert, aber sie war glücklich. Sie hatte ihn damals mal gewarnt: „Jonas, pass auf, dass du nicht deine Seele verkaufst. Ohne Seele kannst du den Beruf gleich an den Nagel hängen."

Hatte er alles falsch gemacht, was man nur falsch machen konnte? Von außen sah es bestimmt nach dem Gegenteil aus.

„Jonas", schnurrte Roswitha, als gälte es, ein verschrecktes Kätzchen anzulocken. „Ich weiß ja, dass das nicht einfach für dich ist, aber denk bitte mal nach. Du solltest dir jetzt nicht den Ruf einhandeln, schwierig zu werden. Wenn die Leute denken, dass du herumzickst und dir der Ruhm zu Kopf gestiegen ist, schreiben sie dich ganz schnell ab. Der Bayrische Rundfunk ist schließlich kein Pipifax-Sender. Wenn du da von heute auf morgen deine Zusage wieder zurückziehst …, also ich weiß ja nicht …"

„Ich habe ja gar nicht zugesagt", knurrte Jonas.

„Ja, aber ich, weil ich dachte, das wäre klar."

Sie hatte ihn am Haken. Und sie hatte Recht. Er hätte ganz deutlich sagen sollen, dass er das nicht wollte. Jetzt konnte er es ausbaden.

Roswitha konnte fühlen, wie Jonas seinen inneren Widerstand aufgab, wie er sein Schicksal annahm, widerwillig zwar, aber was machte das schon? Er war professionell genug, um im richtigen Moment vor der Kamera wieder der charmante junge Mann zu sein und das Ganze durchzuziehen.

„Also gut", sagte Jonas tonlos. „Ich mache das. Aber das war das letzte Mal, dass du mir so etwas aufs Auge gedrückt hast. In Zukunft will ich gefragt werden, und wenn ich dann Nein sage, heißt das Nein."

„Schön!", flötete Roswitha zufrieden. Für sie hatte sich der Fall damit erledigt, und sie hatte einmal mehr erreicht, was sie wollte.

Zum ersten Mal in seinem Leben hatte Jonas Mordgedanken.

Die Aufzeichnung der Sendung war für den 30. Juni anberaumt, ein Montag, sodass die Chancen, anderen Wanderern zu begegnen auf ein Minimum reduziert waren.

Jonas war nicht weiter daran interessiert, wohin es ging. Irgendwo am Wendelstein wollte man herumlatschen. Man würde ihm schon sagen, was er machen sollte. Roswitha begleitete ihn zum Treffpunkt, einem Parkplatz in der Nähe der A8, damit man direkt auf die Autobahn gelangen konnte. Man würde mit einem Kleinbus fahren und dabei bereits die ersten Aufnahmen machen.

Roswitha war sehr aufgekratzt, als sie im Taxi neben Jonas saß. Das würde sicher ganz toll werden, meinte sie. Sie habe die junge Frau bereits kennengelernt, Franziska Voss sei ihr Name, und sie sei natürlich schon sehr aufgeregt, aber sicher gut geeignet für eine solche Sendung, nicht schüchtern oder so. Auf diese Weise redete Roswitha unaufhörlich auf Jonas ein. Er selbst sagte kein Wort. Er hatte sich vorgenommen, professionell zu sein und sich zusammenzureißen, etwas anderes konnte er schließlich nicht tun – und was konnte die arme unbekannte Frau dafür? –, aber er musste nicht im Taxi schon so tun, als wäre er begeistert.

Als sie auf dem Parkplatz ankamen, waren das dreiköpfige Filmteam und der Bus schon da. Von der jungen Frau sah man nichts.

Roswitha bat den Taxifahrer zu warten, damit er sie wieder mitnehmen konnte, dann stieg sie aus und lief beschwingt auf die drei Männer zu. Jonas schnappte sich seinen Rucksack und folgte ihr gemächlich.

„Hallo!", rief Roswitha gut gelaunt und gab jedem der drei die Hand. „Wo ist denn Frau Voss?"

„Wir dachten, wir drehen das erste Zusammentreffen gleich mit", erklärte der Regisseur. „Sie ist im Bus, wenn Sie bereit sind, kommt sie raus, und Sie beide können sich dann vor laufender Kamera begrüßen."

Er gab Jonas die Hand, stellte sich vor – „Ferdl Läufer" – und wartete auf sein Einverständnis.

„Sie sind der Regisseur", sagte Jonas geduldig lächelnd. „Wir machen alles, was Sie sagen."

„Sehr gut!", freute sich Läufer, gab den beiden Kollegen ein Zeichen und rief: „Sie können kommen, Franziska."

Hinter den getönten Scheiben des Busses bewegte sich eine Gestalt. Schlanke Beine in Shorts und Wanderschuhen schoben sich durch die Tür, das lange dunkle Haar hing ihr offen über die Schultern. Als sie auf Jonas zuging und ihn kamerawirksam anlächelte, war ihm, als verpasste ihm jemand einen Schlag auf den Kopf. Sein Herz begann zu rasen, er taumelte unwillkürlich ein paar Schritte rückwärts.

„NICHT DIE!", röhrte er, dass alle zusammenfuhren. Sein Gesicht glühte, seine Augen blitzten vor Zorn.

„Jonas", murmelte Roswitha, während Franziska vor Schreck mitten in der Bewegung einfror. Im Gegensatz zu Jonas wurde sie kreidebleich, als er auf diese Weise auf ihr Erscheinen reagierte. Der Kameramann ließ die Kamera sinken. Alle starrten Jonas an, der auf dem Absatz kehrtmachte und mit großen, wütenden Schritten auf das wartende Taxi zustürmte. Roswitha stürmte hinterher.

„Jonas, was ist denn los?", fragte sie bestürzt, während sie sich zu ihm auf den Rücksitz schwang. Sie war weit davon entfernt, ihm Vorhaltungen zu machen. Sogar Roswitha erkannte in diesem Moment, dass hier etwas ganz und gar nicht in Ordnung war und es nicht an Jonas lag.

„Fahren sie los, fahren sie weg hier", zischte Jonas zwischen zusammengebissenen Zähnen dem Fahrer zu. Der ließ sich das nicht zweimal sagen. Er hatte die Szene beobachtet, und Jonas wirkte wie jemand, den man besser nicht noch mehr aufregen sollte.

Roswitha schwieg und gab Jonas Gelegenheit, seinen Puls allmählich wieder auf ein nicht lebensgefährliches Niveau zu bringen. Es dauerte ein paar Minuten, bis er in der Lage war zu sprechen.

„Das war die Stalkerin, von der ich dir erzählt habe."

„Was?" Roswitha riss fassungslos die Augen auf. „Das kann doch gar nicht sein. Das ist doch …"

Der Fahrer wagte zaghaft zu fragen, wo es denn hingehen solle.

„In mein Büro", erwiderte Roswitha, während sie gleichzeitig ihr Handy zückte. Dann wurde ihr klar, dass es doch besser wäre, die Adresse anzugeben.

Jonas sagte gar nichts. Ihm war gleichgültig, wo sie landeten, Hauptsache weit weg von dieser Frau.

„Hallo, hier Kessler", sagte Roswitha zu ihrem Gesprächspartner am Telefon. Ihr Ton war messerscharf. „Ich will, dass Sie sofort in meinem Büro erscheinen, ist das klar?" --- „Es ist mir völlig gleichgültig, was Sie gerade zu tun haben. Wenn Sie keine Riesenklage am Hals haben wollen, sowohl von mir, als auch vom BR, dann bewegen Sie Ihren Hintern zu mir." --- „Allerdings ist was passiert. Und Sie werden mir erklären, *wie* das passieren konnte." Damit legte sie auf.

„Wer war das?", fragte Jonas, der sich mittlerweile so erschöpft fühlte wie nach einem Marathon.

Roswitha verschränkte die Arme vor der Brust. „Das war die Dame, die uns das eingebrockt hat."

Brigitte zitterte. Sie sagte ihrem Chef, es ginge ihr nicht gut. Er glaubte ihr jedes Wort, denn sie war kreidebleich und sah ungeheuer elend aus. Er wünschte ihr gute Besserung, sie solle am besten gleich zum Arzt gehen.

Sie nickte mit bebenden Lippen und verließ das Büro.

Was war nur geschehen? Warum war Frau Kessler derart aufgebracht gewesen? Und wieso eine Klage? Was hatte sie denn getan?

Brigitte war sich keiner Schuld bewusst, doch sie fürchtete sich so sehr, als hätte ihr letztes Stündlein geschlagen.

Als sie in Roswitha Kesslers Büro ankam und die Vorzimmerdame sie einließ, sackte ihr Herz noch tiefer. Da saß Jonas Förster. Leibhaftig und in Lebensgröße. Brigitte wäre einer Ohnmacht nahe gewesen, hätte ihr seine Miene und die Art, wie er da auf dem Sofa hing, nicht gezeigt, dass es sich um kein erfreuliches Zusammentreffen handeln konnte.

Roswitha saß hinter ihrem Schreibtisch und sah sie eiskalt an.

„Setzen Sie sich", sagte sie statt einer Begrüßung. „Herrn Förster kennen Sie ja", fügte sie hinzu, ohne Anstalten zu machen, die beiden einander vorzustellen.

„Ja", hauchte Brigitte fast unhörbar und setzte sich auf den Stuhl vor dem Schreibtisch wie auf eine Anklagebank.

„Sie wissen, wo Jonas Förster jetzt eigentlich sein sollte?", fragte Roswitha.

Brigitte nickte.

„Ist er aber nicht", spuckte ihr Roswitha ins Gesicht. „Weil Sie uns nämlich eine Stalkerin geschickt haben."

„Was?", fragte Brigitte entgeistert.

„Franziska Voss hat sich seit Anfang des Jahres immer wieder vor Jonas Försters Wohnung herumgetrieben und hat ihm aufgelauert. Sie ist eine verdammte Stalkerin, und sie wird ganz sicher von unserem Anwalt hören."

„Was?" Brigitte schien kein anderes Wort mehr zu kennen. Roswitha ignorierte ihre Verwirrung.

„Ich möchte jetzt von Ihnen wissen, wie das passieren konnte? Wieso haben Sie ausgerechnet diese Frau ausgesucht?"

„Das habe ich nicht", wehrte sich Brigitte verzweifelt. „Wir haben gelost. Es waren zwanzig Lose. Ich habe die Lose sogar bei mir, ich habe sie aufgehoben, ich kann sie Ihnen zeigen. Es war reiner Zufall, Franziska hatte nur Glück."

„Pech meinen Sie wohl", schnauzte Roswitha sie an. „Die Leute vom BR sind natürlich stinksauer, aber Jonas ist der Letzte, dem man einen Vorwurf machen kann. Was meinen Sie also, wer die Schadensersatzklage bekommen wird?"

Brigitte standen die Tränen in den Augen.

„Aber ich kann wirklich nichts dafür. Ich hab es doch nur gut gemeint. Ich konnte das doch nicht wissen."

„Lass sie in Ruhe, Roswitha", mischte sich Jonas ein, und damit brachen bei Brigitte endgültig die Dämme.

Roswitha verdrehte die Augen. Das Telefon klingelte.

„Ja?", meldete sie sich. „Ja." --- „Nein, das war leider nicht möglich." --- „Die Frau war eine Stalkerin." --- „Da haben Sie Recht, das kann man nicht verlangen." --- „Ich denke, das wäre machbar." --- „Ja." --- „Vielen Dank. Ich sage Ihnen Bescheid." Sie legte auf.

„Das war die Redakteurin. Sie hat Verständnis und bietet uns einen neuen Termin an."

Jonas sprang auf.

„Du glaubst doch nicht, dass ich mich dafür noch mal hergebe. Das kannst du vergessen."

Brigitte duckte sich, als befürchtete sie, er würde sich nun doch noch auf sie stürzen, trotz seiner mitleidigen Worte von vorher.

„Jonas, sie haben Verständnis, dass du den Dreh *heute* nicht gemacht hast, aber sicher haben sie keins, wenn du es *gar nicht* machst. Du hast einen Vertrag."

„Es tut mir so leid", wimmerte Brigitte, während Jonas hinter ihr auf und ab ging. „Ich kann mir eine Klage nicht leisten."

Jonas war sich zwar ziemlich sicher, dass nicht Brigitte die Klage am Hals hätte, sondern er, ganz abgesehen von dem schlechten Ruf, aber er war sich ebenso sicher, dass Roswitha nichts unversucht lassen würde, die Schuld zumindest teilweise auf die arme Frau abzuwälzen. Auch wenn sie damit kein Glück haben würde, konnte er jetzt schon sehen, was dieser Stress bei Brigitte auslösen würde. Sie war eine einfache Frau, die mit Medienkrempel und Verträgen nichts am Hut hatte. Sie hatte, wie sie selbst sagte, doch nur helfen wollen.

Er setzte sich auf den Stuhl neben Brigitte und reichte ihr ein Taschentuch. Sie wagte kaum, ihn anzusehen, als sie es annahm.

„Wir werden Franziska aus dem Fanklub werfen, ganz bestimmt", versprach sie.

„Sie können den ganzen Fanklub dichtmachen und die Facebook-Seite und alles andere auch", fuhr Roswitha mit ihren Gemeinheiten fort. „Oder Sie finden eine, die in Ordnung ist und keine verrückte Stalkerin."

Jonas stützte den Kopf in die Hand und seufzte.

„Zeigen Sie mal die Lose", sagte er.

„Die Lose?"

„Ja, ich will mir die Lose ansehen. Wir suchen jemanden aus."

Roswitha atmete innerlich auf. Sie hatte gewusst, dass Jonas niemanden leiden sehen konnte.

Brigitte kramte in ihrer Tasche und zog eine Klarsichthülle heraus, in der sich zwanzig gefaltete, weiße Zettel befanden. Sie kippte den Inhalt auf den Schreibtisch. Zwei der Zettel waren bereits auseinandergefaltet. Auf einem davon stand nichts, auf dem anderen der Name Franziska Voss. Jonas fasste ihn nicht an, aber begann damit, die restlichen Zettel auseinanderzufalten. Plötzlich hielt er inne. Da stand erneut Franziskas Name, allerdings in einer anderen Schrift. Er schüttelte den Kopf, Brigitte stieß einen verblüfften Laut aus. Roswitha half jetzt beim Auseinanderfalten. Sie fand einen weiteren Zettel mit „Franziska Voss", und Jonas fand noch einen dritten. „Diese Schlange", entfuhr es ihm.

„Tja, so kann man seine Chancen erhöhen", meinte Roswitha. „Und Sie haben das nicht bemerkt?"

„Wie sollte ich denn?", sagte Brigitte. „Sie muss ein paar der anderen dazu überredet haben, ihren Namen auf den Zettel zu schreiben. Wir dachten ja …", begann sie, hielt jedoch sofort inne.

„Was?", fragte Roswitha lauernd.

„Franziska hat behauptet, Herrn Förster schon ein bisschen zu kennen."

„Wie bitte?", fragte Jonas.

„Sie hätte Sie mal getroffen, hat sie behauptet. Natürlich weiß ich jetzt, dass das gelogen war."

„Es war nicht gelogen. Ich habe ihr mit dem Anwalt gedroht, wenn sie weiter vor meinem Haus aufkreuzt."

„Sie hat andere Sachen erzählt", sagte Brigitte betreten, aber Jonas wollte gar nichts davon hören, er konnte es sich auch so lebhaft vorstellen.

Er wühlte in den Zetteln. Mit irgendjemandem musste er sich treffen, daran führte kein Weg vorbei. Seine Finger blieben an dem leeren weißen Zettel hängen, der bereits auseinandergefaltet war.

„Was ist das denn?"

„Ach, den hatte ich eigentlich als Erstes gezogen, aber es stand ja kein Name drauf", berichtete Brigitte.

„Und von wem war der?", fragte Jonas.

Brigitte zuckte die Schultern. „Steht ja nichts drauf", sagte sie noch einmal.

„Nein, aber anhand der anderen Zettel, also durch das Ausschlussverfahren, kann man doch herausfinden, wer das gewesen sein muss."

„Du vergisst die drei, die ihren Namen für die Verrückte hergegeben haben", erinnerte ihn Roswitha.

„Das ist dann eine Frage der Persönlichkeit und sollte sich schon feststellen lassen, oder?" Die Frage war an Brigitte gerichtet.

„Vielleicht", sagte Brigitte und prüfte einen Zettel nach dem anderen, um zu sehen, welche Namen fehlten. Anneli, die älteste, die Familie hatte, und die beeinflussbare Heidelinde. Den beiden traute sie zu, dass sie sich von Franziska beschwatzen ließen. Dann fehlte da noch der Name des Mädchens, das neben Franziska gesessen hatte. Und Charlotte. Natürlich, dachte Brigitte, Charlotte hatte den leeren Zettel abgegeben.

„Ich weiß jetzt, wer das mit dem weißen Zettel war, aber sie wird nicht bei der Sendung mitmachen wollen."

„Woher wissen Sie das?", fragte Roswitha.

„Weil sie schon vorher so seltsame Fragen gestellt hat, was das genau wäre und wie das ablaufen würde", erklärte Brigitte. Jonas fand die Fragen alles andere als seltsam, sondern im Gegenteil sehr vernünftig.

„Und sie ist ziemlich schüchtern, redet ganz wenig. Sie wird sicher nicht mitmachen wollen."

„Die nehmen wir", entschied Jonas. „Die Frau mit dem weißen Zettel. Wie heißt sie?"

„Charlotte Frühwald", sagte Brigitte. „Aber sie ist, glaub ich, gar kein so großer Fan, um ehrlich zu sein. Sie ist immer sehr zurückhaltend und war auch gar nicht mehr oft bei unseren Treffen. Und schließlich hat sie ja auch darauf verzichtet, ihren Namen hinzuschreiben, das sagt doch alles. Sie wird nicht mitmachen wollen."

„Das ist perfekt, ich will ja auch nicht mitmachen", fegte Jonas alle Argumente vom Tisch. „Charlotte oder keine."

Damit packte er seinen Rucksack und verließ das Büro.

„Sie haben ihn gehört", sagte Roswitha zu Brigitte. „Sehen Sie mal zu, dass Sie diese Charlotte überzeugen können, sonst ... Sie wissen ja."

Ja, Brigitte wusste.

Charlotte hatte nicht nur einen langen Arbeitstag hinter sich, sondern auch noch einen Besuch zum Abendessen bei Mutter und Bruder, was jedes Mal reichlich anstrengend war. Jetzt saß sie endlich gemütlich im Schlafanzug und mit dem Notebook auf ihrem Bett. Sie hatte sich bereits eingeloggt und wartete auf das bekannte Froschquaken, das MrNiceGuy ankündigte. Inzwischen beschäftigte sie sich mit den eigenwilligen literarischen Versuchen einer jungen Medizinstudentin.

Als der Frosch quakte, warf sie das Manuskript erleichtert beiseite, doch kaum hatte sie „Hi!" geschrieben, da klingelte das Telefon.

„Moment, mein Telefon klingelt", schrieb sie rasch und beugte sich hinüber zu ihrem Nachttisch. Sie rechnete damit, dass es ihre Mutter oder ihr Bruder war. Vielleicht hatte sie etwas vergessen.

„Hallo?", meldete sie sich.

„Oh, mein Gott, endlich!", schrie eine weibliche Stimme, die sie nicht erkannte, in ihr Ohr. „Ich versuche seit Stunden, dich zu erreichen."

Charlotte war völlig verdutzt. „Wer ... wer ist denn da bitte?", fragte sie höflich, als sei es keine Unverschämtheit, spätabends um elf Uhr Leute anzurufen, um sie dann direkt anzubrüllen.

„Brigitte. Warum hast du eigentlich kein Handy? Wer hat denn heutzutage kein Handy?"

Brigitte? Und warum klang sie so hysterisch?

„Hallo Brigitte", sagte Charlotte. „Kleinen Moment bitte, ja?"

Sie legte den Hörer beiseite und tippte:

„Komischer Anruf. Kann ein bisschen dauern. Wartest du?"

„Natürlich", schrieb MrNiceGuy

„Danke. Ich versuche, es kurz zu machen."

Sie nahm den Hörer wieder zur Hand und stellte fest, dass Brigitte unverdrossen weitergeredet hatte.

„Hallo? Brigitte?"

„Ja?"

„Ich bin wieder da, wollte ich nur sagen."

„Wieso wieder da? Warst du weg? Muss ich jetzt alles noch mal erklären?"

„Ähm, was gibt's denn?"

Brigitte stöhnte ins Telefon. Es klang ernst.

„Hör zu, Charlotte, du musst mir helfen. Du MUSST, okay?", sagte Brigitte. Dann begann sie zu erzählen. In einer sehr verwirrenden Weise, mit vielem Stöhnen und Jammern zwischendurch. Was Charlotte verstand, ergab wenig Sinn und hatte irgendwie mit Jonas Förster, Franziska und ihr selbst zu tun.

„Du *musst* das machen, Charlotte, sonst verliere ich alles, wofür ich jahrelang gearbeitet habe. Und habe noch dazu eine Klage am Hals. Und Jonas wird mich für alle Zeiten hassen."

Was redete sie da?

„Ich … entschuldige Brigitte, ich bin vielleicht nicht mehr ganz aufnahmefähig, aber kannst du bitte noch mal erklären, um was es eigentlich geht?"

Brigitte stöhnte einmal mehr ins Telefon, doch dann bemühte sie sich, langsam und deutlich zu sprechen und das Problem klar auf den Punkt zu bringen.

„Pass auf: Franziska hat die Auslosung manipuliert. Und sie hat Jonas Förster seit Monaten verfolgt. Sie ist eine Stalkerin, verstehst du? Natürlich ist Jonas ausgerastet, als er sie heute gesehen hat. Sie wollten doch diese Sendung aufzeichnen. Das ist ins Wasser gefallen, und es wird komplett ins Wasser fallen inklusive Schadensersatzklagen und so weiter, wenn du nicht einspringst. Nächsten Montag ist der zweite Anlauf, und du musst das machen."

„Was machen?"

„Die Aufnahmen für die Sendung mit Jonas Förster, *Seite an Seite*, ein Prominenter und sein Fan. Du musst mit Jonas in die Berge fahren und dich dabei filmen lassen. Jetzt kapiert?"

„Nein", sagte Charlotte entsetzt. „Ich meine ja, aber nein, ich mach das nicht. Das … ich kann das nicht."

„Das hab ich denen auch gesagt, weil du einen weißen Zettel abgegeben hast, aber sie wollen dich. Jonas will dich."

„Aber wieso denn?", schrie Charlotte nun panisch ins Telefon. „Wieso denn ausgerechnet mich?"

„Genau wegen diesem weißen Zettel. Weil du dich nicht vorgedrängt hast. Weil du es nicht machen willst, weil Jonas es nämlich auch nicht machen will. Aber muss. Und du musst auch. Sonst bin ich geliefert. Bitte, Charlotte, du hast keine Ahnung, wie die mich heute durch die Mangel gedreht hat. Nur wegen dieser verflixten Franziska." Brigitte drehte schon wieder durch. Charlotte tat innerlich das Gleiche auf ihrer Seite der Leitung.

„Ich werde sterben", flüsterte sie ins Telefon. „Ich überlebe das nicht."

„Das ist jetzt scheißegal, Hauptsache, du machst es."

„Ich kann nicht."

„Ich sage Frau Kessler morgen Bescheid und gebe ihr deine Telefonnummer."

Charlotte verstummte.

„Charlotte, bitte, du bist wirklich die Einzige, die eine komplette Katastrophe abwenden kann."

„Okay", flüsterte Charlotte in den Hörer. Ihre Stimme hatte keine Kraft mehr. Sie würde ab jetzt nur noch flüstern können. Sie würde sich auch nicht mehr bewegen können, und vielleicht hatte sie ja Glück und würde vorher tatsächlich noch sterben.

„Danke, Danke, Danke", entlud sich Brigittes Anspannung in Charlottes Ohr. „Das werde ich dir nie vergessen."

Charlotte war wie versteinert. Das würde sie nicht überleben. Ihr schlimmster Albtraum war wahr geworden. Warum hatte sie „okay" gesagt? Es gab doch das Wort „Nein". Nur damit Brigitte nicht in Schwierigkeiten geriet, hatte sie sich breitschlagen lassen? An ihre Schwierigkeiten dachte keiner. Daran, dass eine ganze Nation ihr dabei zusehen würde, wie sie sich in Anwesenheit von Jonas Förster bis auf die Knochen blamieren würde.

Jonas hatte sie ausgesucht, weil sie nicht wollte, weil er auch nicht wollte. Was würde das für ein schrecklicher Tag werden! Ein ganzer Tag!

MrNiceGuy fiel ihr wieder ein.

Sie stürzte sich auf die Tastatur und tippte verzweifelt und ohne nachzudenken:

„ichw eille nichte mehr lebene."

„Was ist los?", schrieb er zurück.

Ihr Satz war mit so vielen Tippfehlern gespickt, dass er fast nicht lesbar war. Aber eben nur fast. Sofort bereute sie es.

„HEY!" schrieb er.

„Entschuldige bitte."

„Was ist denn?"

„Keine Angst."

„WAS IST LOS???"

„Mach dir keine Gedanken, es war nur der Anruf eben. Es ist nicht so schlimm."

„Mach das nie wieder!!!!"

Jonas starrte auf seinen Bildschirm, das Entsetzen über diesen Satz immer noch im Gesicht. Er konnte heute nicht noch mehr Dramen verkraften.

„Es tut mir leid", schrieb sie.

„Was war das für ein Anruf?"

„Eine Bekannte … hat mich um was gebeten."

„Und das ist so schlimm?"

„Nur für mich. Mal wieder."

„Du kannst mir nicht sagen, was, oder?"

„Auf gar keinen Fall!!"

„Hast du dich beruhigt?"

„Nein, aber ich kann es ja nicht ändern."

„Du könntest einfach ablehnen."

„Ich nicht. Ich kann nicht einfach etwas ablehnen, auch wenn ich es nicht will."

„Hm …"

„Was?"

„Geht mir eigentlich genauso."

„Ja?"

„Ja. Gerade heute erst wieder."

„Du hattest auch keinen guten Tag?"

„Nicht gut ist die Untertreibung des Jahres. Der beschissenste Tag seit Langem."

„Oh Gott! Und dann bin ich auch noch so blöd und schreibe so was."

„Schon gut."

„Vergiss das bitte, ja?"

„Schon passiert."

„Danke."

„Kann ich dir irgendwie helfen?"

„Tust du ja schon."

Ich kann dich nicht in den Arm nehmen, dachte Jonas. Ich kann dich nicht verteidigen, wenn dir jemand weh tut. Ich kann dir nicht sagen, wie sehr ich mir das wünsche.

„Also gut", schrieb MrNiceGuy. „Wir können zumindest eins tun."

„Und was?", fragte LadyChatterley.

„Wir können uns gegenseitig ein Versprechen geben."

„Welches?"

„Dass wir von jetzt an nie mehr etwas tun, was wir nicht tun wollen."

Charlotte zögerte. Sie nahm Versprechen sehr ernst.

„Das wird schwer", schrieb sie.

„Ja, für mich auch", schrieb er.

„Ich verspreche es."

„Ich auch."

10. Die Frau mit dem weißen Zettel

AM 7. Juli war es so weit. Charlotte wurde am Morgen von dem Filmteam abgeholt. Sie hatte fast nicht geschlafen und baute darauf, dass die Aufregung sie noch rechtzeitig vorher umbringen würde, aber das passierte nicht. Sie stand auf, duschte und versuchte, ihre Locken zu bändigen, indem sie sie so dekorativ wie möglich mit einer Klammer am Hinterkopf zusammenfasste. Auf ihr gewohntes simples Haargummi verzichtete sie lieber. Man hatte ihr gesagt, dass es zu einer Bergwanderung ging, also griff sie zu ihren Wanderschuhen, die zwar uralt und abgetragen waren, aber sie hatte nun mal keine schickeren. Auch kleidungstechnisch sah es nicht gut aus. Eine knielange, leichte Hose und ein blau-weiß gestreiftes T-Shirt mussten fernsehtauglich genug sein. Zur Sicherheit packte sie noch ein zweites T-Shirt und eine Jacke in den Rucksack, ebenso wie ein Brot, einen Apfel – sie würde sowieso nichts essen können – und eine Wasserflasche.

Resigniert betrachtete sie sich im Spiegel. Ihr ungeschminktes Gesicht wirkte sehr blass. In ihren Augen lag Panik, jetzt schon. Der Tag würde eine genauso große Katastrophe werden wie mit Franziska, nur eben anders.

Ich will nicht, ich will nicht, ich will nicht, dachte sie die ganze Zeit. Und als es an der Tür läutete, traten ihr vor Aufregung Tränen in die Augen. Es gab kein Zurück mehr.

Die drei vom Filmteam waren nett, sie stellten sich der Reihe nach vor: Ferdl, der Regisseur, Toni, der Kameramann und Fadi, der Mann vom Ton. Charlotte brachte kaum ein Wort heraus. Sie gab jedem die Hand und nannte ihren Namen. Das war alles.

Dann ließ sie sich willenlos zum Schafott führen. Sie stieg in den kleinen Bus ein und betete innerlich, dass doch noch irgendetwas dazwischenkommen möge. Nichts Schlimmes natürlich, fügte sie ihrem Gebet hinzu. Kein Unfall oder so. Vorsichtshalber nahm sie das Gebet wieder zurück.

Als sie am Treffpunkt ankamen, mussten sie nicht lange warten. Das Taxi mit Roswitha Kessler und Jonas Förster fuhr nur wenige Minuten nach ihnen auf den Parkplatz. Charlotte verbarg sich unwillkürlich hinter dem Bus. Von dort aus beobachtete sie mit klopfendem Herzen, wie Jonas Förster ausstieg. Er trug eine Sonnenbrille und verzog keine Miene. Ach ja, er wollte das ja auch nicht machen, wie Brigitte gesagt hatte. Was sollte sie nur tun?

Jonas' Erinnerung an den Montag vor acht Tagen brach wieder auf, als er aus dem Taxi stieg. Es war wie ein Déjà-vu, eines, das er auf keinen Fall noch einmal erleben wollte. Er hatte Anzeige gegen Franziska Voss gestellt, aber das half ihm nicht. Er konnte es selbst nicht begreifen, wieso ihn diese Erfahrung derart aus der Bahn geworfen hatte, es war schließlich nichts passiert. Er war nicht in Gefahr gewesen. Sie war wie eine böse Erscheinung, eine, die ihm seine Freiheit nahm, seine Unbeschwertheit, eine, die ihm das Gefühl gab zu ersticken. Über den Parkplatz zu gehen, weckte dieses Gefühl wieder in ihm. Am liebsten hätte er sich umgedreht und wäre davongelaufen.

Alles war so wie eine Woche zuvor. Nur dass diesmal alle äußerst angespannt waren. Roswitha hatte unterwegs kein Wort geredet. Auch das Team um Ferdl Läufer wirkte nicht halb so locker wie beim letzten Mal. Es war längst beschlossene Sache, dass es diesmal keinen Dreh von der Begrüßungsszene geben würde. Von der Frau war im ersten Moment nichts zu sehen. Jonas hielt schon die Luft an, doch dann entdeckte er sie. Sie stand hinter dem Bus und sah ihm mit einem Ausdruck entgegen, in dem er seine eigenen Empfindungen wiedererkannte. Dann erinnerte er sich: Sie wollte genauso wenig hier sein wie er, noch weniger wahrscheinlich. Sie war die Frau mit dem weißen Zettel, die nachgefragt hatte, die zurückhaltend war und angeblich kein so großer Fan. Sie stand da hinter dem Bus und wusste nicht, wo sie mit ihren Händen hin sollte. Sie war groß und schlank und ganz hübsch, aber gar nicht aufgetakelt. Einfach. Und sichtlich so nervös, dass sie ihm sofort leid tat. Sie war das komplette Gegenteil von Franziska.

Jonas nahm die Sonnenbrille ab und ging auf sie zu. Als er den winzigen Fluchtimpuls in ihrem Körper wahrnahm, lächelte er sie an, hielt ihr die Hand entgegen und sagte: „Wir werden den Tag schon rumkriegen, was? Ich bin Jonas."

Er war nett. Oh Gott, er war wirklich nett. Charlotte konnte sich auch weiterhin nicht rühren, aber ihre Hand tat automatisch das, was Hände in solchen Situationen zu tun pflegten. Sie ergriff die ihr entgegengestreckte.

„Ich bin nervös", hörte sie sich sagen. Auch ihr Mund lief auf Autopilot.

„Schöner Name", sagte Jonas und behielt ihre Hand in seiner. Charlotte stutzte und musste dann lachen. Jonas lachte mit.

„Nein, Charlotte", erwiderte sie deutlich gelöster.

„Der Name gefällt mir noch besser", sagte Jonas. „Freut mich sehr, Charlotte."

„Mich auch."

Beide wunderten sich darüber, dass sie es wirklich so meinten.

Jonas war sich darüber im Klaren, dass Roswitha sie genau beobachtete, doch er ignorierte sie, ebenso wie den Regisseur, der so aussah, als wollte er sich in den Allerwertesten beißen, weil er die Begrüßung nicht hatte filmen lassen.

Alle stiegen in den Bus ein: Ferdl vorn neben dem Fahrer, Jonas und Charlotte in der Mitte, einen Sitz zwischen sich, auf dem sie ihre Rucksäcke deponierten, und die beiden anderen dahinter. Roswitha winkte wie eine besorgte Mutter, die ihre Kinder ins Ferienlager verabschiedete. Jonas winkte nicht.

Nach der erfreulichen ersten Begegnung zog Charlotte sich wieder in ihr Schneckenhaus zurück. Sie saß neben Jonas Förster! Und auch wenn er nett zu ihr war, war das alles völlig irreal. Sie fühlte sich wie ein Fisch auf dem Trockenen. Dieser Bus mit dieser Gesellschaft war nicht ihr natürlicher Lebensraum.

Jonas machte keine Anstalten, Charlotte zu einem Gespräch zu bewegen. Zum einen wollte er ihr Zeit geben, sich an die Situation zu gewöhnen, zum anderen war ihm nicht nach Reden zumute. Dafür riss Ferdl, der Regisseur, die Unterhaltung an sich. Kurz nachdem sie auf die Autobahn gelangt waren, drehte er sich in seinem Sitz um und sah seine beiden Protagonisten begeistert an. Dass heute ja sowieso ein viel schönerer Tag sei als die Woche zuvor, meinte er, und ob sie eigentlich nicht wissen wollten, wo es hinging? Charlotte warf rasch einen Blick zu Jonas, doch der zuckte nur gleichgültig mit den Schultern. Er hatte seine Ansicht über diese Sendung offensichtlich nicht geändert, auch wenn er Charlotte freundlich begrüßt hatte. Ferdl ließ sich von Jonas' Teilnahmslosigkeit und Charlottes Schüchternheit nicht die gute Laune verderben.

„Wir fahren zum Wendelstein", verkündete er, als wären es die Seychellen.

Das wussten sie schon und reagierten nicht.

Ferdl holte tief Luft und fing an, ihnen seine Pläne zu erläutern. Es war viel vom Wendelstein die Rede, vom Gipfel, von Bayrischzell, von einem Wanderweg, der den Namen irgendeines wichtigen bayrischen Menschen trug und sehr berühmt war, und von einer traumhaften Kulisse, vor der Ferdl gedachte, traumhafte Aufnahmen zu machen. Charlotte und Jonas folgten ihm verwirrt beziehungsweise nur mäßig interessiert.

Ferdl holte eine Karte aus seinem Rucksack und faltete sie umständlich auseinander, weswegen der Fahrer, der sich gestört fühlte, genervt schnalzte.

„Da", sagte Ferdl und zeigte mit dem Finger irgendwo auf die Karte. Man konnte nichts erkennen. „Wir fahren zuerst mit der Seilbahn nach oben und von oben gehen wir auf dem Wanderweg nach unten."

„Von oben nach unten?", fragte Jonas.

„Ja, dann ist es nicht so anstrengend", lachte Ferdl.

„Und Stöcke habt ihr auch dabei?"

„Stöcke? Wieso? Nein."

„Also dann sollen wir uns vorher von unseren Knien verabschieden, oder was?"

„Wieso?", fragte Ferdl wieder.

„Du gehst nicht oft in die Berge, oder? So ein Abstieg geht total in die Knie. Da braucht man Stöcke."

„Ach, na ja, vielleicht gibt's oben welche zu kaufen", meinte Ferdl. „Außerdem sind es doch nur drei Stunden bis nach unten."

„Drei Stunden?", rief Charlotte so spontan, dass sie über sich selbst erschrak, doch auch Jonas stand der Mund offen.

„Das ist nicht dein Ernst, oder?", sagte er.

„Doch. Wieso? Ist doch nicht schlimm. Drei Stunden immer nur bergab, das geht doch." Ferdl verstand nicht, was los war. Er hatte sich gut vorbereitet, hatte die Strecke ausgesucht und alles bis ins Kleinste geplant. Allerdings war er selbst in seinem ganzen Leben noch nie in den Bergen wandern gewesen. „Oder nicht?", fügte er in Anbetracht dieser Tatsache und leicht verunsichert hinzu.

Jonas griff sich an den Kopf und fing an zu lachen.

„Na, gut, wir machen das jetzt einfach. Wenn jemand von uns zusammenklappt oder ausrutscht oder wenn jemandem die Knie durchbrechen, können wir ja die Bergrettung rufen", sagte er.

„Sofern es da ein Netz gibt", ergänzte Charlotte. Jonas lachte noch mehr, dann drehte er sich zu Toni und Fadi um.

„Aber ihr beide seid sicher erfahrene Bergwanderer, stimmt's?"

„Ich bin erst vor einem Jahr nach München gezogen", erwiderte Fadi, während Toni bekannte, dass Bergwandern eigentlich nicht so sein Ding sei und er normalerweise auch keine Zeit dafür habe."

„Na also, das ist doch beruhigend. Charlotte? Wie sieht's mit dir aus?"

„Ich bin früher viel mit meinem Vater wandern gegangen", sagte Charlotte.

„Wann war früher?"

„Als Kind, vor fünfzehn, zwanzig Jahren", antwortete Charlotte und musste nun ebenfalls schmunzeln.

„Das hilft", meinte Jonas ironisch grinsend. „Ich war zuletzt vor einem Jahr in den Bergen. Das war ein kleiner Rundweg von zwei Stunden, ging mal auf, mal ab. Mein letzter dreistündiger Marsch nur bergab war … hm, mal überlegen … in meinem letzten Leben wahrscheinlich. Aber man soll ja offen für neue Erfahrungen sein."

Ferdl verstummte. Er hatte sich das ganz einfach vorgestellt. Auf den Berg rauf und beim Runtergehen mit der Kamera draufhalten, ab und zu eine Rast und fertig. Jonas hatte ihn ins Grübeln gebracht.

„Hast du ein Erste-Hilfe-Kit dabei?", fragte Jonas Charlotte. Sie schüttelte den Kopf. „Blöd, ich auch nicht." Er lehnte sich zu ihr rüber und sagte leise: „Und Ferdl trau ich mich gar nicht erst zu fragen." Sie kicherten albern.

Oh Gott, dachte Charlotte gleich darauf, Jonas Förster war gerade zehn Zentimeter von mir entfernt. Sie schaute lieber wieder aus dem Fenster. Es war nicht so schlimm, wie sie befürchtet hatte, aber trotz der unterhaltsamen Einlage hatte sich ihre Aufregung noch längst nicht verflüchtigt. Von „locker" war sie so weit entfernt wie Ferdl von „alpinerfahren".

Den Rest der knapp anderthalbstündigen Fahrt nach Bayrischzell verbrachte man größtenteils schweigend. Fadi und Toni dösten vor sich hin. Jonas und Charlotte hingen ihren unterschiedlichen Gedanken nach, und Ferdl war seine Munterkeit fürs Erste vergangen. Kurz vor zwölf Uhr kamen sie an. Auf dem Parkplatz vor der Seilbahn hielten nur wenige Autos.

„Großartig", sagte Ferdl. „Keine Touristen, keine Wanderer. Wir haben den Berg ganz für uns alleine."

„Wenigstens etwas", murmelte Jonas. Der Fahrer, so wurde es besprochen, sollte sich ab fünf Uhr nachmittags wieder bereithalten. Zur Not müsste er eben ein paar Stunden warten.

Das Filmteam, Jonas und Charlotte näherten sich der Bahnstation. Schon von Weitem konnten sie ein großes Schild erkennen. Jonas blieb stehen, und die anderen folgten seinem Beispiel, nur Ferdl wollte nicht glauben, was er da las: *Wegen Wartungsarbeiten außer Betrieb!*

„Das gibt's doch nicht", empörte sich der Regisseur. Ein Mann kam um die Ecke und bestätigte, was auf dem Schild stand. Am Montag sei sowieso nicht viel los, und mit der Unwetterwarnung für den Nachmittag passe das ganz gut. Dann hätten sie ohnehin den Betrieb einstellen müssen.

Ferdl schaute in den tiefblauen Himmel.

„Wie kommen wir denn jetzt da hoch?", fragte er, als hätte er gar nicht zugehört.

„Sie können die Zahnradbahn nehmen, wenn die geht", sagte der Mann und verschwand wieder.

Ferdl kam mit schnellen Schritten zum Bus zurück.

„Hat der Mann gerade was von Unwetterwarnung gesagt?", fragte Toni.

„Hast du Augen im Kopf?", pflaumte ihn Ferdl an. „Wo soll denn da ein Unwetter herkommen?"

„Das geht schnell in den Bergen", wisperte Charlotte. Keiner achtete auf sie. Keiner hatte sie gehört.

„Wir fahren mit der Zahnradbahn da hoch. Ende."

Die unvorhergesehenen Widrigkeiten hatten in Ferdl wieder den Regisseur geweckt, den Leader, der einen Plan hatte und eine Karte, an die er sich halten würde. Es war sieben Tage zuvor schon einmal schiefgegangen, es würde heute nicht wieder ins Wasser fallen. Jonas war da, die Frau war da und war in Ordnung – bis auf die Tatsache, dass sie nicht redete, aber das würde sich schon legen –, da wäre es doch gelacht, wenn er am Abend nicht das tollste Material im Kasten hätte.

Jonas sparte sich einen Kommentar. Seine Aufgabe war es lediglich, in den Bergen herumzulaufen und sich mit Charlotte zu unterhalten, wenn die Kamera lief, alles andere hatte der Typ mit der Karte zu verantworten.

Nach einer halben Stunde hatten sie die Station der Zahnradbahn erreicht. Das Glück war ausnahmsweise mal auf ihrer Seite und schickte ihnen direkt die nächste Bahn. Mit Tickets und einer erneuten Warnung vor dem drohenden Unwetter seitens des Ticketverkäufers, machten sich die fünf auf den Weg nach oben.

Charlotte setzte sich ans Fenster und genoss die Aussicht. Der Tag war traumhaft. Es war in der Tat schwer vorstellbar, dass sich das in absehbarer Zeit ändern könnte.

Jonas setzte seine Sonnenbrille wieder auf und wollte sich gerade bequem zurücklehnen, als Ferdl, der Regisseur, seines Amtes waltete und Toni und Fadi Instruktionen gab, Kamera und Mikro bereit zu machen.

„Drehen wir doch mal einen ersten Take", meinte er. „Irgendwann müssen wir ja mal anfangen, nicht wahr?"

Jonas seufzte und nahm die Sonnenbrille wieder ab, aber Charlotte, die gerade dabei gewesen war, sich ein wenig zu entspannen und schon beinahe vergessen hatte, dass sie gefilmt werden sollte, erstarrte sofort wieder zur Salzsäule. Entsetzt beobachtete sie, wie Toni etwas umständlich seine Kamera auspackte und verschiedene Einstellungen vornahm und wie Fadi sich mit seinem Mikro so positionierte, dass es nicht in die Kamera hing. Die beiden brauchten dafür eine Weile, so dass Ferdl bereits ungeduldig schnalzte, während es für Charlotte gar nicht lange genug dauern konnte. Doch dann war schließlich alles bereit, Kamera und Mikro gnadenlos auf Charlotte und Jonas gerichtet. Zwei Waffen hätten in Charlottes Augen nicht bedrohlicher wirken können.

Ferdl jedoch strahlte erwartungsfroh.

„Also los. Einfach mal so ein bisschen quatschen, okay?", war seine detaillierte Regieanweisung.

„Worüber?", fragte Jonas.

Ferdl besann sich und schlug vor, dass sich die beiden erst einmal vorstellen sollten. Beide so, als wären sie völlig unbekannte Menschen, was in Charlottes Fall ja auch zutraf.

„Macht einfach mal", sagte Ferdl und wedelte mit den Händen. „Hallo, ich heiße blablabla und bin blablabla und mache heute blablabla. Ihr wisst schon. Ganz locker."

Charlotte starrte auf die Kamera wie das Kaninchen auf den Fuchs.

„Und nicht so verschreckt gucken, Charlotte", fügte Ferdl hinzu.

Der hatte leicht reden. Locker, nicht verschreckt, alles ganz einfach, einfach mal so ein bisschen quatschen. Wenn Charlotte eines nicht konnte, dann war das auf Kommando einfach mal so ein bisschen quatschen.

„Und bitte!", sagte Ferdl. Die Kamera lief. Jonas knipste sein Kameragesicht an und fing an zu reden: „Hallo ich heiße blablabla und bin blablabla …" Charlotte prustete heraus, er grinste zu ihr rüber, und Ferdl rief: „Aus!" Toni ließ die Kamera sinken und versuchte, sein Lachen zu verbergen.

„Jonas, bitte!" Ferdl wurde jetzt ernst. „Wir haben nicht ewig Zeit für den Dreh."

„'Tschuldigung", sagte Jonas wenig zerknirscht und zwinkerte Charlotte zu.

„Also noch mal. Und bitte!"

„Hallo, ich heiße Jonas Förster. Ich bin dreiunddreißig Jahre alt und von Beruf Schauspieler. Meine Hobbys sind lesen, Filme, Serien, Bergwandern und zwar von unten nach oben" – Ferdl rollte mit den Augen – „Karaoke singen, allerdings wahnsinnig schlecht, uuuuund noch ein paar andere uninteressante Sachen. Heute bin ich zum Bergwandern mit jemandem verabredet." Jonas legte den Arm um Charlotte und spürte, wie sie sich versteifte.

„Das hier ist Charlotte."

Charlotte wurde rot und machte den Mund auf, aber es kam nichts raus. Jonas sprach weiter. „Charlotte ist einundsiebzig Jahre alt und von Beruf Trapezkünstlerin." Charlotte musste grinsen und sagte: „Stimmt nicht."

„Nein? Dann hab ich das falsch verstanden."

„Ich bin dreißig und von Beruf Buchhändlerin." Ihre Stimme war belegt, aber immerhin sagte sie etwas.

„Und deine Hobbys? Man sagt in solchen Sendungen immer auch seine Hobbys."

„Lesen, Filme, Serien, Bergwandern und zwar von unten nach oben, …"

„Hey, nicht alles nachplappern", sagte Jonas.

„Aber es stimmt", beteuerte Charlotte. Allmählich vergaß sie die Kamera.

„Karaoke singen auch?"

„Das würde ich nie tun. Nicht für alles Geld der Welt."

„Für eine Million Euro?"

„Vielleicht."

Jonas sah wieder in die Kamera und sagte: „Also, jetzt kennen Sie uns, mehr gibt es nicht zu sagen: Der Schauspieler, der nicht singen kann und die bestechliche Buchhändlerin wandern in den Bergen. Viel Spaß!"

„Cut!", rief der Regisseur mit zerknittertem Gesicht. Jonas und Charlotte lachten.

„Das müssen wir noch mal machen, das kann man doch nicht senden. Die machen nur Quatsch", empörte sich Ferdl und suchte Unterstützung bei Fadi und Toni.

„Wieso? War doch okay", fand Fadi, und um seine Meinung zu unterstreichen, begann er, das Mikro wieder einzupacken. Toni stimmte zu und verstaute seine Kamera. Jonas setzte seine Sonnenbrille wieder auf, und Charlotte atmete tief und erleichtert durch. Ferdl gab sich geschlagen, denn es war ohnehin nicht mehr genügend Zeit für eine weitere Aufnahme in der Bahn. Die Fahrt würde nicht ewig dauern.

Als sie wenig später den Gipfel erreichten und ausstiegen, war Charlotte wie immer überwältigt von dem Ausblick. Sie hatte noch genau die gleichen Empfindungen wie damals als Kind, wenn sie mit ihrem Vater in den Bergen war. Alles trat in den Hintergrund, alles kam einem klein und unbedeutend vor angesichts der Größe und Schönheit der Natur. Hier oben relativierte sich das Leben. Sie schaute über die Gipfel der Alpen, genoss den sanften Wind auf ihrem erhitzten Gesicht und vergaß den Rest der Welt, sogar warum und mit wem sie hier war. In diesem Augenblick war das alles gleichgültig.

Jonas betrachtete sie, die Frau mit dem weißen Zettel. Er hatte sie vom ersten Moment an gemocht und von Minute zu Minute mehr. Wie weit weg sie gerade war. Sie schwebte in Gedanken irgendwo über der Welt und war sich weder ihrer selbst noch irgendeines anderen Menschen bewusst. Er wagte nicht, ihre Ruhe zu zerstören.

Ferdl nahm ihm das ab. Er hatte sich inzwischen auf seiner Karte orientiert und trommelte die Truppe zusammen.

„Da lang müssen wir. Da vorn geht's runter."

Charlotte erwachte aus ihrer Trance. Jonas berührte sie sanft am Arm und sagte: „Komm!"

Und wie es da runter ging!

„Ach du Scheiße, ist das steil!", entfuhr es Fadi, der in seinem bisherigen Leben gravierende Höhenunterschiede nur mit dem Fahrstuhl überwunden hatte. Auch Ferdl machte ein erschrockenes

Gesicht, und Toni sah zu, dass er seine Kamera ordentlich verpackte. An Drehen war auf dem steilen Weg nicht zu denken.

Jonas ging voran, Charlotte folgte ihm. Hinter ihnen fluchten in regelmäßigen Abständen die anderen.

Nach einer halben Stunde erreichten sie endlich einen Abschnitt, auf dem der Weg nicht mehr ganz so steil war. Ferdl rieb heimlich seine Knie und gab nach einer kurzen Erholungspause Anweisung, die Kamera auszupacken. Toni und Fadi sollten ein Stück vor Jonas und Charlotte hergehen und sie dabei aufnehmen.

„Was glaubst du, wer von beiden wird zuerst stürzen, Toni oder Fadi?", fragte Jonas Charlotte leise.

„Ich hoffe keiner", erwiderte sie, aber sie musste trotzdem grinsen.

Jonas betrachtete sie eine Weile, dann fragte er unvermittelt: „Wie bist du eigentlich in diesen Fanklub geraten?" Charlotte wurde knallrot, und es tat ihm sofort leid. „Ich meine", beeilte er sich zu erklären, „du bist ganz normal, gar nicht so …" Er wollte nichts Falsches sagen, er wollte nicht sagen: verrückt, fanatisch, überspannt. Er konnte schließlich seine Fans nicht vor Charlotte beleidigen, die Leute, die ihn, wie Roswitha behauptete, groß gemacht hatten. Und er wollte schon gar nicht Charlotte beleidigen, aber es interessierte ihn, weil sie anders war als alles, was er erwartet hatte.

Glücklicherweise war Charlotte sensibel genug, um zu verstehen, was er meinte. Sie fand es trotzdem schwierig zu erklären.

Das Team war ein wenig vorausgelaufen und bereit zu drehen. Ferdl gab Jonas und Charlotte ein Zeichen, dass sie losgehen sollten, was sie gemessenen Schrittes taten.

„Ich mochte die Serie *Feierabend*", begann Charlotte.

„Ach so. Ja, die war gut."

„Dann wollte ich einfach … ich weiß nicht. Ich hab im Internet ein bisschen gegoogelt, und dann fand ich dieses Forum und …" Sie wusste nicht weiter.

Es war ihr peinlich, Jonas Förster zu erklären, warum sie in den Jonas-Förster-Fanklub eingetreten war.

Jonas realisierte das. Er hätte sich ohrfeigen können. Er hatte sich gut mit ihr verstanden, sie war viel lockerer geworden und dann machte er alles kaputt.

„Ich habe nie geglaubt, was Franziska so von sich gegeben hat", sagte Charlotte plötzlich und blieb stehen. Es war ihr ein Bedürfnis, das klarzustellen, und die Erwähnung des Fanklubs, ganz gleich, wie unangenehm sie es empfand, war die Gelegenheit dazu.

Jonas blieb ebenfalls stehen. Seine Miene wurde augenblicklich hart. Allein der Name ließ seinen Pulsschlag in die Höhe schießen.

„Tut mir leid", sagte Charlotte sofort. „Ich wollte nicht …"

„Was hat sie denn gesagt?", fragte Jonas. Charlotte wusste, dass die Schärfe in seiner Stimme nicht ihr galt, aber sie fühlte sich dennoch eingeschüchtert.

„Dummes Zeug", sagte Charlotte. Jonas sah sie an und wartete. „Dass du sie nach ihrer Handynummer gefragt hättest." Er schnaubte. „Und … sie hat so getan, als hättet ihr irgendwie Kontakt." Charlotte wagte nicht, ihn dabei anzusehen.

„Ja, den hatten wir auch. Allerdings." Jonas' Stimme zitterte vor Erregung. „Sie hat sich monatelang vor meiner Wohnung rumgetrieben. Ständig war sie da. Als ich zum Drehen wegmusste, dachte ich, sie hätte vielleicht die Schnauze voll, aber dann war sie immer noch da, als ich zurückkam. Fing an, mir Sachen zu schicken. Und sie hat vollkommen ignoriert, dass ich ihr mit dem Anwalt gedroht habe."

„Könnt ihr weitergehen?", rief Ferdl.

„Ihr nehmt jetzt gefälligst keinen Ton auf", brüllte Jonas.

Ferdl zuckte zusammen. „Äh, nein, … nur Bildmaterial."

Jonas ging langsam weiter und Charlotte neben ihm her.

„Tut mir leid, ich wollte das jetzt nicht an dir auslassen", sagte er leise zu ihr, als er ihr betroffenes Gesicht sah.

„Nein, das hast du nicht", versicherte sie ihm. „Ich kann mir denken, dass das schrecklich für dich war. Wenn ich mir vorstelle, mich verfolgt jemand und ich kann mich gar nicht mehr frei bewegen und muss immer Angst haben, dass er auftaucht … das ist furchtbar."

Ja, dachte Jonas, das war es, doch er sagte das, was er immer sagte: „Na ja, sie hat ja nichts getan. Gott sei Dank."

„Doch! Hat sie!", widersprach Charlotte. „Sie hat dir das Gefühl gegeben, dass sie etwas tun *könnte*. Man muss nicht immer etwas tun, um jemanden zu terrorisieren."

Jonas sah sie verblüfft von der Seite an. In den ganzen letzten Monaten hatte ihn nie irgendetwas mehr getröstet als ihre empört gerunzelte Stirn. Zum ersten Mal fühlte er sich verstanden. LadyChatterley hätte so reagiert, wenn er es ihr hätte sagen können, da war er sicher, aber konnte er ja nicht.

„Danke", sagte er.

Erstaunt erwiderte sie seinen Blick. „Wofür denn?"

„Ich weiß nicht. Es tut gut, wenn jemand mal etwas anderes sagt, als: Zeig sie einfach an."

„Aber deine Familie hat das sicher nicht gesagt, oder?", meinte Charlotte.

„Die wissen gar nichts davon", gab Jonas zu. „Ich wollte nicht, dass sie sich Sorgen machen."

Zum ersten Mal ahnte Charlotte, was Franziska wirklich angerichtet hatte. Noch ganz in Gedanken, schüttelte Jonas den Kopf.

„Ich verstehe nur nicht, wie überhaupt irgendjemand ihrem Geschwätz glauben konnte", sagte er. „Als ob ich jemals etwas mit einem Fan anfangen würde."

Natürlich nicht, dachte Charlotte, den Stich ignorierend, den sie gerade verspürte.

„Es gibt vielleicht Prominente, die würden … die würden das schon ausnutzen", sagte sie.

„Stimmt, aber ich nicht", entgegnete Jonas entschieden.

„Ist auch besser so", stimmte Charlotte zu und bemühte sich um ein nicht allzu gequältes Lächeln.

„Schöne Bilder", rief Ferdl begeistert von vorn. „Ihr seid wirklich ein sehr harmonisches Paar."

Der Weg wurde wieder steiler, weshalb man die Kamera erneut einpacken musste.

Sie waren weit und breit die einzigen Wanderer, was einerseits schön, andererseits jedoch ein wenig besorgniserregend war. Charlotte dachte an jene angebliche Unwetterwarnung. Allerdings war der Himmel nach wie vor strahlend blau, kaum ein Wölkchen war zu sehen. Die Sonne schien so heiß herab, dass sie dankbar dafür waren, dass der Weg ab und zu durch bewaldetes Gebiet führte. Wann immer es möglich war, wurde die Kamera hervorgeholt, doch sobald Ferdl Tonaufnahmen haben wollte, geriet Charlotte in Panik. Sie wusste einfach nicht, was sie dann sagen sollte, auch wenn Jonas geschickt darin war, Gesprächsthemen zu finden. So unverkrampft ihre Unterhaltung war, wann immer die Kamera verschwand, so sehr rang Charlotte um Worte und Sätze, wenn sie wusste, dass man das, was sie sagte, mitschnitt.

Nachdem sie anderthalb Stunden unterwegs waren, verlangte Jonas eine Pause. Sie waren an einer schönen Alm angelangt. Toni und Fadi ließen sich auf eine alte Holzbank fallen und packten etwas zu essen aus, Ferdl prüfte die Karte und lief dabei in der Gegend herum.

„Das müsste jetzt die … was für eine Alm ist das jetzt?", murmelte er vor sich hin und drehte die Karte hin und her.

Jonas und Charlotte setzten sich auf die Wiese. Charlotte benutzte ihre Jacke als Unterlage. Nachdem sie etwas gegessen und getrunken hatten, ging Jonas umher und machte Fotos mit seinem iPhone. Charlotte legte sich hin und beobachtete die kleinen weißen Wölkchen, die sich am Himmel formierten. Erschöpft von der Aufregung und dem anstrengenden Marsch bergab, schloss sie die Augen und döste ein wenig. Alle Geräusche schienen ganz entfernt: Ferdls Gemurmel, der leise gelegentliche Wortwechsel zwischen Toni und Fadi und Jonas' Schritte im Gras.

„Ist das eine Hitze", stöhnte er und zog sein T-Shirt aus. Er war noch viel durchtrainierter, als er ohnehin schon wirkte. So sah also ein Waschbrettbauch in echt aus. Er kam auf sie zu und legte sich neben sie. Sie rührte sich nicht. Auch nicht, als sie seinen Finger auf ihrem Arm spürte, und wie er leicht darauf nach oben wanderte, unter den Ärmel ihres T-Shirts. Es kitzelte. Und dann brannte es plötzlich. Ein heftiger, stechender, brennender Schmerz.

„Au!", schrie sie auf und fuhr hoch. Reflexartig schlug sie auf ihren Ärmel. Es brannte noch mehr. Eine tote Wespe fiel heraus. Jonas, der ein paar Meter entfernt von ihr im Gras saß, und zwar völlig bekleidet, sprang sofort auf und kam zu ihr.

„Was ist denn?"

„Aua", jammerte Charlotte, der vor lauter Schreck die Tränen in die Augen schossen. Sie betrachtete ihren Oberarm, wo die Wespe einen giftig roten Punkt hinterlassen hatte, in dessen Umkreis sogleich alles anschwoll.

„Ach du Scheiße", sagte Jonas. „Bist du allergisch?"

Charlotte schüttelte den Kopf. „Ich weiß nicht", sagte sie, während sie beobachtete, wie ihr Arm sich langsam verdoppelte. Auch die anderen waren inzwischen herangekommen. Fadi zog ein Taschentuch aus seinem Rucksack und goss Wasser darüber.

„Leg das drauf, was anderes hab ich jetzt auch nicht."

„Wieso hat denn keiner eine Salbe?", fragte Jonas, doch er hatte ja auch nichts mitgenommen.

„Hier müsste doch eigentlich der Bach sein", meinte Ferdl, blickte sich um und untersuchte wieder die Karte.

„Wie weit ist es denn noch bis unten", fragte Jonas, als er beobachtete, wie Charlotte immer blasser wurde.

„Also eigentlich …" Ferdl sprach nicht weiter, sondern schaute nur immer wieder zwischen der Karte und der Umgebung hin und her.

Jonas stand auf. „Du willst uns jetzt nicht sagen, dass wir uns verlaufen haben, oder?"

Als sein Regisseur und Bergführer nicht antwortete, riss er ihm die Karte aus der Hand.

„Wo sind wir denn jetzt?", fragte Jonas, und Ferdl antwortete: „Also eigentlich hier."

„*Eigentlich hier* gibt's nicht", blaffte ihn Jonas an. „Wo auf dieser Scheiß-Karte sind wir?" Panisch betrachtete er Charlotte, die jetzt auf ihre Jacke zurückgesackt war. Fadi drückte ihr ein weiteres nasses Taschentuch auf die Stirn.

„Scheiße!", rief Jonas.

„Wir müssen doch einfach immer nur bergab. Eine andere Richtung gibt's doch nicht", bemerkte Toni.

„Ja, ganz einfach. Am besten wir legen uns alle auf den Boden und lassen uns runterkullern", höhnte Jonas wütend.

„Tut mir leid", murmelte Charlotte auf der Wiese.

„Du kannst doch nichts dafür." Jonas knallte Ferdl die unnütze Karte vor die Brust, packte seinen Rucksack auf den Rücken und hob Charlotte hoch.

„Nimm du ihre Sachen", sagte er zu Fadi. „Los, da lang", kommandierte er und niemand widersprach.

„Ich bin doch viel zu schwer", wollte sich Charlotte mit letzter Kraft widersetzen.

„Unsinn, du wiegst fast nichts", behauptete Jonas. „Außerdem wollte ich schon immer mal den Helden spielen, ohne dass mir ein Stuntman dazwischenfunkt. Also lass mir bitte den Spaß."

Charlotte lachte ein wenig, obwohl sie sich miserabel fühlte. Ihr Arm tat weh, und ihr Kreislauf war praktisch nicht mehr vorhanden. In diesem Zustand hätte sie keinen Meter gehen können. Sie schlang die Arme fest um Jonas, damit er es etwas leichter hatte.

„Jetzt wird's aber dunkel da hinten", bemerkte Fadi. Jonas hatte es auch schon festgestellt. Die kleinen weißen Wölkchen verwandelten sich immer mehr in große graue Wolken. Der vormals freundliche Himmel veränderte sein Gesicht und zwar so schnell, dass einem angst und bange wurde. Das Unwetter, vor dem man sie mehrfach gewarnt hatte, rollte unaufhaltsam heran.

Nicht das auch noch, dachte Jonas, und versuchte, so rasch wie möglich vorwärts zu kommen und so weit wie möglich, bevor seine Knie unter ihm nachgaben. Tapfer biss er die Zähne zusammen und setzte mechanisch einen Fuß vor den anderen in der Hoffnung, dass jeder Schritt sie weiter von dem drohenden Unheil wegbringen würde. Ein Gewitter in den Bergen, ungeschützt im Freien, war etwas das er nicht erleben wollte.

„Lass mich runter", verlangte Charlotte, als sie nach einer Weile spürte, dass er am Ende war.

„Geht schon."

„Nein, ich glaube, es geht mir besser. Ich muss nur was trinken."

Jonas setzte sie ab und hatte das Gefühl, dass irgendjemand nun ihn tragen müsste.

Charlotte trank etwas, während er sich schwer atmend und mit zitternden Beinen an einem Baum abstützte.

„Ist das da ein Dach?", fragte Toni und zeigte auf etwas, das zwischen den Bäumen zu erkennen war. „Ist das eine Hütte?"

„Ja, natürlich", meldete sich Ferdl zum ersten Mal seit seiner Amtsenthebung als Leiter des Unternehmens.

Der Himmel über ihnen färbte sich allmählich schwarz, und die Baumwipfel begannen bereits, gefährlich unter dem Wind zu schwanken. Es konnte nicht mehr lange dauern, bis das Gewitter einsetzte.

„Schnell", rief Jonas. Er beachtete die Schmerzen in seinen Beinen nicht mehr, nahm Charlotte an der Hand und lief los. Sie hatten noch ein paar hundert Meter zurückzulegen. Charlotte riss sich zusammen und hielt sich an Jonas fest. Fadi, der vorausgerannt war, verschwand hinter einer Wegbiegung. Nur wenige Augenblicke danach erschien er wieder, ruderte wild mit beiden Armen und schrie ihnen entgegen „Kommt!", als wären die anderen versucht, ihr Lager mitten auf dem Weg aufzuschlagen.

Als sie ihn erreichten, sahen sie die Hütte. In der Tür stand ein Mann mit einer Pfeife und schüttelte ungläubig den Kopf.

„Kemmts nei", rief er, was sie sich nicht zweimal sagen ließen. Pünktlich, als sich die Tür hinter ihnen schloss, und als wäre es mit dem Himmel so verabredet worden, zerriss der erste Blitz die Luft. Der ohrenbetäubende Donnerschlag folgte gleich darauf.

11. Der beste Tag

CHARLOTTE saß auf der Bank des großen Kachelofens, eine Tasse Tee neben sich und einen kalten Umschlag auf ihrem Arm. Ihre Kreislaufbeschwerden hatten sich zum Glück gelegt und waren wohl weniger auf eine allergische Reaktion als auf den Schock und die Aufregung zurückzuführen.

„Geht's wieder?", fragte die liebenswerte Frau Zellinger alle paar Minuten, und Charlotte nickte dann dankbar.

Draußen tobte ein Unwetter, das diesen Namen verdiente.

Fadi schaute durch das Fenster fasziniert dem Naturschauspiel zu, während Toni auf der anderen Seite des Kachelofens ein Nickerchen machte.

Ferdl saß bei dem Hüttenwirt, Herrn Zellinger, dessen Pfeife nie ausging, und erklärte auf der ausgebreiteten Karte, wo sie hergekommen waren und wo sie hinwollten, und versuchte dabei herauszufinden, aus welchem Grund das nicht geklappt hatte.

„Do hobts eich sauwer verfronst", lachte Herr Zellinger am Mundstück seiner Pfeife vorbei. „Wos hobts an do herom iwerhaupts doa am heingtigen Doag?"

Ferdl hatte ein bisschen Mühe, Herrn Zellinger zu verstehen, denn dieser sprach nicht nur eine komische Mischung aus bayrischem und Tiroler Dialekt, sondern besaß noch dazu eine recht knarzige Stimme. Es dauerte immer ein paar Sekunden, bis sich Ferdl die Fragen und Bemerkungen des Hüttenwirts im Kopf übersetzt hatte.

„Äh … wir drehen einen Film. Sozusagen."

„Woas doads?" Herr Zellinger blies verwundert eine dicke Rauchwolke in die Luft.

„Eine Art Dokumentation. Über Jonas Förster."

„Wer?"

„Das ist der junge Mann draußen vor der Tür."

Jonas hatte sich mit einer Decke in einen leidlich geschützten Winkel unters Vordach gesetzt und sah dem Gewitter zu. Es war erst Nachmittag, aber schon so dunkel wie am Abend. Blitz folgte auf Blitz, Donnerschlag auf Donnerschlag. Der Sturm quälte die Bäume und verlangte ihnen ihre ganze Widerstandsfähigkeit ab. Es war eine bedrohliche Stimmung, aber gleichzeitig auch wunderschön.

Ob Roswitha die Schlagzeile gefallen würde? *Filmstar Jonas Förster in den Alpen vom Blitz erschlagen.* Man könnte Ferdls Bildmaterial dazu in den Nachrichten senden: *„Diese Aufnahmen entstanden unmittelbar vor dem tragischen Unglück. Da war die Welt noch in Ordnung."*

Die Welt war nicht in Ordnung. Alle dachten das, aber so war es nicht. Sein Leben lief in eine falsche Richtung, genau wie sie heute. Irgendwann war er vom Weg abgekommen und hatte es nicht gemerkt. Die Umgebung war immer noch schön, aber es war eben der falsche Weg, und wenn er den richtigen nicht fand, würde er irgendwann auch mitten im Unwetter stehen.

Die Tür öffnete sich einen Spalt.

„Woins net nei kemma?", rief Frau Zellinger.

„Nein, mir gefällt es hier", antwortete Jonas.

„Mengs no a Stamberl?", fragte Frau Zellinger. Jonas nickte und reichte ihr das leere Schnapsglas durch die Tür. Frau Zellinger schmunzelte und verschwand. Nach einer Weile ging die Tür wieder auf, aber es war Charlotte, die herauskam.

„Da. Das soll ich dir bringen", sagte sie, reichte ihm ein volles Glas mit klarer, hochprozentiger Flüssigkeit und setzte sich neben Jonas auf die Bank.

„Magst du?", fragte er und hielt ihr das Glas hin.

„Ich vertrage nichts", sagte Charlotte.

„Das wärmt", entgegnete Jonas. „Und heute kommen wir hier eh nicht mehr weg."

Charlotte nahm das Glas und trank einen winzigen Schluck. Sie verzog das Gesicht und keuchte. Jonas grinste, nahm das Glas und trank den Rest. Ohne zu keuchen. Dann rückte er ganz nah an Charlotte heran und breitete die Decke aus, sodass sie groß genug für sie beide war. Charlottes Herz schlug schneller, obwohl sie ihm zuvor, als er sie getragen hatte, noch viel näher gekommen war, aber das war etwas anderes gewesen. Ein Notfall. Das hier war kein Notfall. Es war einfach … schön.

„Was macht der Arm?", fragte Jonas.

„Juckt und pocht und ist knallrot und so dick wie der von Klitschko."

„Welcher Klitschko?"

„Ich verwechsle die immer."

„Ich hab mal den einen bei einer Gala getroffen. Oder gesehen", sagte Jonas. „Der ist echt groß. Und breit. Und die Oberarme sind … lass mal sehen." Er zog die Decke von Charlottes Arm weg und betrachtete ihn. „Ja, das kommt hin."

„Soll ich vielleicht lieber einen Tee holen?", fragte Charlotte.

„Warum?"

„Weil das besser für dich wäre."

„Warum?"

„Weil du schon ein bisschen …" Beschwipst bist, meinte sie und deutete es mit einer Grimasse an.

„Ist doch egal", murmelte Jonas, schloss die Augen und lehnte den Kopf gegen die Hüttenwand. Das Gewitter, der Schnaps und Charlottes Nähe entspannten ihn so sehr, dass er fast eingeschlafen wäre.

Selten hatte er sich mit jemandem so wohl gefühlt wie mit ihr. Außer natürlich mit seiner Familie oder online mit LadyChatterley. Sein Kopf fuhr hoch.

„Mist!", stieß er aus. Er hatte versprochen, am Abend online zu sein. LadyChatterley hatte ihn ausdrücklich darum gebeten, weil sie einen „schwierigen Tag" vor sich hatte, wie sie sagte.

„Was denn?", fragte Charlotte.

„Scheiße", sagte Jonas noch einmal. „Ich … ich war für heute Abend verabredet."

„Oh!"

„Jetzt kann ich ihr nicht mal absagen."

Ihr! Na klar, dachte Charlotte, er hatte eine Freundin. Was hatte sie denn gedacht? Plötzlich fühlte sie sich nicht mehr wohl unter einer Decke mit ihm. Er hatte eine Freundin und saß hier mit ihr zusammen. Aber natürlich, sie war ja so harmlos, dass man sich nichts dabei dachte, eine Decke und einen Schnaps zu teilen. Und sie durch die Alpen zu schleppen, wenn ihr Kreislauf schlappmachte. Das hatte alles keine Bedeutung. Nicht, dass sie gedacht hatte, es hätte eine, aber es war schlimmer, wenn man deutlich vor Augen geführt bekam, dass es nicht so war.

„Ich geh mal wieder rein, glaub ich", sagte Charlotte.

„Was ist denn?", fragte Jonas und griff unwillkürlich nach ihrer Hand.

„Nichts." Im Gegensatz zu Jonas war Charlotte keine Schauspielerin und hatte nicht das geringste Talent dafür. Darum konnte sie nicht verbergen, dass ganz und gar nicht „nichts" war. Sie machte sich los, schlug die Decke zurück und ging.

Jonas blickte ihr verständnislos hinterher. Was hatte er denn getan? Sein schnapsgetrübtes Gedächtnis scannte nochmal die letzten Minuten. Er hatte von LadyChatterley gesprochen, beziehungsweise natürlich nicht von ihr sondern nur von ... „ihr". Oh, nein! Er schlug sich mit der flachen Hand gegen die Stirn. Man konnte doch nicht einer Frau, mit der man gerade dicht an dicht in eine Decke gehüllt war, von einer anderen Frau erzählen, auch wenn die nicht im „richtigen Leben" existierte. Das konnte Charlotte ja nicht wissen.

Er wollte aufstehen und ihr hinterhergehen, doch dann zögerte er. Was wollte er denn von ihr? Sie war ein Fan, zumindest kam sie aus der Ecke, auch wenn sie sich nicht so verhielt wie die typischen Fans, auch wenn sie sich glänzend verstanden und er das Zusammensein mit ihr genoss, auch wenn er sie liebenswert und anziehend fand. Es kam gar nicht infrage, ihr womöglich irgendwelche Hoffnungen zu machen ... oder sich selbst. Da war es wieder, dieses ernüchternde Gefühl, niemals das tun zu können, was er wirklich wollte.

Er blieb draußen. Vielleicht würde ihn ja doch noch der Blitz erschlagen.

Als das Gewitter und der Sturm vorbei waren, blieb der Regen. Es regnete in Strömen bis weit in den Abend hinein, deshalb war gar nicht daran zu denken, einen Fuß vor die Hütte zu setzen, geschweige denn, ins Tal hinunterzugelangen. Zumal sie sowieso den Weg nicht kannten. Es gab auch kein Netz, sodass sie niemanden anrufen konnten. Sie saßen fest und würden die Nacht in der Hütte verbringen müssen.

An Essen mangelte es nicht und auch nicht an der Gastfreundschaft des Ehepaares Zellinger. Mit dem Schlafen würde es ein wenig schwieriger werden, denn die Hütte war nicht für Übernachtungsgäste ausgerichtet, es gab nur Notlager: ein schmales Stockbett in einem kleinen Nebenraum und ein paar Matratzen, die man in der Stube auslegen konnte.

Die Zellingers kannten Jonas nicht und fanden Ferdl und sein Team eher kurios als beeindruckend. Frau Zellinger mochte Charlotte und kümmerte sich rührend um sie, erneuerte regelmäßig den Umschlag auf ihrem Arm, kochte Tee für sie und erzählte ihr davon, wie sie vor vielen Jahren mit ihrem Mann hier hochgezogen war, wo es nichts gab, wo man wenig von der Welt mitbekam und darauf angewiesen war, sich gut zu verstehen, weil man sonst gar keinen Gesprächspartner hatte. Im Winter jedenfalls nicht.

„Aber da föhlt si nix bei uns", erklärte Frau Zellinger mit einem warmen Lächeln. „Mir ham immer wos zum redn und wanns blos is, dass der Schorsch neda so vui raucha soll."

Dass Jonas ein bekannter Schauspieler war, fanden sie interessant, aber mehr auch nicht. Letztlich war er auch nur ein Wanderer, der dumm genug war, sich an einem Tag mit einer Unwetterwarnung ins Gebirge zu begeben. Und der sich dann auch noch verlaufen hatte. Jonas, der das Gespräch vom anderen Ende des Tisches verfolgt hatte, sah sich genötigt klarzustellen, dass er die Route nicht geplant hatte und dass er überhaupt nicht hatte mitkommen wollen. Dabei nahm er die Gelegenheit wahr, den Platz zu wechseln und sich wieder neben Charlotte zu setzen.

Als Frau Zellinger verständnislos nachfragte, warum er es dann doch getan hätte, wusste er nichts zu erwidern, außer, dass er eben musste.

„Neamands muass miassn. Sterbm miass mer, des is ois", sagte sie. Jonas und Charlotte tauschten einen betroffenen Blick, denn sie fühlten sich beide gleichermaßen angesprochen.

„War sowieso alles umsonst", sagte Ferdl mit trüber Miene. Auch er hatte bereits ein paar Schnäpse intus. „Wir haben praktisch nichts, was wir dem BR anbieten könnten."

Jonas horchte auf. „Wieso dem BR anbieten? Ich denke, ihr seid vom BR?"

Ferdl machte ein ertapptes Gesicht. Toni und Fadi, die mit Herrn Zellinger Schafkopf spielten, taten so, als hätten sie nichts gehört.

„Na ja, also praktisch haben wir den Auftrag vom BR. Also theoretisch."

Jonas' Gesicht umwölkte sich genauso allmählich wie der Himmel am Nachmittag.

„Theoretisch?"

„Also, wir haben dem BR das Angebot gemacht, und die waren interessiert an dem Konzept und meinten auch, dass sie das bringen, wenn es gut wird."

„Moment! Wer hatte denn nun die Idee?", fragte Charlotte, langsam genauso interessiert wie Jonas. Immerhin hatte sie wegen eben jener Idee einiges durchgestanden. Regelrechte Höllenqualen in den vergangenen Tagen.

„Also, das war so. Wir haben dieser Frau vom BR das Konzept vorgelegt und ihr gesagt, dass wir uns das, so als Anreißer, mit Jonas Förster vorstellen könnten."

Die Anhäufung der „Alsos" in Ferdls Erklärungen war mehr als verdächtig.

„Und wer war das vom BR? Eine Redakteurin? Roswitha stand doch immer mit jemandem in Kontakt", erinnerte sich Jonas.

„Ja, also, fast", wand sich Ferdl.

„Was ist denn fast eine Redakteurin?", wollte Charlotte wissen.

„Also, … eine Volontärin."

„WAS?!", riefen beide, Jonas und Charlotte, wie aus einem Mund.

„Und deswegen der ganze Aufstand?", empörte sich Jonas. „Wegen einem theoretischen Projekt, das in keiner Weise abgesegnet ist?"

„Brauchts no an Schnaps?", fragte Frau Zellinger. Sie wartete keine Antwort ab, sondern goss fleißig ein. Diesmal kippte auch Charlotte ihr Glas in einem Zug.

„Deswegen hab ich mich mit dieser kleinen Schlampe Franziska befassen müssen? Deswegen musste ich mich noch mal hierher quälen, obwohl ich nicht wollte, und deswegen sitzen wir jetzt hier in der Scheiße?"

Frau Zellinger legte Jonas beschwichtigend die Hand auf die Schulter und sagte: „Es is ois für wos guat."

Jonas war sein Ausbruch peinlich, und es tat ihm leid, dass er damit sowohl die Zellingers als auch Charlotte mitbeleidigt hatte.

„Tut mir leid, Frau Zellinger, das war nicht gegen Sie gerichtet. Und auch nicht gegen dich, Charlotte, das weißt du ja hoffentlich."

Frau Zellinger lächelte und verwuschelte mütterlich Jonas' Haare, die sich schon längst aus dem Pferdeschwanz gelöst hatten.

„Ist jetzt sowieso alles egal. Ich bin froh, dass es keine Sendung mit mir gibt", bekannte Charlotte. Der Schnaps floss warm durch ihren Körper, und der Alkohol stieg direkt in ihr Gehirn. Aber sie fand es angenehm, alles wurde leicht und vollkommen unwichtig.

Sie musste das MrNiceGuy erzählen, sie konnte zwar nicht, denn das wäre der größte Ups-Moment aller Zeiten gewesen, aber sie musste, irgendwie, es war einfach zu grotesk. Wie sie sich vorher geradezu gewünscht hatte, der Tod möge sie vor diesem Tag bewahren. Davor, mit dem berühmten Jonas Förster zusammenzutreffen und mit diesem Filmteam. Davor, dass man ihre Unbeholfenheit und ihre Schüchternheit in einer Fernsehsendung verewigen würde, sodass alle Menschen, nicht nur die, die sie eh schon als kleines, graues Mäuschen kannten, es sehen und sich kopfschüttelnd fragen konnten, was sie da verloren hatte. Und dann hatte sie Jonas kennengelernt und sich mit ihm unterhalten wie mit jedem anderen Menschen. Oder nein, gerade nicht wie mit jedem anderen Menschen, das wäre ja schlimm gewesen, sondern wie mit … Pauline oder Amadeus oder mit MrNiceGuy im Chatroom. Es war leicht, sich mit ihm zu unterhalten. Und dann dieser blöde Wespenstich und der falsche Weg und das Unwetter und die Zellingers und der Schnaps. Und zum guten Schluss zu erfahren, dass all das eigentlich nicht hätte sein müssen, dass alle Aufregung umsonst war …

Sie dachte an die große Auslosung und wie dieses Ereignis zelebriert worden war, an Brigitte und ihren hysterischen Anruf, an die Angst vor Schadensersatzklagen und erbosten Managerinnen. Charlotte dachte zu guter Letzt an Roswitha Kessler, wie sie hoffnungsvoll dem Bus hinterhergewinkt hatte. Und die ganze Zeit hatte sie sich nur mit einer Volontärin unterhalten.

Auf einmal prustete Charlotte heraus. Ihr Kopf sank vornüber auf den Tisch, sie schlug die Hände vors Gesicht, ihr ganzer Körper wurde geschüttelt von einem Lachanfall, den sie nicht mehr kontrollieren konnte. Immer wenn sie gerade dabei war, wieder Luft zu schnappen und sich zu beruhigen, kam ihr das Bild der winkenden Managerin in die Quere, und es begann von Neuem.

„Mei, die Charlotte!", sagte Frau Zellinger. „Megts no wos zum Essen?", fragte sie, als wäre alles, was sich an diesem Abend in ihrer Hütte zutrug und wie sich die Menschen verhielten, ganz alltäglich und normal. Und vielleicht war es das ja auch.

Jonas vergaß seinen Ärger über Ferdl und sein Team, über eine unbekannte, übereifrige Volontärin und über seine publicitygeile Managerin. Er sah nur noch Charlotte. Wäre das alles nicht passiert, dann wäre er ihr niemals begegnet. Diesen einen Moment lang weigerte er sich, an die Zukunft zu denken und daran, was sein würde. Er genoss nur den Augenblick, in dem er ihr bei ihrem befreiten, unbeschwerten Lachen zusehen konnte, mit dem sie alle ansteckte.

Frau Zellinger brachte noch mehr Essen als Grundlage für die vielen Schnäpse. Sie saßen alle zusammen am Tisch und die Zellingers erzählten Geschichten aus ihrem Leben auf der Hütte.

Charlotte konnte kaum glauben, dass sie sich noch zwölf Stunden zuvor gefühlt hatte, als würde man sie zur Schlachtbank führen. Selten in ihrem Leben hatte sie sich so wohl und geborgen gefühlt, fast wie in einer großen Familie.

Erst kurz vor Mitternacht, gerade als es endlich aufgehört hatte zu regnen, begab man sich zur Ruhe.

Es war selbstverständlich, dass Charlotte in eins der Stockbetten durfte und fast genauso selbstverständlich war es, dass Jonas das andere nahm.

„Willst du unten oder oben schlafen?", fragte er.

„Was weniger gefährlich ist", sagte sie mit einem Blick auf die schmale, einfache Holzkonstruktion.

„Keine Ahnung. Nimm oben. Du bist leichter, und du hattest weniger Schnäpse. Ich falle wahrscheinlich aus dem Bett."

„Na gut", stimmte Charlotte zu.

Jonas ging nach draußen, um ihr Gelegenheit zu geben, sich bettfertig zu machen, was auch immer das hieß. Charlotte beschloss, dass es genug war, sich ihrer Schuhe zu entledigen. Dann erklomm sie die Leiter und legte sich hin. Als sie merkte, dass es in der Hose sehr unbequem werden würde, zog sie diese ebenfalls aus und deponierte sie am Fußende. Ihr Kopf war zwar von der ungewohnten Menge Alkohol etwas benebelt, dennoch konnte sie immer noch klar genug denken, um es reichlich seltsam zu finden, ein Schlafzimmer mit Jonas Förster zu teilen, ihrem Ferdinand aus *Feierabend*. Sie entfernte die Haarklammer, und in Ermangelung einer Bürste konnte sie ihre Locken nur aufschütteln und hoffen, dass sie nicht komplett verfilzten, doch auch das war ihr gerade relativ egal.

Jonas kam herein, sah sie und sagte spontan: „Wow, hast du schöne Haare!" Dann knöpfte er seine Hose auf. Charlotte starrte ihn eine Sekunde lang an, bevor sie den Kopf zur Wand drehte und meinte: „Danke! Schön, aber lästig." Was gedachte er alles auszuziehen?

Kurz darauf hörte sie ihn auf die untere Liege fallen. Es ächzte gefährlich in den Balken, aber die waren wohl rund achtzig Kilo alkoholisierte Menschenmasse gewöhnt.

„Uff", stöhnte er genüsslich. „Das war der schlimmste und der beste Tag seit ewigen Zeiten."

Charlotte lächelte, der Satz hätte von ihr sein können.

„Was würde eigentlich deine Freundin sagen, wenn sie wüsste, dass du mit einer anderen Nacht die Frau verbringst", fragte sie. „Äh, … umgekehrt", verbesserte sie sich, als Jonas in heftiges Lachen ausbrach.

„Ich hab keine Freundin", erwiderte er, nachdem er sich einigermaßen beruhigt hatte.

„Aber du hast doch vorhin gesagt …"

„*Eine* Freundin! Ich war mit *einer* Freundin verabredet."

„Ach so."

„Ich habe übrigens auch keinen Freund, damit das auch klar ist", meinte Jonas noch hinzufügen zu müssen.

„Das ist mir doch egal."

„Denk ich mir. Ich sag's nur."

„Okay. Hätte ich auch nicht gedacht."

„Gut."

„Obwohl es mir egal wäre."

„Ja, das weiß ich ja inzwischen."

„Ich sag's nur."

Jonas gluckste.

„Kann ich dich noch was fragen?", fragte Charlotte.

„Alles", sagte Jonas.

„Alles? Echt?"

„Du schon."

„Wieso ich schon?"

„Weil du die Frau mit dem weißen Zettel bist."

„Ach so. Darum geht's auch."

„Was?"

„Meine Frage."

„Schieß los!"

„Warum hast du das heute eigentlich mitgemacht, wenn du gar nicht wolltest?"

„Ich musste. Wegen dem Vertrag."

„Wegen deS VertrageS."

Jonas lachte.

„Ja, also deswegen."

„Aber vorher schon. Warum hast du den Vertrag überhaupt unterschrieben?"

„Weil Roswitha das wollte. Sie hat mich einfach überfahren. Irgendwie."

„Aber ... sie arbeitet doch für dich und nicht umgekehrt."

„Keine Ahnung."

Jonas lachte nicht mehr. Wie sollte er Charlotte das erklären? Doch das wollte er. Er wollte, dass sie ihn verstand. Sein Innerstes hätte er ihr offenbart.

„Tut mir leid, ich verstehe ja nichts von solchen Sachen", sagte sie, als sie spürte, dass ihm das Thema unangenehm war.

„Da gibt's nichts zu verstehen. Roswitha sagt mir, was ich machen soll, und ich mache es. Sie sagt mir, in welche Fernsehsendung ich gehen soll, und ich gehe. Sie sagt mir, wen ich auf den roten Teppich mitnehmen soll, und ich mache es. Sie sagt mir, ich darf auf keinen Fall meine Haare schneiden lassen, also behalte ich die verflixten Zotteln. Sie sagt mir, ich sollte besser keine Freundin haben, zumindest nicht für die Öffentlichkeit, und weil das auf Dauer sowieso keine mitmacht, hab ich eben gar keine."

Jonas hatte sich fast nüchtern geredet, sein Kopf war so klar, dass es wehtat. Charlotte sagte nichts. Ihr Herz klopfte ein wenig, weil sie diesen lange unterdrückten Zorn in seiner Stimme hörte, und weil sie fühlte, wie besonders es war, dass er ihr das anvertraute.

„Kannst du sie nicht ... feuern?", fragte sie nach einer Weile schüchtern.

Der harte Panzer, der sich um Jonas' Herz geschlossen hatte, während er über Roswitha gesprochen hatte, zerbröselte im Bruchteil einer Sekunde.

„Ja, das könnte ich. Danke für den Tipp", schmunzelte er.

„Gern!", sagte Charlotte.

„Willst du sonst noch was wissen?"

„Jede Menge. Mir fällt nur gerade nichts ein."

„Nein, du bist zu höflich und zu rücksichtsvoll."

„Ich bin zu einfältig."

„Also bitte."

„Doch, bin ich. Die vom Fanklub werden mich löchern, und ich kann ihnen nichts sagen. Würde ich auch nicht, davon abgesehen, aber ich *könnte* auch nicht."

„Stimmt, du hast weggeschaut, als ich meine Hose ausgezogen hab."

„Ja, natürlich."

„Hast du eigentlich einen Freund?"

„Nein."

„Wieso nicht?"

„Das fragt man doch nicht."

„Wieso nicht, ich habe dir auch gesagt, weshalb ich keine Freundin habe."

„Ja, wegen Roswitha."

„Was? Nein! Ich meine … ja, irgendwie schon. Weil es eben schwierig ist."

„Bei mir ist es auch schwierig, aber aus ganz anderen Gründen."

„Und warum?"

„Weil ich … ich weiß nicht."

„Du bist intelligent, du hast Humor, du bist nett, du bist hübsch, – was soll denn da schwierig sein?"

„Du hast entweder ein schlechtes Gedächtnis oder eine verzerrte Wahrnehmung oder ungefähr fünf Schnäpse zu viel getrunken."

„Hast du mitgezählt?"

„Nein, ich mache das an deiner Beschreibung fest."

„Was war daran falsch?"

„Alles!"

„Wie würdest du dich denn beschreiben?"

„Hausbacken, unbeholfen, unscheinbar, langweilig."

Jonas lachte laut auf.

„Damit sollten wir eine Kontaktanzeige für dich formulieren: Hausbackene, unbeholfene Sie … Du bist dreißig, richtig?"

„Ja."

„Hausbackene, unbeholfene Sie – Baujahr 84"

„83."

„Ich dachte, du bist dreißig."

„Noch. Ich werde Ende Oktober einunddreißig."

„Na gut, wo waren wir? Hausbackene, unbeholfene, langweilige Sie – Baujahr 83 – sucht … Was suchst du?"

„Ich suche nicht."

„Komm schon. Wie muss er sein?"

„Nett."

„Nett? Und sonst?"

„Ein knackiger Hintern wäre gut."

„Also … hausbackene, unbeholfene, langweilige Sie – Baujahr 83 – sucht netten Typen mit knackigem Hintern zwecks … Was willst du mit ihm machen?"

„Filme gucken und vernaschen. Also: Ihn vernaschen."

„Oh, oh, allmählich bröckelt die Fassade. Wusste ich doch, dass da irgendwo eine Domina lauert. ‚Hausbacken' fällt jetzt weg."

„Und wie lautete der neue Text?"

„Sexgeile, unbeholfene, langweilige Sie – Baujahr 83 – sucht netten ER mit knackigem Hintern zwecks gemeinsamer Filmabende mit anschließendem Vernaschen."

„Das klingt scheiße."

„Ich finde, es klingt interessant. Ich würde da vermutlich anbeißen."

„Du fühlst dich also angesprochen von der Beschreibung des Er?"

„Ich bin ein Filmfreak und … na ja, das mit dem Hintern hättest du vorhin beurteilen können."

„Das kann ich auch so beurteilen."

„Aha, du guckst also nicht immer weg."

„Ich bin schüchtern, nicht blind."

„Du bist nicht schüchtern."

„Natürlich bin ich das."

„Hallo! Ich bin der wahrscheinlich berühmteste Schauspieler meiner Generation in Deutschland – ich sag's jetzt einfach mal, wie es ist –, und du liegst hier über mir und traust dich, mir zu sagen, dass ich meine Managerin feuern soll und dass ich einen knackigen Hintern habe. Schüchterne Leute tun so was nicht."

Charlotte lachte.

„Du hast noch was vergessen", sagte sie.

„Was?"

„Das dritte Kriterium trifft auch auf dich zu."

„Welches?"

„Du bist nett."

„Du bist auch nett, Charlotte, ... sehr."

Ich möchte nie mehr hier weg, dachte Charlotte.

Warum kann ich nicht für immer hier bleiben, dachte Jonas.

„Ich glaube, wir sollten jetzt schlafen", sagte Charlotte

„Ja, sollten wir wohl", sagte Jonas.

„Gute Nacht, Jonas!"

„Schlaf gut, Charlotte."

12. Vorbei

CHARLOTTE erwachte, als es draußen hell wurde. Von unten hörte sie Jonas' gleichmäßige Atemzüge. Er schnarchte ein bisschen. Sie beugte sich über den Rand ihres Bettes, sah hinab und lächelte. Wie entspannt er aussah. Wie ein Kind lag er da: auf dem Rücken, die Arme links und rechts neben seinem Kopf, die Haare wirr über dem Kissen, kein T-Shirt. Eine Strähne hing in seinen leicht geöffneten Mund. Hätte Charlotte nicht befürchtet, ihn damit aufzuwecken, hätte sie ihm die Strähne aus dem Gesicht gestrichen. Sie gönnte sich ein paar Sekunden, in denen sie ihn nur ansah. Jonas. Nicht den berühmten Schauspieler, den Filmstar, den Frauenschwarm, einfach nur Jonas, als wäre er nie etwas anderes gewesen. Selten hatte sie sich jemandem so nah gefühlt, so verbunden. Aber das war alles Unsinn. Es war nur diese Ausnahmesituation gewesen. Und der Schnaps. Und auch wenn nicht, er war der Prominente und sie der „Fan", da war immer noch diese Mauer. Er hatte es ja selbst gesagt, eine solche Beziehung kam gar nicht infrage. Und was dachte sie sich eigentlich? Nur weil sie sich gut mit ihm verstand, hieß das noch lange nicht, dass er sich auch für sie als Frau interessiert hätte. Was würde er denn mit so einer wie ihr wollen? Auf dem roten Teppich. Mit so einer grauen Maus.

Und weshalb dachte sie überhaupt darüber nach?

Jonas drehte sich im Schlaf um und grinste dabei.

Charlotte verabschiedete sich von seinem Anblick und von allen dummen Gedanken.

Sie zog ihre Hose an, kletterte leise aus dem Bett, schnappte sich ihre Schuhe und ging nach draußen.

„Schon wach?", fragte Frau Zellinger, die bereits in der Stube werkelte.

„Ja", sagte Charlotte lächelnd.

„Habt's no a wengerl g'red aufd Nocht."

„Waren wir zu laut?", fragte Charlotte bestürzt.

„Naa, iwo. Der Jonas, des a ganz a Netter, gell?", meinte Frau Zellinger schmunzelnd.

„Ja, schon."

„Und du bist a ganz a Nette. Ihr seids a nettes Paar."

„Aber das sind wir gar nicht."

Frau Zellinger lächelte und fuhr mit ihrer Arbeit fort.

Charlotte ging nach draußen ins Freie. Die Luft war nach dem Gewitter so rein und klar, dass es ihr vorkam, als würde sie zum allerersten Mal überhaupt richtig atmen.

Sie hatte nicht auf die Uhr geschaut, sie wusste nicht, wie spät es war, aber das war ihr egal. Zeit, was war das schon? Gleichgültig hier oben. Wie alles. Nichts spielte eine Rolle. Wer sie war, wer Jonas war, … gar nichts.

Aber bald würde es vorbei sein.

„Hey!"

Jonas Stimme war heiser und viel tiefer als sonst.

Er zog sein T-Shirt über, während er aus der Tür trat. Die Augen noch halb geschlossen, sank er sofort auf die Bank, auf der er schon am Tag zuvor während des Gewitters gesessen hatte.

„Bist du schon lange auf?", fragte er.

„Nein, erst seit ein paar Minuten", sagte Charlotte und setzte sich zu ihm.

„Ich hab Kopfschmerzen", klagte er.

„Komisch. Ich kann mir überhaupt nicht erklären weswegen."

„Ich kann mich fast an gar nichts mehr erinnern."

„Schade."

„Hatten wir Sex?"

„Nein."

„Hm …"

Charlotte lachte, Jonas grinste vorsichtig, um seinen Kopf zu schonen.

„Deine Haare sind echt toll", sagte Jonas.

„Deine auch", erwiderte Charlotte.

Alles an dir ist toll, dachte Jonas, alles.

Ferdl kam aus der Hütte. Er strahlte und streckte sich.

„Ist das nicht ein Traum?", schwärmte er. „Boah, Charlotte, dein Arm ist ja …, darf ich davon ein Foto machen?"

„Nur von dem Arm. Und nur, wenn du es nicht irgendwo twitterst", sagte Charlotte, krempelte den Ärmel noch ein Stückchen höher und hielt Ferdl ihren Oberarm hin, der aussah wie ein roter, glänzender Ballon.

„Wahnsinn!", sagte Ferdl bewundernd und drückte auf den Auslöser.

„Darf ich auch?", fragte Jonas. „Aber nicht von dem Arm, den verstecken wir."

Er holte sein iPhone und rückte näher zu Charlotte.

„Ständig muss ich mit Leuten Selfies machen, jetzt mach ich mal eins, das ich haben will."

„Ich sehe blöd aus auf Fotos", protestierte Charlotte, als Jonas den Arm um sie legte und seinen Kopf an ihren lehnte.

„Keine Sorge, mit mir sieht jede gut aus", sagte er. Sie lachte. Klick!

„Na also!" Begeistert betrachtete er das Bild.

„Du bist ein eingebildeter Fatzke!"

„Wenn es der Sache dient."

Charlotte lächelte das Foto an.

„Kann ich das auch haben?"

„Ich schicke es dir aufs Handy."

„Ich hab kein Handy."

„Was?"

„Ich brauch keins."

„Du siehst doch, dass du eins brauchst."

„Ich hab eine E-Mail-Adresse."

„Gut."

Sie nannte ihm ihre Adresse, und er schickte das Foto gleich ab.

Da die anderen auch schon aufgestanden waren, rief Frau Zellinger alle zum Frühstück. Ihr Mann hatte ihnen angeboten, sie hinterher hinunter nach Bayrischzell zu bringen, wo vielleicht immer noch oder vielleicht auch nicht mehr der Bus auf sie wartete.

Als sie sich verabschiedeten, fragte Jonas, wie er sich für all die Hilfe erkenntlich zeigen könne, doch die Zellingers winkten ab. Das sei doch selbstverständlich und überhaupt nicht der Rede wert. Dafür sei man doch da.

„Für die Deppen, die trotz Unwetterwarnung auf den Berg gehen und sich dann verlaufen?", fragte Jonas lächelnd. Ja, genau für die, meinten die Zellingers und amüsierten sich köstlich. Jonas und Charlotte umarmten Frau Zellinger zum Abschied, dann ging es bergab.

Nach zwei Stunden hatten sie den Parkplatz erreicht. Herr Zellinger machte es kurz. Ein Handschlag, ein „Pfiads eich!", und weg war er, auf dem Weg nach oben, dahin, wo alles relativ war.

Charlottes Herz krampfte sich zusammen, als sie ihm hinterhersah. Jetzt war es wirklich vorbei.

Der Bus stand noch da, und per Handy war der Fahrer auch bald herbeigerufen.

Kaum waren sie eingestiegen, packte Jonas sein iPhone aus und erledigte ein paar Anrufe. Er meldete sich bei seiner Familie, bei seiner Managerin und telefonierte mit einem Mann namens Friedberg. Er war schon wieder im Hier und Jetzt. Der Berg und die Hütte waren abgehakt. Was sonst?

Jonas' Geschäftigkeit erinnerte Charlotte daran, in der Buchhandlung Bescheid zu geben, dass sie an diesem Tag nicht zur Arbeit kommen konnte. Sie lieh sich das Handy von Ferdl aus und fasste sich kurz. Dann versank sie wieder in sich selbst.

Jonas konnte Charlotte kaum ansehen. Er wusste nicht, was er tun sollte. Er wollte sie festhalten, aber das war unmöglich, also tat er das, was er am besten konnte: Er spielte. Die Rolle, in der er am besten war: Jonas Förster, Schauspieler. Er beschäftigte sich mit Anrufen, checkte E-Mails und verabredete sich mit Friedberg. Er musste mit jemandem reden. Nicht mit seiner Familie, nicht mit Werner oder Gregor, die verstanden das nicht. Mit LadyChatterley hätte er reden können, aber die traf er erst am Abend, und außerdem kannte sie die Umstände nicht. Blöde Geheimniskrämerei. Sie hätte ihm sagen können, was er tun sollte. Aber er konnte nicht bis zum Abend warten, es musste gleich sein, und Friedberg war gerade in München.

Als sie kurz vor München waren und den Parkplatz beinahe erreicht hatten, bestellte Jonas ein Taxi. Dann gab er sich einen Ruck und wandte sich an Charlotte, die die ganze Zeit schweigend aus dem Fenster geschaut hatte, genau wie auf der Hinfahrt, als sie einander noch nicht gekannt hatten.

„Es war sehr schön mit dir", sagte er und dachte sofort: Oh nein, das klingt, als würde ich mich nach einer gemeinsamen Nacht von einer Prostituierten verabschieden. Aber was sollte er denn sagen? Ich habe mich in dich verknallt? Ich möchte dich gleich heute Abend wiedersehen? Jeden Abend, jeden Tag. Das war unmöglich.

„Ja, ich fand es auch schön", sagte Charlotte. Verbindlich, freundlich. Sie konnte sich gut zusammenreißen.

Ferdl, Toni und Fadi schwiegen. Ferdl drehte sich einmal kurz zu Charlotte um und lächelte sie verlegen an.

Sie erreichten den Parkplatz, das Taxi wartete bereits. Jonas setzte die Sonnenbrille auf, nahm seinen Rucksack und stieg aus.

Er musste nur einen Satz sagen, nur: Wollen wir mal einen Kaffee trinken oder ins Kino gehen? Zum Beispiel. Oder: Ich würde gerne in Kontakt bleiben. Das klang noch unverbindlicher, ließ aber zumindest alle Möglichkeiten offen. Nur einen einzigen Satz.

Charlotte saß da und konnte sich nicht rühren, weil ihr alles wehtat. Geh endlich, damit es vorbei ist, dachte sie.

Jonas wusste, dass er derjenige sein musste, der etwas sagte, aber er konnte nicht. Die Stadt hatte ihn wieder, die Welt, in der er lebte und in der sich Charlotte nur wie ein Fremdkörper fühlen würde. In der man ihr wehtun würde, Roswitha, die Presse, er selbst.

Jonas verabschiedete sich mit einem Handschlag von Ferdl, Toni und Fadi, bedankte sich bei dem Fahrer und ging zuletzt auf die andere Seite zu Charlotte.

„Kann ich mich von dir verabschieden?", fragte er.

„Ja, klar", sagte Charlotte mit Mühe und kroch von ihrem Sitz. Unbeholfen, wie sie es immer bezeichnete, stand sie vor ihm. Unbeholfen und rührend.

„Mach's gut", sagte Jonas und schlag die Arme um sie. Als sie die Umarmung erwiderte, spürte er, wie sie zitterte. Weinte sie?

„Du auch", flüsterte sie zurück.

Er konnte sie nicht ansehen. Er drückte einen Kuss auf ihr Haar, löste sich von ihr und ging zum Taxi, ohne sich noch einmal umzudrehen.

Das Taxi fuhr los. Er war weg.

Charlotte wischte sich die Augen ab und stieg wieder in den Bus. Man würde sie in der Aachener Straße absetzen, dann war sie wieder zu Hause und alles war wieder wie immer. Ferdl setzte sich neben sie, reichte ihr ein Taschentuch und nahm sie in seinen Arm.

„Wie siehst du denn aus?", fragte Herbert Friedberg und rümpfte demonstrativ die Nase. Sie saßen in der Lobby seines Hotels in München und tranken Kaffee. Jonas hatte sich außerdem einen Cognac bestellt.

Friedbergs Frage war berechtigt, denn Jonas' Outfit passte nicht in das vornehme Ambiente. Er trug noch die gleichen Klamotten wie am Tag zuvor, die Haare waren strähnig und nachlässig zusammengebunden. Er roch nicht gut, und als er die Sonnenbrille für einen Moment abnahm, sah es sogar aus, als hätte er geheult. Oder gesoffen. Oder beides.

„Ich komme gerade aus den Bergen", sagte Jonas, als wäre das eine hinreichende Erklärung für seinen Zustand.

„Verstehe", sagte Friedberg. „Und da oben hat dich der Yeti verprügelt?"

„Da oben habe ich mein Herz verloren."

Friedberg hätte vermutlich über diese melodramatische Ausdruckweise gelacht, hätte man Jonas nicht angesehen, wie ernst es ihm war.

„Da oben?"

Jonas nickte und stürzte den Cognac, den eine adrette junge Dame vorbeibrachte, in einem Zug hinunter.

„Erzähl!", sagte Friedberg, und das tat Jonas. Manchmal konnte er kaum weitersprechen, weil die Erinnerung an den Tag und den Abend zuvor so schön war und weil es vorbei war.

„Zeig mal das Foto", sagte Friedberg. Jonas reichte ihm sein iPhone.

Friedberg lächelte. „Schön!", sagte er und gab das Gerät zurück. „Und wo ist das Problem? Warum sitzt du hier ungewaschen herum und verpestest die Luft, anstatt dich sauber und appetitlich mit der Frau in den Kissen zu wälzen?"

„So eine ist sie nicht", sagte Jonas, „und ich auch nicht."

„Nein? Schon mal was davon gehört, dass manche Leute auch Sex haben, weil sie ineinander verliebt sind? Ich meine, klar, ich kenne das nur vom Hörensagen."

„Ich kann sie da nicht mit reinziehen."

„Wo denn reinziehen?", fragte Friedberg verständnislos. „Was denkst du denn, wer du bist? Junge, komm mal runter. Ja, ich weiß, du bist ein Star, aber vor allem bist du auch nur ein ganz normaler Mensch, der sich verknallt und stinkt, wenn er nicht duscht. Was hast du für ein Problem?"

Roswitha, dachte Jonas, das war sein Problem. Sie und alles, was sie ihm eingeschärft hatte, wie bei einer Gehirnwäsche. In seinem Kopf hörte er Charlottes Stimme: Kannst du sie nicht feuern? Er lachte freudlos auf. Nein, konnte er nicht. Weil er das Gefühl hatte, gar nicht auf eigenen Beinen zu stehen, weil es Roswitha war, die ihn trug, durch seinen Beruf, durch sein Leben. Jemanden wie Charlotte würde sie dabei erbarmungslos niederstampfen. Das konnte er ihr nicht antun.

Friedberg seufzte. Er konnte sich Jonas' Gedankengänge in etwa vorstellen. Sie hatten sich oft über derlei Dinge unterhalten, den Beruf, die Karriere und das Leben damit. Nur war Friedberg doppelt so alt wie Jonas und hatte seine Erfahrungen gemacht. Jonas musste seine eigenen machen. Er musste seinen eigenen Weg finden, und wenn er ihn nur dadurch fand, dass er den Kummer ertrug, auf einen geliebten Menschen zu verzichten, dann war das eben so.

„Schlaf erst mal drüber", meinte Friedberg warmherziger. „Du wirst mit der Zeit schon merken, was richtig ist und was nicht."

Als Charlotte ihre Wohnung betrat, kam ihr das genauso unwirklich vor wie die Situation, als sie am Tag zuvor neben Jonas im Bus gesessen hatte. Die Verhältnisse hatten sich ins Gegenteil verkehrt. Was früher normal war, war auf einmal falsch.

Es kam ihr falsch vor, allein in ihrer Wohnung zu sein, nicht umgeben von fröhlichen Menschen, die lachten und erzählten und einen Schnaps nach dem anderen tranken. Sie fühlte sich leer. Ausgeweint hatte sie sich schon an Ferdls Schulter, da waren jetzt keine Tränen mehr.

Sie ließ ihren Rucksack fallen und ging durch ihre Wohnung, als wäre sie das allererste Mal hier. Dann fiel ihr etwas ein. Sie öffnete ihr Notebook und rief ihre E-Mails ab. Da war es, das Foto. Jonas und sie, lachend und glücklich, die Köpfe zusammengesteckt.

Warum konnte er nicht einfach nur ein ganz normaler Mensch sein, ein Schreiner oder ein Lehrer oder Fleischereifachverkäufer? Egal was. Warum denn ein Schauspieler? Und dann auch noch ein berühmter. Unwillig rief sie sich ins Gedächtnis, dass sie ihn ja gerade deswegen kennengelernt hatte.

Sie speicherte das Foto und machte es zu ihrem Hintergrund auf dem Bildschirm. Dann änderte sie die Einstellung wieder. Wenn sie ihn jeden Tag sehen würde, würde sie ihn ja nie vergessen. Nach weiteren Überlegungen änderte sie die Einstellung erneut und machte das Bild doch wieder zum Hintergrund. Sie konnte ihn ja sowieso nicht vergessen. Er war doch ständig und überall in den Medien. Charlotte lachte verzweifelt und warf sich aufs Sofa.

Warum nur? Ihr Leben war doch in Ordnung gewesen, sie war zufrieden gewesen mit ihrem ereignislosen Dasein. Sie hatte ihre Filme und ihre Bücher und obendrein hatte sie MrNiceGuy zum Quatschen. Mehr hatte sie doch nicht gebraucht. Schon gar nicht, sich in einen Mann zu verlieben, der unerreichbar war.

Das Telefon klingelte. Charlotte hechtete hin, nahm den Hörer ab und meldete sich atemlos.

„Hallo?"

„Hi, Lottchen, ich bin's, ich hab in der Buchhandlung angerufen, aber die sagten mir, du wärst zu Hause. Bist du krank?"

Amadeus. Natürlich, was hatte sie denn gedacht? Jonas hatte ja nicht einmal ihre Telefonnummer. Und warum sollte er sie anrufen?

„Hi, Amadeus", sagte sie und hörte, wie müde ihre Stimme klang.

„Geht es dir nicht gut?", fragte Amadeus.

„Doch. Ich bin nur gerade erst heimgekommen. Von einem Ausflug. Ich bin müde. Und ich hab einen fiesen Wespenstich."

„Oje, du Arme. Pass auf, kann ich dir schnell was vorbeibringen?"

„Was denn?"

„Das erste Kapitel."

„Waaas? Das ist ja toll. Ich soll das lesen?"

„Natürlich, wer sonst?"

„Okay, komm vorbei."

„Bis gleich."

Charlotte legte auf. Sie war zurück. In ihrer Wohnung und in ihrem Leben, wo sie die Manuskripte anderer Leute las und die einzigen Anrufe, die sie je erhielt, die von ihrem nun nicht mehr obdachlosen genialen Bruder waren, den es zu unterstützen galt.

Das Telefon klingelte erneut, Charlottes Herz fing wieder an zu hämmern.

„Hi, Charlotte, na endlich!"

Und die Anrufe von Pauline natürlich, die jetzt in der Leitung war, weil sie ihre Freundin am Abend zuvor nicht erreicht hatte. Charlotte erzählte flüchtig von ihrem Ausflug in die Berge. Keine Details und schon gar nichts über ihre Gefühle. Wenn sie mit jemandem darüber reden würde, dann mit Pauline, aber nicht jetzt. Jetzt wollte sie es nur vergessen und zum Alltag zurückkehren. Und vielleicht war es dann auch nicht mehr nötig, darüber zu reden.

Pauline gab sich zufrieden und war vor allem beruhigt, dass Charlotte nichts passiert war.

Amadeus brachte sein Manuskript und eine weitere gute Nachricht: Er hatte eine Wohnung gefunden und konnte sofort einziehen. Charlotte freute sich mit ihm. Nicht so ausgelassen, wie sie es noch zwei Tage zuvor getan hätte, aber sie war sicher, dass Amadeus den Unterschied nicht bemerkte.

Sie versprach, das Kapitel noch am Abend zu lesen.

Als Amadeus gegangen war, warf sie sofort einen Blick hinein, nicht nur, weil es sie brennend interessierte, sondern vor allem, weil sie ihren Kopf beschäftigen wollte. Mit etwas anderem als mit Jonas Förster.

Nach dem Treffen mit Friedberg spielte Jonas kurz mit dem Gedanken, seine Eltern zu besuchen, denn er wollte ungern allein sein, doch sie würden spüren, dass etwas nicht stimmte. Er hatte momentan keine Kraft, ihnen etwas vorzuspielen. Also fuhr er nach Hause und blieb dort. Er legte sich in die Badewanne, bis das Wasser kalt und seine Finger verschrumpelt waren. Erst dann fiel ihm ein, Shampoo und Seife zu benutzen. Er warf einen Blick auf die Uhr. Am Tag zuvor hatte ungefähr um diese Zeit herum das Gewitter angefangen. Er hatte Charlotte getragen. Er hatte mit ihr vor der Hütte der Zellingers gesessen und den Blitzen zugesehen. Das war erst vierundzwanzig Stunden her, und doch kam es ihm so vor, als wäre es ganz weit weg. Sein Handy klingelte. Roswithas Sirenenton. Er stieg aus der Badewanne, trocknete sich ab und ignorierte das Klingeln. Mal wieder. Er hatte mit Ferdl besprochen, dass dieser ihr die schlechten Nachrichten überbringen sollte – nämlich die, dass die Sendung ins Wasser fiel. Wahrscheinlich hatte er das inzwischen getan, und Roswitha wollte sich bei Jonas darüber empören. Das war das Letzte, was er jetzt gebrauchen konnte: Roswithas Stimme in seinem Ohr. Er hatte sie unterwegs angerufen und ihr Bescheid gegeben, dass sie sich auf dem Rückweg befanden. Das musste genügen. Jetzt wollte er seine Ruhe.

So wie er war, nackt und mit feuchten Haaren, legte er sich ins Bett. Die Decke zog er bis über den Kopf. Er wollte nichts mehr sehen und hören. Nur das Denken konnte er nicht abstellen, davor schützte ihn die Decke nicht. Und denken konnte er nur an Charlotte.

Sie legte Amadeus´ Kapitel bald beiseite. Charlotte konnte sich nicht konzentrieren. Was ihr Bruder da schrieb, war intensiv und benötigte ihre ganze Aufmerksamkeit. Das war heute nicht möglich. Sie würde ihm Unrecht tun, wenn sie es versuchte. Sie brauchte eine leichtere Art der Ablenkung, eine, die ihr Gehirn nicht anstrengte.

Sie schaltete den Fernseher ein und zappte hin und her. Bis sie ihn sah. Auf irgendeinem Privatsender in irgendeinem Boulevardmagazin. Ein aufgewärmter Bericht von einer Filmpreisverleihung. Jonas stand mit anderen auf der Bühne, im dunklen Anzug und die Haare streng aus dem Gesicht gebunden. War das für *Wintergrün*? Sie hörte kaum, was der Kommentator sagte. Sie sah nur die Bilder, und ihr Gehirn gab ihr wirre Signale. Von „das ist Jonas Förster aus *Feierabend*", bis „da ist Jonas". Er war ihr fremd und vertraut zugleich. Sie konnte den Blick nicht abwenden, aber es kam ihr völlig irreal vor, was sie da sah. Diesen Mann kannte sie gut. Oder doch nicht?

Als der Bericht vorbei war, starrte sie noch immer auf den Bildschirm, als wäre sein Bild dort eingebrannt. Oder er selbst. Als würde er sich gleich neben sie auf das Sofa werfen und lachend seine Krawatte lockern.

Sie schaltete um in der Hoffnung, dass nicht ausgerechnet ein Film mit ihm lief. Bei einer Dokumentation über die Klimaerwärmung fühlte sie sich in Sicherheit.

„Jonas ...", flüsterte eine leise Stimme. *Ihre* Stimme. Sie war so nah, dass ihre Lippen sanft sein Ohr kitzelten.

„Jonas ..."

Er machte die Augen nicht auf, sondern genoss den warmen Hauch ihres Atems, genoss es, sie zu spüren. Vollkommen. Nicht nur ihre Lippen. Ihr Haar, das sich weich an seinen Hals und seine Schultern schmiegte, ihre Hand, die leicht und behutsam über seine Brust strich, über seinen Bauch, seinen Unterleib, tiefer. Ihren Leib, der sich sanft an seinen presste. Ihre Schenkel, die sich um seine schlangen. Ihre Haut, ihre Brüste. Doch mehr als alles spürte er ihre Zärtlichkeit, ihre Wärme, ihre Liebe. Er neigte seinen Kopf ihrem Mund entgegen, seinen Körper dem ihren, berührte sie, streichelte sie, nahm sie in seine Arme mit einem Verlangen, das so groß war, dass es wehtat und mit einer Hingabe, die er nie zuvor gekannt hatte, drang er in sie ein.

„Charlotte ...", flüsterte er zwischen unaufhörlichen, endlosen Küssen. Er öffnete die Augen und blickte in ihre. Sie waren voller Tränen, aber gleichzeitig lächelte sie ihn an, wie nur sie lächeln konnte.

„Jonas ..." Ihre Stimme liebkoste ihn wie ihr ganzer Körper.

Konnte Glück einen umbringen? Wenn das möglich war, dann war er dem Tod nie näher gewesen.

Sie waren vereint auf eine Weise, die überirdisch war. Es gab keine Grenze mehr. Was gehörte zu ihm, was gehörte zu ihr, welche waren ihre Hände, welche seine? Ihre Körper, ihre Seelen waren eins. Nie hatte er Gefühle dieser Art für möglich gehalten. Es war wie ein gemeinsamer Tanz, wie Schweben, wie Fliegen, bis in den Himmel. Er schloss die Augen erneut, um sich ganz diesem Gefühl hinzugeben.

„Charlotte …"

Gleich waren sie so weit.

Ihr Rhythmus wurde schneller, ihre Bewegungen härter, drängender.

„Mach die Augen auf", raunte sie ihm ins Ohr, anders als zuvor, fremder. Sie umklammerte ihn und beugte sich gleichzeitig zurück, damit er sie ansehen konnte. Ihre Finger krallten sich in sein Fleisch.

Sie keuchte und stöhnte vor Wollust, und aus dem Stöhnen wurden Schreie. Er wollte ihr in die Augen sehen, wenn sie auf dem Höhepunkt waren. Gleich.

Ihre Schreie wurden immer höher und schriller, ihre Fingernägel taten weh, sie tat ihm weh. Er öffnete die Augen.

Ihr letzter Schrei war hoch und langgezogen und endete in einem erschöpften triumphierenden Lachen. Sie warf den Kopf zurück, ihre langen dunklen Haare peitschten ihm durchs Gesicht.

Sie lachte auch noch, als er sie entsetzt von sich stieß.

„Vergiss Charlotte!", höhnte Franziska.

Jonas wachte auf.

Er war schweißgebadet und blickte sich hektisch um, bis ihm klar wurde, dass er allein und alles nur ein Traum war. Unsagbar schön zuerst und schrecklich zum Schluss. Warum musste er so etwas träumen? Doch er wusste genau, warum.

Draußen war es dunkel. Erschrocken fuhr er hoch. Wie lange hatte er geschlafen? Er tastete nach dem Lichtschalter und dann nach seiner Uhr. Es war schon nach zehn. Wie konnte er so lange schlafen? Er schüttelte die Erinnerung an den Traum ab, sprang aus dem Bett, zog rasch etwas über und holte seinen Laptop. Er hatte sie erst gestern verpasst, obwohl er es versprochen hatte, er konnte sie nicht nochmal hängen lassen.

Anschalten, Internet, einloggen, Chatroom. Sie war nicht da.

War es zu früh oder zu spät? War sie sauer oder enttäuscht wegen des Abends zuvor?

Was, wenn LadyChatterley jetzt auch noch aus seinem Leben verschwinden würde? Das Gefühl, gerade alles zu verlieren, was ihm etwas bedeutete, ließ ihn nicht los und brachte ihn zu den abwegigsten Mutmaßungen.

Er starrte auf den Bildschirm, als wollte er sie kraft seiner Gedanken herbeizaubern.

Es musste irgendwie funktioniert haben, oder vielleicht lag es einfach daran, dass es ihre übliche Zeit war. Der Frosch quakte, und Jonas stieß erleichtert die Luft aus, die er zuvor unwillkürlich angehalten hatte.

„Hi", schrieb LadyChatterley.

„Hi, ich hatte schon Angst, du wärst sauer und kämst nicht", antwortete MrNiceGuy.

„Warum denn?"

„Weil ich gestern nicht da war. Ich konnte nicht, ich war verhindert. Beruflich."

„Ach so, das macht nichts. Ich war auch nicht da."

„Nein?"

„Nein. Aber ich habe schon befürchtet, du nimmst an, ich hätte mich doch noch aus dem Fenster gestürzt."

„Offensichtlich nicht. Zum Glück!"

„Ja."

„Wie hoch ist denn das Fenster?"

„Erster Stock."

„Das wäre dann ein Beinbruch gewesen."

„Kopf voraus wäre es ein Genickbruch."

„Stimmt auch wieder, aber wer macht das schon?"

„Ich jedenfalls nicht."

„Gut. Und wie war dein schlimmer Tag?"

„Nicht so schlimm wie angenommen."

„Na also. Alle Aufregung umsonst."

„Ja, eigentlich schon."

„Dann geht es dir jetzt wieder gut?"

„Ja."

„Gut."

„Nein."

„Was nein?"

„Eigentlich geht es mir nicht so gut, aber das hat mit was anderem zu tun."

„Und natürlich willst du mir nicht sagen, womit?"

„Natürlich nicht."

„Dann sind wir schon zwei, mir geht's auch nicht so gut, und ich sage dir auch nicht, was los ist."

„Okay. Zumindest können wir gemeinsam jammern. Das hilft manchmal schon."

„Ich habe heute schon genug gejammert."

„Ja, ich auch."

„Zwei ganz schön trübe Tassen sind wir."

„Da sagst du was."

„LOL."

„LOL."

Jonas lächelte zum ersten Mal seit vielen Stunden. Es tat gut, wieder mit ihr zu reden.

„Was machst du, wenn es dir nicht gut geht? Mit Leuten reden? Dich ablenken? Saufen?", fragte MrNiceGuy.

„Ich will mit niemandem reden, saufen ist nicht drin, aber ja, ich versuche, mich abzulenken, allerdings ist das Fernsehprogramm Mist. Und du?"

„Ich rede mit meinem besten Freund, der mir den Kopf wäscht und mir sagt, dass ich selber Schuld bin, ich schlafe, und saufen ist immer drin."

„Das klingt nach viel Spaß."

„Ja."

Charlotte grinste.

„Ich habe mich auf heute Abend gefreut", schrieb er. „Darauf, mit dir zu chatten."

„Ich mich auch."

„Jetzt geht's mir etwas besser."

„Mir auch."

„Warum ist das so?"

„Es muss der Chatroom sein, der hat eine magische Wirkung."

„Oder du."

„Oder du."

„Mehr Möglichkeiten gibt es jedenfalls nicht."

„Ich würde dir gern alles erzählen."

„Was?"

„Alles."

„Ich dir auch."

„Irgendwann sollten wir die Nichts-Persönliches-Regel lockern."

„Wir können gleich damit anfangen."

„Und wie? Verrätst du mir jetzt deine Adresse oder was?"

„Es war von *lockern* die Rede."

„Also gut, dann fang an."

„Wieso ich?"

„Du hast es vorgeschlagen."

„Nein, eigentlich warst du das."

„Also gut, was wollen wir denn nun Persönliches von uns offenbaren", fragte sie, die immer gern Klarheit hatte.

„Das Allerpersönlichste."

„Die Steuernummer?"

„Den Grund, weshalb es uns gerade schlecht geht."

„Na schön. Mir geht es schlecht, weil ich von Heidi Klum heute leider kein Foto erhalten habe."

Jonas lachte laut auf.

„Du nimmst das nicht ernst", schrieb er.

„Doch, mein Grund ist nur nicht besonders originell."

„Tja, meiner auch nicht."

„Ich ahne, was kommt."

„Ich auch."

„Mein Grund ist ein Mann, was sonst?"

„Meiner auch."

„Oh."

„Ich meine, eine Frau."

„Aha."

„Und bei dir? Hoffnungslos?"

„Völlig. Und bei dir?"

„Scheint so."

„Mist!"

„Vielleicht sollten wir beide uns zusammentun. Wenn wir jetzt nach und nach diese persönliche Barriere abbauen, könnten wir in etwa einem Jahr für ein Date bereit sein."

„In Paris im Regen."

„Genau."

„Das wäre schön."

„Ja, das wär's."

„Ich muss morgen früh raus und habe noch ein bisschen Schlaf nachzuholen."

„Dann gute Nacht, LadyChatterley."

„Schlaf gut, MrNiceGuy."

13. Ups!

ZEIT heilte angeblich alle Wunden, aber Charlottes Wespenstich heilte nicht. Der Arm war auch nach einigen Tagen noch genauso geschwollen wie am Anfang. Sie hatte sogar das Gefühl, dass er zwei Tage nach dem Stich noch dicker geworden war. In diesem Zustand blieb er fürs Erste, was unangenehm war, denn es sah nicht nur scheußlich aus, sondern es war auch schwierig, ein Oberteil zu finden, das über den Arm passte. Schulterfrei ging aus ästhetischen Gründen nicht.

„Denkst du vielleicht, es wird besser, wenn du immer kratzt?", wollte Amadeus wissen, als Charlotte mit verbissenem Blick auf ihrem Oberarm herumschabte. Er war am Donnerstag vorbeigekommen, um mit ihr über sein Kapitel zu reden. „Hör auf zu kratzen!"

„Es juckt", verkündete Charlotte und kratzte weiter.

„Geh zum Arzt, wenn es nicht besser wird", riet Amadeus, froh, dass er seiner natürlichen Bestimmung als vernünftiger großer Bruder endlich einmal nachkommen konnte.

Die andere Wunde, die im Herzen, blieb so groß, wie sie war, aber im Gegensatz zu ihrem Wespenstich ließ Charlotte diese Wunde in Ruhe. Sie hatte beschlossen, sie zu ignorieren. Wenn etwas wehtat und man beachtete es einfach nicht, dann war es irgendwann auch weg. Diese Theorie hatte sie für sich aufgestellt, und sie schien ihr sogar ein bisschen logisch. Sie tat alles, um diese Strategie konsequent zu verfolgen. Als Erstes entfernte sie schließlich doch das Foto von ihrem Bildschirm, dann mied sie tunlichst alle Zeitschriften und Fernsehsendungen, in denen Jonas Förster auftauchen konnte. Keine Bunte, keine Gala, keine Fernsehzeitschriften, keine Boulevardmagazine im Fernsehen, überhaupt kein Fernsehen, nur DVDs, keine Filme mit Jonas, kein *Feierabend*. Und natürlich mied sie auch den Fanklub und das Forum, wo ständig irgendwelche Fotos von ihm gepostet und anzügliche Bemerkungen gemacht wurden. Ihr war klar, dass man ihren Bericht erwartete, aber das war ihr gleichgültig. Sie schuldete niemandem etwas und hatte keine Lust darauf, sich selbst Salz in die Wunde zu streuen.

Dafür genoss sie die Chats mit MrNiceGuy umso mehr. Wenn irgendetwas wirklich half, Jonas vergessen zu machen, dann das. Obwohl sie sich gegenseitig in ihrem Liebeskummer hochschaukelten und sich darin suhlten wie die Schweine, konnten sie häufig auch gemeinsam darüber lachen und Witze machen. Es tat gut, das alles mit einem Schuss Ironie zu betrachten. Oder auch gar nicht und einfach nur zu quatschen, wie sie es immer schon getan hatten. Jeden Abend trafen sie sich, und das war wie eine tägliche Portion Balsam.

Jonas nutzte ebenfalls die Zeit zur Verdrängung. Er packte seinen Terminkalender so voll, wie es nur ging. Zudem schickte ihm sein Agent verschiedene Drehbücher und Angebote, die er durcharbeiten musste. Mit Roswitha besprach er die Promophase des Films, der Anfang Oktober Premiere hatte. Es wurden Talkshows und Fernsehsendungen ausgewählt, an denen er teilnehmen sollte, Interviewanfragen sortiert und Veranstaltungen ausgesucht, bei denen er erscheinen würde. Er widersetzte sich nicht einmal der Anfrage einer Frauenzeitschrift nach einer Fotostrecke mit ihm.

Roswitha war sehr zufrieden mit seinem plötzlichen Engagement. Also war der missglückte Dreh in den Bergen doch zu etwas gut gewesen. Sie vermutete, diese Erfahrung hätte entweder an Jonas' Selbstbewusstsein gekratzt, da die Sendung nun nicht zustande kam, oder er hegte ihr gegenüber Schuldgefühle, weil er sich so unprofessionell verhalten hatte. Roswitha ahnte nicht im Mindesten, dass sie mit ihren Vermutungen meilenweit daneben lag.

Jonas versuchte zwar, jeden Gedanken an Charlotte aus seinem Kopf zu verbannen, doch das Foto in seinem Handy bewahrte er wie einen Schatz, und wie ein Junkie, der doch nicht ganz von seinen Drogen lassen kann, schaute er es sich wenigstens einmal am Tag an.

Am Ende der Woche nach dem Ausflug erhielt Jonas Post. Es war eine DVD, und der Absender war Alfred „Ferdl" Läufer.

Ein Brief lag dabei:

Lieber Jonas,

das hier ist eine kleine Entschädigung für alles Ungemach, das du in den Bergen erlitten hast, und natürlich auch für den nicht zustande gekommenen Film. Schade eigentlich. Das Material braucht keiner mehr, und ich bezweifle ehrlich gesagt, dass ein Sender mit Charlottes entzückendem Gestammel oder deinen Albernheiten etwas anfangen könnte. Aber ich denke, du kannst.

Ich habe alles ein wenig zusammengeschnitten, und ich glaube, es ist ganz gut geworden. Ich hoffe, es ist für dich eine schöne Erinnerung. Und egal wie das auch gelaufen ist, ich wollte dir nur sagen, dass ich mich gefreut habe, mit euch da oben gewesen zu sein. Du bist ein netter Kerl, Jonas, und Charlotte ist so ziemlich das liebenswerteste Geschöpf, das mir je begegnet ist. (Falls du mal meine Frau triffst, erzähl ihr das bitte nicht.)

Liebe Grüße,
dein Regisseur und Bergführer Ferdl

„Alles Ungemach"! Ferdl wusste, was los war. Es war seine Art, seine Meinung dazu zu äußern.

Jonas hielt den Brief und die DVD in Händen und rührte sich nicht. Er konnte sich das nicht ansehen, sosehr er es auch wollte.

Das Telefon klingelte diesmal zur rechten Zeit. Werner meldete sich und fragte ihn, ob er am Abend Lust habe, zum Essen vorbeizukommen. Gregor und seine Frau wären auch da, und eine Freundin von Cornelia war eingeladen.

„Du musst auch nichts mitbringen", sagte Werner.

„Das ist aber kein Kuppelabend, oder?", fragte Jonas geradeheraus.

„Neiiiin! Wo denkst du hin", beteuerte Werner. „Steffi hat sogar einen Freund, der ist nur momentan nicht im Lande, glaube ich. Ich kenne den gar nicht. Ich kenne nur Steffi, die ist nett."

Also doch ein Kuppelabend, dachte Jonas, versprach aber trotzdem zu kommen.

„Ich kann aber nicht so lange", fügte er hinzu. „Ich … will früh ins Bett." Ich möchte mich online mit einer mir unbekannten Frau namens LadyChatterley treffen, würde nicht gut klingen.

„Super!", freute sich Werner.

Na toll, ein Abend mit zwei glücklichen Paaren und einer Quasi-oder-vielleicht-Single-Frau, das war doch genau das, was er im Moment brauchen konnte. Andererseits konnte ein wenig Abwechslung nicht schaden. Sein Blick fiel auf die DVD und den Brief auf dem Tisch. Er packte beides in seinen Schreibtisch.

Charlotte lief durch den Luitpoldpark. Er war näher als der Englische Garten, deshalb verlegte sie ihre seltenen Spaziergänge gern hierher. Sie hatte die Woche gut hinter sich gebracht, mit viel Arbeit in der Buchhandlung und dem Lesen von Manuskripten, dem umwerfenden ersten Kapitel ihres Bruders und einem fast tausend Seiten dicken Fantasy-Wälzer eines sechzehnjährigen Schulmädchens. Natürlich war sie mit letzterem nicht fertig geworden, denn die etwa zwanzig Hauptfiguren und mehreren hundert Nebenfiguren verwirrten sie so sehr, dass ihr Gehirn nach wenigen Seiten schon zu surren begann. Elfen, Feen, Dämonen, Hoppschwerter – eine neue Wesensart – Klingelbienen, ebenso neu, und Pferdefreunde, die Protagonisten, wuselten in einer erfundenen, reichlich undurchsichtigen Welt durcheinander wie in einem Ameisenhaufen. Es war eine nett geschriebene Katastrophe ohne Zeichensetzung. Aber was für eine Arbeit hatte sich dieses Mädchen gemacht! Allein dafür verdiente sie Anerkennung. Und eigentlich auch dafür, dass es die beste Ablenkung überhaupt war, sich auf dieses Chaos konzentrieren zu müssen.

Doch während sie durch den Park spazierte, drifteten Charlottes Gedanken von Hoppschwertern und Feen wieder zu Zellingers Hütte am Wendelstein – und zu Jonas.

Es war keine gute Idee gewesen, hier herumzulaufen, denn laufen erinnerte sie nun mal an wandern. Kurz entschlossen drehte sie sich auf dem Absatz um und wollte wieder zu ihrer Wohnung und der Fantasy-Schwarte zurückkehren, als jemand hinter ihr herrief:

„So schrecklich hatte ich unser letztes Zusammentreffen auch wieder nicht in Erinnerung."

Charlotte kannte die Stimme nicht oder glaubte es zumindest, trotzdem war unzweifelhaft sie gemeint, also drehte sie sich um. Ein Mann kam mit einem amüsierten Lächeln auf sie zu. Sie kannte das Gesicht. Und dann fiel es ihr wieder ein: Bertram, der Architektenfreund von Manfred. Der Mann von der Party bei Pauline, der sie totgequatscht hatte mit Kellergewölben und dem Finanzmarkt. Allerdings hatte sie ihn im Gegenzug totgeschwiegen.

„Ich bin gerade nicht vor Ihnen davon gelaufen", sagte sie, perplex darüber, ihm hier zu begegnen.

„Nein, das hatte ich auch nicht angenommen. Sie haben ja nur auf den Boden gestarrt. Waren wir nicht damals eigentlich beim Du?", fragte er.

„Ich glaube, ich war bei gar nichts, ich habe ja kaum ein Wort gesagt", meinte Charlotte in entwaffnender Offenheit. Bertram lachte.

„Kein Wunder, ich glaube, ich habe Sie, dich, zu Tode gelangweilt. Ich bin immer so nervös, wenn ich jemanden kennenlerne, und dann rede ich wie ein Buch. Und dann natürlich über Sachen, über die ich auch reden kann. Tut mir leid."

„Aber das muss es nicht. Wir haben uns doch prima ergänzt", entgegnete Charlotte, und erneut musste Bertram herzlich lachen.

„Darf ich dich als Wiedergutmachung zum Kaffee einladen?", fragte er. Sie standen genau vor dem Café im Park, und es gab sogar noch ein paar freie Plätze außen. Charlotte nahm die Einladung dankend an.

Diesmal gestaltete sich die Unterhaltung wesentlich ausgewogener als beim letzten Mal. Als Bertram Charlottes geschwollenen Arm entdeckte, fragte er sie danach, und sie erzählte ihm, was passiert war. Auch warum und mit wem sie in den Bergen gewandert war, alles in verkürzter und vereinfachter Form natürlich. Bertram war beeindruckt und lachte über die verunglückte Filmmission.

„War dieser Schauspieler da nicht total sauer? Ich stelle mir diese Superstars alle ein bisschen abgehoben vor."

„Nein, war er nicht. Er war ganz okay." Dabei beließ sie es. Mehr gab es nicht über Jonas zu sagen. Mehr ging keinen etwas an.

Sie unterhielten sich noch eine Weile, und als Charlotte sich verabschiedete, machte Bertram den Vorschlag, sich in der kommenden Woche zum Essen zu verabreden. Um das mit der Konversation noch etwas besser zu üben, wie er sagte. Charlotte willigte ein. Wieso nicht? Immerhin, um es mit Paulines Worten auszudrücken, war Bertram zumindest eher ihre Liga als Jonas.

Steffi war klein, dünn und sprudelte. Sie sprudelte über mit Worten und Fröhlichkeit. Und sie war so betont ungezwungen Jonas gegenüber, so betont deine-Berühmtheit-beeindruckt-mich-kein-bisschen, dass es Jonas mit der Zeit auf die Nerven ging. Das war eine weitere Variante unnatürlicher Reaktionen auf seine Person: „Pff, interessiert mich doch nicht, zumindest lasse ich es mir ums Verrecken nicht anmerken." Diese Leute waren auf ihre Art genauso schlimm wie die, die vor Ehrfurcht erstarrten oder sich vor Aufregung nicht zu lassen wussten.

Steffi gehörte zu den Coolen, den Fröhlich-Coolen. Sie war ganz seltsam. So intensiv natürlich, dass es schon wieder unnatürlich war. Sie übernahm, ohne nachzudenken, Werners und Gregors übliche Sticheleien Jonas gegenüber, obwohl sie ihn, im Gegensatz zu den anderen beiden, nicht schon seit über zwanzig Jahren kannte, sondern erst seit zwei Stunden.

Viel länger währte Jonas' Aufenthalt bei seinen Freunden auch nicht. Er entschuldigte sich damit, dass er am nächsten Tag mit Brad Pitt verabredet sei. Er und Angelina seien gerade in Europa, da wolle man sich die Gelegenheit nicht entgehen lassen.

Steffi fiel der Unterkiefer runter. Das war nun doch zu starke Munition für ihre coole Fassade. Jonas genoss den Anblick, grinste und verabschiedete sich.

Cornelia brachte ihn nach draußen. An der Tür nahm sie ihn beiseite und fragte: „Seit wann kennst du Brad Pitt?"

„Tu ich nicht", erwiderte Jonas. Cornelia schmunzelte.

„Pass auf, Jonas, gib uns demnächst einfach eine genaue Beschreibung durch, wie die Frau deiner Träume sein soll, dann haben wir vielleicht mehr Glück. Oder du."

Jonas' Gesicht wurde ernst. „Das ist leicht. Ich könnte dir sogar ihren Namen sagen."

Cornelia war verblüfft. „Hast du jemanden?"

Er schüttelte nur den Kopf. Sie fragte nicht weiter, denn sie sah ihm an, was los war. Mit einer Umarmung verabschiedete sie sich und bat ihn, bald wiederzukommen.

Draußen zog Jonas wie immer die Mütze über, bis er bei seinem Parkplatz war. Idiotisch, mitten im Sommer. Im Auto schaltete er das Radio ein. Wie bestellt versprach Adele musikalisch ihrer großen Liebe, *Someone like you* zu finden. Jonas schaltete das Radio wieder aus.

Als er zu Hause ankam und ausstieg, schaute er sich zuerst gründlich nach allen Seiten um. Diese neue Angewohnheit hatte er Franziska zu verdanken. Die Luft war rein, er konnte in seine Wohnung. Er warf seine Mütze in die Ecke, holte sich ein Bier und schaltete den Computer an.

„Bitte sei da, ich möchte mit einem vernünftigen Menschen reden", sagte er zu dem Gerät, meinte jedoch LadyChatterley.

Er hatte Glück, sie war bereits eingeloggt.

„Hi!"

„Hi!"

„Schaust du eigentlich Fußball?", fragte sie.

„Sonst schon, aber bisher hab ich kaum was mitgekriegt", schrieb er.

„Morgen Abend? Endspiel? Deutschland?"

„Unbedingt!"

„War das jetzt ironisch oder ernst?"

„Beides."

„Also ich schaue, ich kann dann morgen nicht online sein."

„Du bist Fußballfan?"

„Mein Bruder ist einer, und der hat sich angekündigt. Er hat noch keinen Fernseher und will lieber zu mir als zu unserer Mutter."

„Er hat jetzt eine Wohnung?"

„Ja."

„Super."

„Und der Roman, den er schreibt, wird toll."

„Das hat er dir zu verdanken."

„Quatsch!"

„Doch, schon."

„Unsinn. Wie war dein Tag?"

„Man wollte mich verkuppeln."

„Was? LOL."

„Ja. Hat aber nicht geklappt."

„War sie nicht hübsch?"

„Doch. Ich meine, wer's mag."

„Aber?"

„Nicht mein Typ."

„Wie ist denn dein Typ?"

„Na, so wie du. Was denkst du denn, warum ich ewig hier online herumhänge?"

„Haaaahahaaaaa!"

„Da gibt's nichts zu lachen."

„Ich lache nur darüber, wie du dich geschickt um die Antwort drücken willst."

„Tu ich doch gar nicht."

„Und wenn sie dein Typ gewesen wäre?"

„Dann wäre sie immer noch die Falsche gewesen."

„Du hängst noch an der Anderen, was?"

„Das geht nicht so schnell."

„Man muss anderen Menschen auch eine Chance geben."

„Das sagt die Richtige."

„Also ich habe nächste Woche ein Date."

„Echt?"

„Ja. Du kannst mir virtuell auf die Schulter klopfen."

„Wie das?"

„Ich habe heute zufällig den Typen getroffen, von dem ich dir irgendwann mal erzählt hab. Den mit den Kellergewölben."

„Den Langweiler?"

„Er ist gar nicht so langweilig. Er ist nett."

„Und mit dem triffst du dich?"

„Zum Essen."

„Okay."

„Ist das alles?"

„Nein, es ist gut. Wenn du über den Anderen schon hinweg bist …"

„Ich komme über den Anderen nicht hinweg, wenn ich mich verkrieche. Das ist sowieso schon schwer genug."

„Schon gut. Ich habe es ja nicht als Kritik gemeint. Im Gegenteil. Ich wollte, ich könnte das."

„Ich will ja nicht gleich mit ihm ins Bett. Nur essen."

„Das geht schneller als man denkt."

„Du redest wie meine Mutter."

„Außerdem, warum nicht? Wenn es dazu kommt, kommt es eben dazu."

„Es kommt nicht dazu."

„Woher weißt du das?"

„Weil ich nicht so bin."

„Okay."

„Ich muss davon loskommen, verstehst du?"

„Ja. Du hast ganz recht."

„Und der Typ ist echt nett. Ich verstehe mich gut mit ihm."

„Ich sage ja, du hast Recht. Wann trefft ihr euch?"

„Am Dienstag. Ich hoffe nur, dass ich bis dahin wieder präsentabel bin."

„Wieso? Hast du gerade die Pocken?"

„So ähnlich. Vor ein paar Tagen hat mich eine Wespe gestochen. Sieht ziemlich schlimm aus."

Jonas war, als hätte man ihn mit einem Kübel Eiswasser übergossen. Er vergaß zu atmen. Aber was für ein Unsinn! Es gab eine Menge Wespen, viele Leute wurden im Sommer gestochen.

„Wo denn?", tippte er.

„Ha! Da war's wieder. Du willst nur herausfinden, wo ich wohne. So persönlich sind wir aber noch lange nicht."

„Nein, ich meine, an welcher Stelle ist denn der Stich?"

„Ach so. Am Oberarm. Die Wespe ist unter meinen Ärmel gekrabbelt, und ich hab's nicht gemerkt. Mein Arm sieht aus wie ein Ballon, immer noch."

Der zweite Kübel Eiswasser. Das konnte doch nicht sein. Jemand hatte seinen Computer gehackt und machte jetzt üble Scherze mit ihm. Aber wie sollte das gehen? Und warum … und wie …

„Hallo? Bist du noch da?"
    „Ja, klar", schrieb Jonas. „Seit wann hast du den Stich?"
    „Schon fast eine Woche. Seit Montag."

Alles drehte sich. Das war nicht möglich. Sein Herz fühlte sich an, als wollte es direkt durch seine Brust springen.

„Du solltest zum Arzt gehen", schrieb er mechanisch.
    „Ja, mach ich, wenn es am Montag nicht besser ist."
    „Gut."
    „Wann bist du wieder online?"

Er konnte nicht denken.

„Weiß ich noch nicht."
    „Montag?"
    „Ja", schrieb er und dann:
    „Nein, doch nicht. Wahrscheinlich hab ich keine Zeit."
    „Okay, am Dienstag bin ich vermutlich nicht da. Also erst Mittwoch?"

Jonas´ Gehirn raste, er besann sich.

„Doch, warte, am Montag, geht's doch. Ich versuche, da zu sein."
    „Gut. Ich muss jetzt noch was lesen. Fantasy-Gedöns."
    „Nett."

„Leider nicht."

„Gute Nacht."

„Nacht."

Jonas sah wie LadyChatterleys Name aus dem Chatroom verschwand. Er starrte auf den Text.

Vor ein paar Tagen hat mich eine Wespe gestochen ... Am Oberarm ... Seit Montag.

Das konnte nicht sein. So etwas gab es nicht. Es gab Millionen von Menschen im Netz, allein in Deutschland, es gab tausende von Filmliebhabern. Und etliche von ihnen, erinnerte ihn eine innere Stimme, vor allem Frauen, waren Jonas-Förster-Fans. So unwahrscheinlich war es nicht, dass er in einem Forum auf eine von ihnen traf. Er hatte sich mit LadyChatterley von Anfang an gut verstanden, genau wie mit Charlotte. Sie konnten über die gleichen Dinge lachen, genau wie Charlotte und er. Und sie war völlig verzweifelt gewesen, weil sie etwas tun sollte, was sie nicht wollte. Ihn zu treffen natürlich. Und Charlotte war so nervös gewesen, als wäre sie lieber tot als in diesem Bus.

Es passte alles zusammen. Nur dass es völlig ausgeschlossen war.

Jonas erwachte plötzlich aus seiner Betäubung, loggte sich aus und gab zwei Suchbegriffe ein: „Frühwald" – Charlottes Nachname – und „Autor".

Amadeus Frühwald, Autor und Publizist ... der preisgekrönte Autor Amadeus Frühwald ... Lesung des Autors Amadeus Frühwald ...

Die Suchergebnisse erstreckten sich über mehrere Seiten, inklusive eines vergleichsweise neuen Berichts über den monatelangen gesellschaftlichen Ausstieg des Autors zu Recherchezwecken.

Jonas brach der Schweiß aus. Irgendetwas würde gleich passieren. Vielleicht würde er einen Herzinfarkt erleiden, sein Herz schlug viel zu schnell, und es war alles so eng und drehte sich. Er redete schon seit einem Jahr mit ihr. Sie war einer der wichtigsten Menschen in seinem Leben. Er hatte mit ihr über seine Gefühle für Charlotte gesprochen. Was sollte er denn jetzt tun?

LadyChatterley *war* Charlotte.

14. Das komplizierte richtige Leben

JONAS lag quer über seinem Bett und trug noch die Kleider vom Vortag, als er aufwachte. Er fühlte sich, als hätte er einen Kater. Alles tat ihm weh. Und schon wieder hatte er einen aberwitzigen Traum gehabt: LadyChatterley war Charlotte.

Es war kein Traum. Es war so. Ein Wespenstich und ein schreibender Bruder, mehr brauchte es manchmal nicht, um einen Menschen zu identifizieren. Charlotte! Und sie liebte ihn. Und jetzt war sie gerade dabei, über ihn hinwegzukommen. Und verabredete sich zu Dates mit Langweilern. Und er riet ihr auch noch dazu, Sex zu haben, wenn es sich ergab. Oder so ähnlich. War er bescheuert?

Was sollte er denn jetzt tun?

Er sprang aus dem Bett und lief im Zimmer hin und her. Er dachte daran, dass er eine Beziehung zu Charlotte als völlig unrealistisch betrachtet hatte, daran hatte sich doch nichts geändert, nur weil er quasi schon seit einem Jahr eine Art Beziehung zu ihrem Alter Ego pflegte. Andererseits konnte das doch nicht bloß Zufall gewesen sein, es war Schicksal. Es sollte so sein.

Aber da war immer noch … er. Er führte kein normales Leben. Er war ständig weg, wurde ständig angestarrt und angequatscht und hatte ständig Roswitha im Nacken. Das konnte man doch keiner Frau zumuten. Andererseits, warum sollte das nicht Charlotte entscheiden? Dass sie seine Gefühle erwiderte, wusste er ja nun zufällig ganz genau. Oder redete sie etwa von einem anderen? War er so eingebildet, dass er es für selbstverständlich hielt, dass er derjenige war? Quatsch, er war es, das hatte mit Einbildung nichts zu tun.

Aber was würde sie sagen, wenn sie erfuhr, dass er MrNiceGuy war? Sie musste es ja nicht erfahren. Oder doch? Doch. Und wenn sie beide nicht wollte? Ihn nicht und MrNiceGuy ebenfalls nicht? Der er ja auch war, aber …

Jonas schlug die Hände vors Gesicht und stieß einen entnervten Laut aus.

Es war tröstlich gewesen zu wissen, dass es immer noch LadyChatterley und die abendlichen Gespräche mit ihr gab, wenn er sich schon von dem Gedanken an Charlotte lösen musste. Jetzt verlor er womöglich beide. Beide? Er lachte verzweifelt.

Wer konnte ihm sagen, was er tun sollte? Er hatte sich so daran gewöhnt, dass man ihm das sagte, dass er sich völlig hilflos vorkam. Vielleicht sollte er Roswitha fragen. Er lachte noch mehr, noch verzweifelter. Er erinnerte sich an das Versprechen, dass sich LadyChatterley und MrNiceGuy gegeben hatten: nur noch das zu tun, was sie wirklich tun wollten. Nur hatte er leider verlernt, wie das ging.

Charlottes Telefon klingelte am Sonntag kurz vor elf, als sie gerade aus der Dusche kam.

„Frühwald?", meldete sie sich verwundert.

„Hallo Charlotte, ich bin's, Juliane", flötete es ihr durch den Hörer entgegen. Charlotte hatte einen momentanen Blackout.

„Vom Fanklub", setzte Juliane hinzu. Die Juliane, die Charlotte bei der Auslosung so abgebürstet hatte, nachdem sie gewagt hatte zu fragen, auf was man sich da eigentlich einließe. Die Juliane, die selbst zu klein war, um über eine Menschenmenge hinwegsehen zu können und dann dankbar Charlotte als menschliches Fernrohr benutzte. Die Juliane, die sonst kaum je ein Wort mit ihr sprach, allerdings hechelnd an Franziskas Lippen hing, als diese ihre Lügen verbreitete.

„Hallo", sagte Charlotte gewohnt freundlich.

„Du", begann Juliane schmeichelnd, „ich wollte mal fragen, wie es eigentlich war, dein Tag mit Jonas. Man hört ja überhaupt nichts."

„Ja, das war ganz nett." Charlotte war wie immer nicht in der Lage, Juliane unverblümt zu sagen, dass sie das einen Dreck anging.

„Ja, das denk ich mir", meinte Juliane kichernd, aber noch nicht befriedigt. „Erzähl doch mal", forderte sie Charlotte so ungeniert auf, als wären sie schon immer die dicksten Freundinnen gewesen, die sämtliche kleinen Geheimnisse teilten. Charlotte biss sich auf die Lippe.

„Ähm, ich weiß gar nicht, ob ich da überhaupt etwas erzählen darf", behauptete sie.

„Komm schon, wir sind alle ganz gespannt", bohrte Juliane.

Auf einmal fiel Charlotte etwas ein.

„Das von Franziska habt ihr gehört, oder?"

„Äh, … ja." Juliane war über den Themenwechsel etwas verblüfft. Darüber hatte sie sich schließlich nicht unterhalten wollen. „Ja, und?", fragte sie.

„Hat Brigitte sie aus dem Fanklub geworfen?"

„Ja, schon, und angeblich hat sie eine Klage am Hals, aber ich bin mir da nicht sicher."

„Worüber?", fragte Charlotte. Diesmal hatte ihre Stimme einen weniger freundlichen Ton.

„Ach komm, da wird schon was dran gewesen sein. Franziska saugt sich das doch nicht alles aus den Fingern. Vielleicht ist er sie am Schluss nicht mehr losgeworden, kann ja sein, aber ich kann mir schon vorstellen, dass da was zwischen den beiden war."

Charlotte konnte nicht fassen, was sie da hörte. In ihrer Magengegend brodelte es.

„Du spinnst ja wohl!", brach es aus ihr heraus.

„Bitte?", fragte Juliane zu überrascht, um schon empört zu sein.

„Franziska ist eine Stalkerin. Das ist kriminell."

„Da steht Aussage gegen Aussage", entgegnete Juliane.

Charlotte legte auf. Sie war zu wütend, um sich das länger anzuhören, und leider noch nicht geübt darin, diese Wut auch angemessen rauszulassen.

In dem plötzlichen Impuls, irgendetwas tun zu müssen, um Jonas vor solchem Gerede zu schützen, nahm sie das Telefon und wählte Brigittes Nummer.

„Hallo, hier ist Charlotte", meldete sie sich.

Brigitte war zunächst erfreut, weil sie wohl annahm, sie könnte nun etwas über den Dreh erfahren, doch als Charlotte ihr von Julianes Anruf erzählte, legte sich ihre Begeisterung.

„Ich weiß nicht, was du darüber denkst, Brigitte, aber wenn Frau Kessler davon hört, dass im Fanklub solche Gerüchte die Runde machen, dann war's das. Ich an deiner Stelle würde etwas dagegen unternehmen."

Brigitte war perplex. Ja, sie habe auch schon so was gehört, aber das sei doch nur Geschwätz, das könne man doch nicht ernstnehmen.

„Das ist kein Geschwätz, das ist Rufmord", sagte Charlotte so entschieden, wie es ihr nur möglich war.

„Jetzt übertreib mal nicht", meinte Brigitte.

„Wenn du von meiner Meinung nichts hältst, kannst du ja gerne Frau Kessler anrufen und sie fragen, wie sie das sieht."

„Sag mal, drohst du mir?"

„Ich hab dir einmal den Arsch gerettet, Brigitte, noch mal mache ich das nicht. Und im Übrigen kannst du mich aus dem Forum und dem sogenannten Fanklub streichen."

Und schon wieder beendete Charlotte ein Telefonat ohne höflichen Gruß. Allmählich bekam sie Routine.

Jonas joggte im Englischen Garten an der Isar entlang. Am Wehr vorbei bis hinauf zur Holzbrücke und auf der anderen Seite wieder zurück. Und das Ganze noch mal. Als er zurückkam, stand Minni vor seiner Tür.

„Heute keine Tarnung?", fragte sie. Jonas bemerkte erst jetzt, dass er weder Mütze noch Sonnenbrille trug. Seine Haare hingen lose aus dem Gummiband heraus.

„Hat keinen interessiert."

Minni hatte Kuchen mitgebracht.

„Mama denkt, du verhungerst."

„Ich kann kochen."

„Du tust es nur nicht."

„Ich war gerade gestern noch zum Essen eingeladen."

„Das ist beruhigend."

Jonas sprang unter die Dusche, während Minni Kaffee kochte und sich über den Zustand der Wohnung wunderte.

„Du mutierst zum Messie", diagnostizierte sie, als er aus dem Badezimmer kam.

„Na, wenn schon", murmelte Jonas.

„Ist was?" Minni sah ihn prüfend von unten herauf an. Weit aufgerissene graublaue Augen, besorgt gerunzelte Stirn.

Minni! Natürlich! Der lebende Gegenentwurf zu den Roswithas dieser Welt, seine kleine Schwester, für die er nichts weiter war als der große Bruder und die dennoch klaglos über jeden roten Teppich mit ihm gegangen wäre. Wenn er mit jemandem reden konnte, dann mit ihr.

„Ja", sagte er. „Es ist was."

Und dann setzte er sich mit ihr hin und erzählte. Von Charlotte, von dem Tag in den Bergen, davon, wie gut sie sich verstanden hatten und wie nah er sich ihr gefühlt hatte. Wie entspannt er mit ihr war und wie offen er sein konnte. Er erzählte davon, wie liebenswert sie war und hübsch und uneitel und anders als alle Frauen, die er kannte. Wie unerträglich schmerzhaft der Abschied von ihr gewesen war, aber dass er gedacht hatte, er täte ihr keinen Gefallen, wenn sie einander wiedersehen würden.

Minni hörte sich alles an, verblüfft und ohne ihn ein einziges Mal zu unterbrechen. Als er fertig war, sagte sie nur: „Du bist so ein Elch!"

Sie kannte sämtliche Frauengeschichten ihres Bruders, Myriam Michalski, Mia, Silke und wie sie alle hießen, über keine von ihnen hatte er je auf diese Weise gesprochen. Keine hatte ihm je Liebeskummer bereitet. Da traf er nun zum ersten Mal die Richtige und beschloss, sie zu vergessen.

„Ich weiß", sagte Jonas bekümmert. „Aber das ist noch nicht alles."

Und nun hörte seine erstaunte Schwester, dass sich ihr berühmter Bruder, geschützt durch die Anonymität des Internets, in Foren tummelte. In einem zumindest. Und sie hörte von seiner Online-Freundin LadyChatterley. Davon, wie warmherzig sie war und wie gut sie sich verstanden. Dass sie den gleichen Humor besaßen, die gleichen Filme liebten und er sich in dem Chatroom mit ihr so wohl fühlte, wie fast nirgendwo sonst. Und dass sie sich beide die ganze Woche lang über ihren Liebeskummer ausgetauscht hatten.

Minnis Augen wurden größer und größer, bis sie ihn schließlich unterbrach.

„Moment! Das ist doch … Kann es sein, dass … ist das …?"

„Charlotte", sagte er und erklärte, wann und wodurch er es herausgefunden hatte.

„Oh, mein Gott!", schrie Minni begeistert. „Das ist ja so … toll!"

„Findest du?" Jonas blickte sie zweifelnd an.

„Natürlich! Das ist ein Zeichen! Du hättest dir auch denken können, dass die Wahrscheinlichkeit, irgendeinem deiner Fans in einem Filmforum zu begegnen, nicht gerade gering ist. Und warum sollte dieser Fan nicht in München leben? Und warum sollte er nicht in einem Fanklub sein? Und überhaupt!"

„LadyChatterley mochte *Wintergrün* nicht", sagte Jonas, als wäre das ein Argument dafür, dass sie als großer Jonas-Förster-Fan ausschied.

„Das spricht dafür, dass sie ein denkender Mensch ist."

„Aber sie sagte mal, sie würde gerne einen Kinofilm von *Feierabend* sehen", erinnerte sich Jonas.

Minni knuffte ihren Bruder gegen die Schulter. „Mensch, Jonas!", rief sie strahlend.

„Was soll ich denn jetzt machen?" Endlich hatte er jemanden, dem er die Frage, die ihn seit dem vergangenen Abend quälte, stellen konnte.

„Wie, was sollst du machen?", fragte Minni verständnislos zurück. „Schnapp sie dir, Tiger", zitierte sie übermütig. Jonas grinste unsicher.

„Ruf sie an, verabrede dich mit ihr, mach das, was Leute halt machen."

„Sie hat schon eine Verabredung", erklärte Jonas seufzend.

„Wie?"

„Sie hat mich abgeschrieben und wendet sich anderen zu. Hat ja recht."

„Aber ich denke, sie ist auch in dich verknallt?"

„Ja, na und? Welche normale Frau tut sich das denn an?"

„Wenn man jemanden liebt, denkt man nicht über so was nach."

„Und sie weiß ja auch nicht, was ich für sie empfinde."
„Dann sag's ihr doch", meinte Minni ungeduldig. „Großer Gott, Jonas, mach doch nicht alles so kompliziert. Du bist hier nicht in einem deiner blöden Filme, das ist das richtige Leben."

„Im richtigen Leben ist alles kompliziert. Noch viel komplizierter als in Filmen", sagte Jonas.

Dann holte er sein iPhone, tippte ein bisschen darauf herum und reichte es Minni.

„Das ist sie."

Minni betrachtete das Foto lange Zeit. Als sie ihm das Handy zurückgab, sagte sie leise und eindringlich: „Ruf sie an, Jonas."

Amadeus saß auf Charlottes Sofa und litt. Da hatte die deutsche Mannschaft Brasilien in Grund und Boden gespielt und ausgesehen, wie der sichere zukünftige Weltmeister, und jetzt ging gar nichts. Charlotte saß neben ihm, schaute ab und zu zum Fernseher und las nebenbei den Fantasy-Schinken. Die Aufmerksamkeit, die sie beidem zukommen ließ, schien ihr jeweils angemessen. Im Spiel passierte nichts – zumindest fiel kein Tor – und im Roman genauso wenig.

Sie hätte sich doch mit MrNiceGuy treffen sollen, nun saß sie stattdessen hier herum und machte zwei Sachen halb.

MrNiceGuy! Eigentlich wäre er der perfekte Mann für sie. Nicht langweilig, nicht prominent, aber leider auch nicht wirklich vorhanden – im „richtigen Leben".

Manchmal fühlte es sich an, als wäre er wirklich nur ein Name in einem Chatroom und würde nur als solcher existieren. Und dann wieder dachte sie darüber nach, wie er wohl aussah, denn schließlich war er ja genauso real wie sie selbst. Er hatte sogar Liebeskummer wie sie selbst. War er vielleicht unattraktiv? Das konnte nicht sein. Er war geistreich und witzig und einfühlsam, solche Menschen waren niemals unattraktiv, egal wie sie aussahen. Ihre Gedanken drifteten ab. Jonas war auch geistreich und witzig und einfühlsam. Er war eigentlich alles gewesen, was MrNiceGuy auch war. Und er war nicht nur ein Name, man konnte ihn anfassen. Konnte …

Die Tränen schossen ihr so plötzlich in die Augen, dass sie sie weder zurückhalten noch verbergen konnte.

„Was ist denn los?", fragte ihr Bruder bestürzt.

„Nichts!"

„Ist das Buch so schlecht? Oder traurig? Oder machst du dir Sorgen, dass Deutschland nun doch nicht Weltmeister wird?" Amadeus wusste, dass man Charlotte erst einmal zum Lachen bringen musste, um sie zum Reden zu bringen.

Sie schüttelte nur den Kopf und sah sich nach der Packung Papiertaschentücher um, die normalerweise immer in der Nähe lag. Amadeus griff hinter sich und reichte sie ihr.

„Lottchen!", sagte er, als sie sich geräuschvoll schnäuzte. Und um einen weiteren Scherz zu machen, äußerte er die Vermutung, die ihm am absurdesten vorkam. „Hast du Liebeskummer?"

Charlotte wurde von der Macht eines neuen Tränenstroms geschüttelt.

„Was? Äh … tatsächlich?", fragte Amadeus betroffen. Er legte den Arm um seine Schwester und stellte seine Schulter zum Ausweinen zur Verfügung.

„Wer ist es denn?"

„Jonas Förster", schluchzte Charlotte, der es mittlerweile egal war, ob sie einen Narren aus sich machte.

„Sagt mir nichts. Ich kenne nur den Schauspieler, der so heißt."

„Ja, genau der."

„Oh!", machte Amadeus. „Aber Lottchen, du hast es doch nicht nötig, in deinem Alter noch für irgendwelche Schauspieler zu schwärmen. Es gibt genügend richtige Menschen, die deine Gefühle …"

„Er ist ein richtiger Mensch", blaffte sie ihn mit verweinten Augen an.

„Ja, ich weiß, aber doch nicht so wie …"

„Doch genau so! Ich kenne ihn. Wir haben zusammen in einem Stockbett geschlafen, und er hat mich den Berg hinuntergetragen, und wir haben Schnaps getrunken."

Amadeus sah sie entgeistert an und meinte dann: „Das mit dem Schnaps überzeugt mich."

Charlotte lachte und heulte gleichzeitig, und schließlich erzählte sie ihm alles.

Das Finale ging in die Verlängerung, doch Amadeus widmete sich ganz seiner Schwester.

„Weißt du, Lottchen, manchmal denkt man, es wäre alles aus. Und dann geht es doch noch weiter. Manchmal denkt man, etwas wäre ganz unmöglich und aussichtslos und dann …"

… stoppte Götze den Ball in der Luft und knallte ihn ins Tor. Amadeus ließ seine Schwester los, sprang auf und jubelte aus voller Kehle. Charlotte jubelte mit.

Amadeus umarmte sie stürmisch und rief: „Siehst du, so geht das."

Jonas sah zu, wie der neue Weltmeister gekürt wurde. Das Glück und die Freude steckten auch ihn an. Überall im Haus und auf der Straße hörte man Jubelrufe und das Gehupe von Autos, die zum Korso aufbrachen. Im Fernsehen wurde der Pokal herumgereicht. Die Familien der Spieler kamen mit auf den Platz. Kinder umarmten ihre erfolgreichen Väter. Alle feierten, ein ganzes Land feierte.

Einmal alles vergessen, sich nur dem Glück hingeben, egal wie lange es andauerte, das war doch etwas Gutes.

Jonas schaltete den Fernseher aus. Er wünschte, es wäre genau eine Woche zuvor, dann würde er am nächsten Tag Charlotte treffen, dann könnte er alles wieder von Anfang an erleben, jede einzelne Sekunde mit ihr, die er nicht so ausgekostet hatte, wie er es hätte tun sollen.

Aber, fiel ihm plötzlich ein, zumindest konnte er sich alles noch einmal ansehen. Er holte Ferdls DVD aus dem Schreibtisch und legte sie in den Rekorder.

Der Film startete ohne Vorspann oder Musik. Man sah nur ihn und Charlotte im Bild. Wie verängstigt sie aussah! Und dann sagte er selbst: „Hallo, ich heiße blablabla und bin blablaba …" Man hörte Ferdls „Aus!", sah Charlotte lachen und ihn, wie er sie angrinste. Damit setzte die Musik ein, und der Vorspann zu einer Kamerafahrt über den Berg begann. Jonas' Kehle schnürte sich zu.

Im Anschluss an diese Anfangssequenz ging es weiter mit einem rasanten Zusammenschnitt aus der eigentlichen Vorstellung in der Bahn.

„Charlotte ist einundsiebzig und Trapezkünstlerin" – „Stimmt nicht." – „Bergwandern von unten nach oben" – „nicht alles nachplappern" – „für eine Million Euro?" – „Vielleicht". Ausgelassenes Lachen.

Jonas sah sich den ganzen Film an. Er erinnerte sich an jeden einzelnen Moment, jedes einzelne Wort, jedes Lachen. Ferdl war ein Künstler, er hatte aus dem wenigen Material etwas gezaubert, das alles genau einfing und wieder zum Leben erweckte. Es gab Szenen, bei denen Jonas gar nicht bemerkt hatte, dass sie gefilmt worden waren. Doch sogar die Selfie-Szene am Morgen danach war dabei, obwohl es da schon längst nicht mehr um eine mögliche Sendung gegangen war. Sie hatten alle gespürt, was zwischen ihm und Charlotte passiert war.

Die letzten Bilder zeigten ihn am Parkplatz, als er sich von Charlotte löste und ohne zurückzublicken zum Taxi ging. Diesmal sah er sie. Wie sie dastand. Wie verlassen sie war. Was war er für ein Arschloch.

Der Abspann flimmerte über die Szene, während Charlotte ins Auto einstieg. Die Szene blendete langsam aus und wurde schwarz. Ein weißer Schriftzug wurde sichtbar. Nicht das Wort „Ende" sondern: „to be continued".

Am Montag kam Charlotte müde von der Arbeit nach Hause. Sie war erschöpft, weil sie am Nachmittag eine ganze Stunde lang mit der jungen Fantasy-Autorin gesprochen hatte. So lange hatte es gedauert, um in netten Worten auszudrücken, dass der Roman eher nicht für eine Veröffentlichung geeignet sei. Nachdem Charlotte ihre ausführliche Beurteilung beendet hatte, hatte das Mädchen mit ernstem Gesicht genickt. „Okay!", hatte es gemeint. „Aber im Großen und Ganzen ist das Buch gut, oder?"

Das hatte Charlotte dann der Einfachheit halber bestätigt und damit einen weiteren Menschen glücklich gemacht. Doch es war anstrengend, nett zu sein, deshalb war sie jetzt müde.

Die Wahl zwischen einer Ofenpizza und Pasta mit selbst gemachter Tomatensoße fiel ihr leicht: Pizza. Einfach rein damit. Fertig.

An diesem Abend würde sie garantiert nichts mehr lesen. Glotze an, Hirn abschalten. Irgendwas würde schon kommen. Hauptsache nichts mit Jonas.

Das Telefon klingelte. Nein, dachte Charlotte, nicht jetzt. Vielleicht war es Brigitte, um nach Rücksprache mit den anderen Schadensbegrenzung zu betreiben.

Charlotte stand auf und sah auf die Nummer. Unbekannt.

Mit Unbekannten redete sie schon gar nicht. Sie ließ es klingeln und setzte sich wieder hin.

Nach ein paar Minuten klingelte es erneut. Wer hatte es denn da so dringend?

Unbekannt … Charlottes Herz begann wild zu klopfen. Sie griff nach dem Telefon und hob ab.

„Hallo?"

„Hallo, hier ist Jonas."

15. Schizophren

DIE Schmetterlinge in ihrem Bauch rasteten aus. Wenn sie nun eine Herzschwäche gehabt hätte – manchmal hatte man eine, und es wurde nie diagnostiziert, und dann erhielt man einen solchen Anruf und zack, bumm, aus, Ende. Bedachte er diese Dinge nicht? Aber anscheinend war ihr Herz tipptopp. Ihr Kopf aber nicht, er streikte.

„Charlotte?"

„Ja, äh, woher hast du denn meine Nummer?", war das Erste, was ihr einfiel.

„Ganz klassisch: Telefonbuch."

„Ach so? Ich stehe da drin?"

„Ja. Zum Glück."

„Und wenn nicht?"

„Ich hätte es schon rausgekriegt."

„Und … ähm …"

„Ich wollte dich gern wiedersehen. Also, hören zuerst, aber dann auch sehen."

Warum lange um den heißen Brei herumreden? Er hatte den ganzen Tag über Anlauf genommen und darauf gewartet, das endlich sagen zu können, da wollte er keine Zeit verschwenden mit endlosem Einleitungsgeschwätz.

Sie sagte nichts. Er konnte nicht sehen, dass sie auf dem Boden saß. Bis zum nächsten Stuhl war es zu weit gewesen. Und jetzt musste sie erst einmal Luft holen. Etwas roch komisch aus der Küche.

„Scheiße, meine Pizza brennt an. Moment!" Sie rappelte sich auf, torkelte zum Ofen und schaltete ihn aus. Die Pizza war dunkelbraun.

Sie ging zum Telefon zurück.

„Hallo, bin wieder da."

„Ich nehme meinen ganzen Mut zusammen, um dich anzurufen und mich mit dir zu verabreden, und alles, was du zu sagen hast, ist: Meine Pizza brennt an?"

Charlotte lachte, und Jonas war überwältigt, dass er ihr Lachen wieder hören durfte.

„Also?"

„Was?

„Verabreden. Kino, Essen, Biergarten, Bergwandern von unten nach oben, was du willst."

Charlotte zögerte. Sie hatte am nächsten Tag schon eine Verabredung, eine, mit der sie Jonas eigentlich vergessen wollte.

„Ich weiß nicht", sagte sie. Doch, dachte sie, doch natürlich weiß ich. Was rede ich denn da?

„Was weißt du nicht?"

„Ob das so gut ist. Ich meine, ich …"

„Was? Möchtest du nicht? Du kannst ruhig sagen, wenn du …"

„Doch", unterbrach Charlotte seine falschen Annahmen. „Doch, ich möchte schon, aber ich bin doch so …"

„So was?"

„Du kennst mich doch. Also inzwischen."

„Ja, und deshalb frage ich dich ja. Ich frage selten Leute, die ich nicht kenne, ob sie mit mir ausgehen wollen."

„Ich gehe aber nicht in irgendeine Schickimicki-Bude", sagte Charlotte.

„Wie zum Beispiel?"

„Ins P1. Da geh ich nicht rein."

Jonas lachte laut auf.

„Wie kommst du denn darauf, dass ich da hingehen wollen würde?"

„Ich dachte, da gehen Promis hin."

„Und ich dachte, du kennst mich inzwischen auch."

„Ich weiß, dass du schnarchst, aber nicht, wo du hingehst."

„Wie bitte? Ich schnarche überhaupt nicht."

„Ganz leise."

„Blödsinn."

„Leider nein."

„Hm."

Charlotte klemmte das Telefon zwischen Ohr und Schulter und schob eine zweite Pizza in den Ofen.

„Was klappert da?"

„Ich mache mir eine neue Pizza."

„Wir könnten zum Italiener gehen", schlug Jonas vor.

„Ich ernähre mich auch noch von anderen Sachen."

„Dann sag du."

„Ich weiß nicht."

„Biergarten?"

„Na gut. Wann?"

Der kleine Teufel, der Jonas gelegentlich besuchte, riet ihm, gleich zwei Fliegen mit einer Klappe zu schlagen. Zumindest konnte er es versuchen.

„Wie wäre es mit morgen Abend?"

„Oh, da kann ich nicht, da bin ich schon verabredet."

Natürlich, wie hatte er von Charlotte annehmen können, sie würde seinetwegen einfach einen anderen abservieren.

„Schade", meinte er, konnte sich aber nicht zurückhalten und setzte hinzu: „Was Ernstes?"

„Ähm … gar nicht", stammelte Charlotte, ganz überrumpelt von der Frage. „Ich treffe nur einen … Bekannten."

Jonas wollte sich ohrfeigen. Warum musste er sie in Verlegenheit bringen? Was er von MrNiceGuy wusste, hatte hier absolut nichts verloren. Auch wenn das schizophren war.

„Entschuldige, war nur ein Scherz. Geht mich nichts an."

„Macht nichts."

„Dann vielleicht am …"

„Am Freitag habe ich frei, da könnten wir am Nachmittag in den Biergarten gehen."

„Super. Soll ich dich abholen?"

„Ähm, ja, wenn du möchtest."

„Mach ich. Gegen drei?"

„Gut."

„Ich freu mich."

„Ich mich auch."

„Hast du was zu schreiben, dann gebe ich dir noch meine Telefonnummer."

„Gute Idee." Sie notierte sich die Nummer.

„Und meine Handynummer."

„Noch was? Steuernummer? Maße?"

„Eins nach dem anderen. Hab ich dir eigentlich schon gesagt, dass du ein Handy brauchst?"

„Ja."

„Und?"

„Ich denke darüber nach."

„Tu das."

„Bis Freitag."

„Bis Freitag."

Zwei Menschen legten gleichzeitig auf. Zwei Menschen brachen gleichzeitig in ausgelassene Jubelschreie aus. Als hätten sie einen Tag zu spät gemerkt, dass Deutschland Weltmeister war.

Charlotte konnte es nicht erwarten, an diesem Abend den Chatroom zu betreten. Jonas konnte es sehr wohl erwarten. Er fühlte sich mies mit dieser Doppelidentität, so als würde er sie ausspionieren. Es fühlte sich nicht richtig an. Er würde es ihr sagen. Am Freitag vielleicht. Dann brauchten sie LadyChatterley und MrNiceGuy vielleicht nicht mehr. Dann wären sie vielleicht alle vier für immer zusammen.

Alle vier! Großer Gott, was war das für ein Durcheinander! Und was hatte er für wirre Gedanken? Vielleicht war es ein Fehler gewesen, sie anzurufen. Es machte ihn völlig verrückt. Aber es war unfassbar schön gewesen, ihre Stimme zu hören, und er freute sich unglaublich darauf, sie zu sehen. Irgendwie würde sich schon eine Lösung finden.

Gegen elf Uhr loggte sich MrNiceGuy ein, LadyChatterley war schon da.

„Hi! Endlich!"

„Hi, wie geht's", schrieb er.

„Gut. Schlecht. Beides. Ich drehe durch."

„Wieso das denn?"

„ER hat angerufen!!!"

„Der liebe Gott?"

„Was? Wieso der liebe Gott?"

„Wegen *ER* großgeschrieben. Die Amis machen das doch so: HE! Mitten im Satz schreiben die dann groß."

„Mach keine Witze, die Sache ist ernst."

„Sorry."

„ER!!!! Der ER eben."

„Derjenige, welche?"

„JAAAAAAAAAA!!!!!!"

„Und jetzt?"

„Ich weiß es nicht. Wir sind verabredet."

„Schön. Aber warst du nicht schon mit einem anderen verabredet?"

„Ja, bin ich auch noch."

„Und was ist mit dem?"

„Weiß ich doch nicht."

„Hm …"

„Was heißt das denn?"

„Gar nichts."

„Nicht, dass du jetzt denkst, ich mache das immer so. Ich mache das nie. Ich bin nie verabredet."

„Ich sag doch gar nichts."

„Aber du denkst."

„Gar nicht. Freust du dich?"

„Worüber?"

„Dass ER angerufen hat."

„Ja natürlich. Aber ich wäre fast in Ohnmacht gefallen."

„Wegen einem Typen?"

„Was würdest du denn tun, wenn deine Holde sich plötzlich doch noch bei dir melden würde?"

„Das steht nicht zur Debatte."

„Stand bei mir auch nicht, und dann klingt das Telefon, und du kriegst einen Herzinfarkt."

„Und jetzt seid ihr verabredet."

„Ja, er holt mich ab. Scheiße!"

„Was denn?"

„Er kennt ja gar nicht meine Adresse."

„Er kennt deine Telefonnummer, aber nicht deine Adresse?"

„Die Telefonnummer steht im Telefonbuch."

„Die Adresse dann wahrscheinlich auch."

„Keine Ahnung."

„Schick ihm einfach eine SMS mit deiner Adresse."

„Wie denn? Ich hab kein Handy."

„Wieso hast du kein Handy?"

„Und wieso fragen mich das immer alle Leute? Ich hab halt keins. Ich brauch keins."

„Du siehst doch, dass du eins brauchst."

„Ha! Genau das hat ER auch gesagt. Ihr würdet euch gut verstehen."

„Ja? Wie ist er denn so?"

Jonas, du Arsch, dachte Jonas und biss sich so fest auf die Lippe, dass es wehtat. Als Buße für seine Scheinheiligkeit. Seine Finger tippten manchmal schneller als sein Kopf denken konnte.

„Ich weiß nicht, wie ich ihn beschreiben soll."

„Sieht blendend aus, ist wahnsinnig intelligent und unglaublich nett?"

Charlotte lachte und schrieb:

„Ja, das kommt hin."

Jonas verbarg das Gesicht hinter seinen Händen. Er konnte es einfach nicht lassen, es war zu verlockend. Er war ein Arsch. Ein blendend aussehender, intelligenter, netter Arsch, das hätte es eher getroffen.

„Na, das ist doch auch das Mindeste, wie er sein muss, wenn er dich haben will", schrieb er.

„Ich weiß nicht, ob er mich will."

„Warum hätte er sonst anrufen sollen?"

„Einfach so. Weil wir uns gut verstehen."

„Männer rufen Frauen nicht an, nur weil sie sich gut verstehen."

„Nein?"

„Nein. Wenn ein Mann eine Frau anruft, dann nur, wenn er was von ihr will."

„Du machst das so?"

„Ja."

„Dann ruf doch deine Holde mal an."

„Sag nicht immer meine Holde."

„Irgendwie muss ich sie doch nennen."

„Sag einfach SIE."

„Also, dann ruf SIE doch mal an."

„Meinst du?"

„Natürlich! Vielleicht wartet sie nur darauf."

„Ich weiß nicht."

„Wie ist SIE denn eigentlich so?"

„Sie ist wie aus einem Buch."

„Was heißt das?"

„Dass es solche Menschen eigentlich gar nicht gibt. Autoren erfinden sie in Büchern. Alles an ihnen ist genau richtig, sogar ihre kleinen Fehler. Man möchte sie kennenlernen, aber in echt gibt es nur die anderen. Aber SIE gibt es in echt. Sie ist perfekt und weiß es nicht einmal."

„Gab's heute Schmalznudeln zu Mittag?"

„Frechheit! Ich hätte auch einfach sagen können: SIE ist toll."

„Ja, das würde ich dir fürs nächste Mal empfehlen."

„Okay, Poesie ist nicht meine Stärke."

„Der Anfang mit dem Buch war nicht schlecht, aber was du daraus gemacht hast …"

„Ich hab's kapiert."

„Ruf sie an, aber spiel nicht Cyrano de Bergerac, sei einfach du."

„Du meinst das reicht?"

„Auf jeden Fall."

„Ich überlege es mir."

„Nicht zu lange, sonst hat SIE vielleicht auch schon ein anderes Date."

„Ja, das wäre blöd."

„Eben."

„Meinst du dieses andere Date ... also deins ... hat überhaupt eine Chance gegen IHN?"

„Tja, das ist so eine Sache."

„Wieso?"

„Weil der andere vielleicht besser zu mir passt als ER."

„Wie kannst du das sagen?"

„Na ja, es ist halt so."

„Und warum?"

„Das würde jetzt zu weit führen."

„Ich finde, man sollte immer seinem Herzen folgen. Oder nicht?"

„Ja."

„Na also."

„Ich sagte ja, das ist nicht so einfach."

„Na gut, du wirst es ja sehen."

„Ja."

„Ich muss jetzt leider."

„Okay."

„Gute Nacht."

„Gute Nacht."

Jonas ließ sich rückwärts auf sein Bett fallen. Lange konnte er das nicht durchhalten, das war zu anstrengend.

16. Die richtige Liga

AM Dienstagabend saß Jonas vor dem Computer und beantwortete Fragen für ein Interview, das ihm eine namhafte Frauenzeitschrift geschickt hatte. Es hatte sich keine Gelegenheit für ein Treffen ergeben, also machten sie es sich und ihm leicht.

Wollten Sie schon immer Schauspieler werden?

Nein, als Kind wollte ich eigentlich Astronaut werden. Später dann im Schultheater, blablabla …

Jonas überflog die Fragen. Wo war die Frage danach, wie es sich anfühlte, ein Sexsymbol zu sein? Ah ja, da war sie, ziemlich gegen Ende. Und die nach der Freundin? Auch vorhanden. Gleich dahinter. Die Textbausteine waren schnell gefunden und eingesetzt.

Wie hat Sie das Leben als Star verändert?

Noch ein Textbaustein: „Ich hoffe, es hat mich nicht verändert, meine Familie und Freunde sorgen dafür, dass ich auf dem Teppich bleibe." Haha! Würg!

Das war das Gute, wenn man immer die gleichen Fragen gestellt bekam: Man konnte auch immer die gleichen Antworten abspulen. Jonas machte sich meistens nicht einmal die Mühe, den Satzbau zu variieren.

„Es gibt immer irgendjemanden, der das alles zum ersten Mal liest", belehrte ihn Roswitha, wenn er sich über die Einfallslosigkeit der Interviewer beschwerte.

Heute jedoch war er dankbar dafür, dass es nur die bekannten Nullachtfünfzehn-Fragen waren, die er lediglich mit den gespeicherten Floskeln bestücken musste. Seine Gedanken waren ganz woanders. An dem Ort, wo auch immer sich Charlotte gerade mit Mister Kellergewölbe traf.

Wieso hatte sie gesagt, der passe besser zu ihr? Wie konnte er zu ihr passen? Sie hatten doch überhaupt keine Gemeinsamkeiten. Außer der, dass nach keinem von beiden in der Öffentlichkeit ein Hahn krähte. Sie konnten ungestört und ohne Tarnung zusammensitzen und wurden von keinem belästigt. Das war manchmal schon Basis genug für eine gute Unterhaltung. Er selbst hatte bereits am Tag zuvor aufgehört, sich zu rasieren, damit er bis Freitag einen Bart gezüchtet haben würde, der ihn davor bewahren sollte, auf den ersten Blick erkannt zu werden.

Ist es Ihnen manchmal unangenehm, auf der Straße erkannt zu werden?

Ja, ich könnte jedes Mal abkotzen. Nein, das war nicht die Antwort. Textbaustein: „Meistens sind die Leute nett und schließlich gehört es zu meinem Beruf irgendwie dazu."

Und was war mit seinem Leben? Es gehörte nicht zu seinem Leben dazu, von jedem wildfremden Menschen angequatscht, womöglich geduzt und mit Vornamen angesprochen zu werden. Überall und in jeder Situation. Und zu seinem Beruf gehörte es auch nicht.

Vielleicht sollte er die ganzen Textbausteine einfach mal weglassen und ehrlich antworten. Sexsymbol? Fragen Sie mal Myriam Michalski danach, wie es mit dem Sex ausgesehen hat. Gut, wie schon meine Freunde sagten, das kann jedem passieren, aber einem Sexsymbol sicher nicht.

Eine Freundin? Nein, habe ich nicht. Weil keine vernünftige Frau so bescheuert ist, sich das Leben mit mir anzutun.

Und Charlotte wollte er das zumuten? Ausgerechnet ihr? Sie saß jetzt gerade mit jemandem zusammen, mit dem sie eine entspannte, schöne Beziehung haben könnte. Ein netter Kerl. Und sie wusste selbst, dass es mit Jonas schwierig werden würde. Warum wollten sie sich eigentlich noch treffen? Weil sie einander mochten … liebten. Und wenn es nur eine winzige Chance gäbe, dass es funktionierte, dann durften sie die doch nicht einfach aufgeben. Oder?

Charlotte saß in einem gemütlichen bayrischen Lokal in der Nähe des Englischen Gartens Bertram gegenüber. Anscheinend war er auch diesmal nervös, denn er redete wieder sehr viel. Sie selbst redete wie immer wenig, aber zur Abwechslung mal nicht aus Nervosität oder Schüchternheit, sondern weil ihre Gedanken bei Jonas waren. Bertram lachte, sie lachte mit, obwohl sie nicht gehört hatte, worüber er lachte. Aber er sah nett dabei aus, er hatte ein nettes Lachen, natürlich und offen. Er sah überhaupt nett aus, besser als Pauline damals behauptet hatte. Dunkelblonde, kurze Haare, Dreitagebart, strahlend blaue Augen, gute Figur inklusive knackigem Hintern. Charlotte musste unwillkürlich lächeln, als sie an die alberne Kontaktanzeige dachte, die Jonas für sie entworfen hatte. Auf Bertram trafen zwei Kriterien zu. Das dritte allerdings überhaupt nicht. Mit Filmen konnte er nichts anfangen. Es war ein Wunder, dass er Jonas kannte, aber wahrscheinlich hatte er ihn schon mal im Fernsehen gesehen oder über die Presse wahrgenommen. Man musste schon in einer Höhle leben, um Jonas Förster nicht zu kennen. Wenn Charlotte sich klar machte, dass sie am Freitag mit diesem derzeit wohl angesagtesten Schauspieler Deutschlands verabredet war, wurde ihr schon ein bisschen schwindlig. Aber für sie war er das nicht mehr. Er war einfach Jonas. Es interessierte sie nicht, dass er berühmt oder was er von Beruf war, im Gegenteil, das machte es ja so schwierig. Wenn Jonas der Architekt gewesen wäre und Bertram der Promi, dann wäre alles ganz einfach gewesen.

„Und du?", fragte Bertram.

„Äh … ich?" Sie hatte nicht mitbekommen, wovon die Rede war. Peinlich! Und unhöflich. Das war gar nicht ihre Art.

„Hast du nicht auch das Gefühl, dass es so etwas gibt wie Schicksal?", fragte Bertram.

„Ähm, ja, doch", sagte Charlotte, obwohl sie sich nicht sicher war, ob sie das glaubte.

„Ich glaube, das war Schicksal, dass wir uns am Wochenende begegnet sind. Ich war wirklich nur ganz zufällig dort im Park."

„Das Wort Zufall ist Gotteslästerung", zitierte Charlotte wie auf Knopfdruck, und als Bertram sie verzückt ansah, erklärte sie: „Ist aus *Emilia Galotti*. Ich hab mal eine Seminararbeit darüber geschrieben."

„Wahnsinn, was du alles weißt", sagte Bertram anerkennend. „Ist das auch ein Film?"

„Äh … nein, *Emilia Galotti* ist ein Drama von Lessing." Warum musste sie jetzt daran denken, dass MrNiceGuy sich totlachend würde, wenn sie ihm davon erzählte: *Emilia Galotti*, ist das auch ein Film? Ein ganz langes LOOOOOOL würde auf dem Bildschirm erscheinen. Während Bertram weiter über das Schicksal philosophierte, das sie seiner Meinung nach zusammengeführt hatte, dachte Charlotte beschämt daran, wie gemein es von ihr war, sich jetzt schon darauf zu freuen, sich mit ihrem besten Freund über ihr Date lustig zu machen. Bei dem Thema Finanzmarkt würden ihre Beiträge höchstwahrscheinlich von genauso großen Bildungslücken zeugen wie Bertrams, wenn es um Kultur ging.

MrNiceGuy, ihr bester Freund? Tja, so war es doch.

Charlotte riss sich am Riemen. Sie wollte weder unhöflich noch gemein sein, deshalb hörte sie von da an konzentriert zu und dachte weder an Jonas noch an MrNiceGuy und seine Kommentare. Sie beteiligte sich aktiver am Gespräch und versuchte zu ergründen, ob sie und Bertram nicht doch etwas gemeinsam hatten, irgendein gemeinsames Interesse, ein Hobby, eine Gewohnheit, eine Marotte. Irgendwas. Immerhin konnte sie dank ihres Bruders beim Thema Weltmeisterschaft und Fußball ein wenig mitreden, auch wenn sie die Frage, ob sie sich für Sport im Allgemeinen interessierte, ehrlicherweise verneinen musste.

„Ich bin früher mit meinem Vater in die Berge gegangen, das war mein Sport", sagte sie.

„Und heute nicht mehr?", fragte Bertram.

„Der Ausflug, von dem ich dir neulich erzählt habe, war das erste Mal seit sehr langer Zeit."

„Und warum?"

„Mein Vater hat uns quasi verlassen. Ist ausgestiegen. Hat sich während seiner Midlife-Crisis in eine Schwedin verknallt und ist mit ihr in eine Fischerhütte bei Stockholm gezogen. Oder so ähnlich. Damals war ich fünfzehn."

„Oh", sagte Bertram.

„Ja, ich komme aus einer etwas seltsamen Familie. Ich halte mich für die einzig Normale, aber wer weiß."

Bertram schmunzelte. „Das kenne ich doch von irgendwoher. Meine Eltern haben sich getrennt, als ich noch ganz klein war, und haben beide wieder geheiratet. Ich habe drei Halbschwestern väterlicherseits und zwei mütterlicherseits. Alle verrückt. Ich selbst bin hauptsächlich bei meiner Hippie-Oma aufgewachsen. Alte 68erin. Als ich in die Pubertät kam, wollte sie mir immer Hasch anbieten."

Charlotte lachte. „Deine Oma wollte dir das Kiffen beibringen?"

„Ja, aber ich war damals schon so ein Spießer."

Lachend erzählten sie sich nun gegenseitig die Highlights aus ihrem bewegten Familienleben. Sie amüsierten sich so gut, dass sie nicht bemerkten, wie die Zeit verflog, und waren erstaunt, als man ihnen auf einmal die Rechnung vorlegte mit dem Hinweis, man schließe gleich.

Bertram war mit dem Auto da und brachte Charlotte bis zu ihrer Wohnung, weil es so spät geworden war.

„Können wir das bald mal wiederholen?", fragte er. Charlottes Magen krampfte sich zusammen. Was war jetzt die richtige Antwort? Ja gern, aber damit du dir keine falschen Hoffnungen machst: Ich liebe einen anderen? Oder: Nein, besser nicht. Es war zwar total schön, aber führt zu nichts? Und stimmte das überhaupt?

„Ja, warum nicht", sagte sie schließlich, und Bertram war zufrieden.

„Das mit dem Bart ist schlecht", nörgelte die Redakteurin, die am Donnerstagnachmittag der Fotosession mit Jonas beiwohnte. „Der müsste weg. Das ist doch nicht der Jonas Förster, den man kennt." Roswitha nickte.

„Du, Jonas, könntest du dich rasieren?", rief sie ihm zu.

„Nein!"

Die Redakteurin sah sich die Bilder an, die der Fotograf bisher geschossen hatte. Jonas im schicken schwarzen Anzug, barfuß, lässig an die Wand gelehnt. Großaufnahmen, Hemd-offen-Aufnahmen, Haare-offen-Aufnahmen. Alles sehr auf sexy getrimmt. Jonas' Widerwille gegen die Aufnahmen unterstützte diesen Effekt sogar noch, denn das gab seinem Ausdruck etwas Rebellisches. Der Fotograf war sehr zufrieden, aber die Redakteurin schüttelte den Kopf und kaute auf dem Bügel ihrer Brille herum.

„Das ist ja alles sehr schön, aber es geht doch um den Wiedererkennungswert. Ihre Fans wollen Sie sehen, wie Sie sind."

„So bin ich", sagte Jonas nüchtern, aber noch nicht unfreundlich.

„Also ich finde nicht", entgegnete die Frau.

Jonas erhob sich von dem Sofa, auf dem er gerade posen sollte, ging auf die Redakteurin zu und sah auf sie herab.

„Meinen Sie wirklich, dass Sie das beurteilen können?"

Sie zuckte zurück, machte den Mund auf, um etwas zu erwidern, doch Jonas ging an ihr vorbei und zog bereits auf dem Weg zur Garderobe die Jacke aus.

„Jonas!", rief Roswitha hinter ihm her.

Als er nicht stehen blieb, eilte sie ihm nach.

„Was soll das denn? Du kannst dich doch nicht so benehmen. Die verbreitet jetzt garantiert überall herum, du hättest Starallüren."

„Ich habe Starallüren", sagte Jonas, „falls man das so nennt, wenn man sich nicht alles bieten lässt. Machst du bitte die Tür zu, oder möchtest du mir beim Ausziehen zuschauen?"

Roswitha schnaubte und beeilte sich, zu der Redakteurin zurückzukehren, um die Dinge wieder geradezurücken.

„Es ist folgendermaßen", sagte sie und nahm die Frau ein wenig beiseite, als wollte sie ihr etwas im Vertrauen erzählen, obwohl außer dem Fotografen sowieso niemand sonst anwesend war.

„Jonas war in den vergangenen Tagen ziemlich krank", behauptete Roswitha. Die Frau hob die Augenbrauen. Das erklärte natürlich alles. Falls nicht, erklärte Roswitha gerne noch ein bisschen mehr. „Ja, er macht daraus kein großes Gewese und wollte auf keinen Fall diesen Termin platzen lassen – er ist nun mal sehr diszipliniert, wissen Sie – aber wenn man körperlich schlecht beieinander ist, dann ist man auch sehr dünnhäutig. Jedenfalls, Sie kennen das ja: Wenn ein Prominenter einmal nicht gut drauf ist, heißt es gleich: Der hat Allüren. Dabei sieht man nicht immer hinter die Kulissen. Ich wollte nur, dass Sie da im Bilde sind."

„Aber natürlich, das ist dann verständlich", sagte die Redakteurin besänftigt. „Und die Bilder sind ja auch wirklich fantastisch geworden. Wir machen einfach eine Jonas-Förster-wie-man-ihn-noch-nie-sah-Geschichte daraus. Oder ..." Sie malte die Überschrift mit der flachen Hand in die Luft, „ ... Jonas Förster, ganz privat."

„Das Erste ist besser, glaube ich", meinte Roswitha und lächelte breit und so herzlich wie die Schneekönigin.

Jonas kam aus der Garderobe und verschwand wortlos in Richtung Ausgang.

„Der Arme muss dringend wieder ins Bett", erklärte Roswitha, winkte der verständnisvollen Redakteurin zum Abschied zu und machte, dass sie ihrem aufmüpfigen Schützling hinterherkam.

Jonas ging es tatsächlich nicht sehr gut. Er hatte am Abend zuvor mit LadyChatterley gechattet und dabei erfahren, dass der Abend mit Mister Kellergewölbe alles andere als langweilig gewesen war, sondern erstaunlich schön. Aber nicht diese Tatsche war es, die ihn beunruhigte, sondern die Art und Weise, wie sie darüber geredet hatte. Sie war aufgekratzt und gut gelaunt gewesen. Er hatte sie selten so erlebt. Doch als er auf die kommende Verabredung mit IHM zu sprechen kam, schaltete sie sofort einen Gang zurück. Sie freue sich darauf, ja, aber sie sei auch vorsichtig und wolle sich nicht zu viele Hoffnungen machen. Es klang alles nicht sonderlich gut für Jonas.

Er verabschiedete sich in knappen Worten von Roswitha und hörte sich nicht mehr an, was sie gerade unternommen hatte, um seinen Ruf als netten Kerl zu schützen. Er nahm ein Taxi zur Wohnung seiner Eltern, sagte ihnen rasch Hallo und schaute bei Minni im Zimmer vorbei.

Sie hatte gerade Besuch von zwei Studienkolleginnen, die auf der Stelle knallrot wurden, als er das Zimmer betrat. Minni grunzte amüsiert. Sie fand diese Reaktionen immer sehr komisch.

„Kommst du mal kurz?"

„Was ist denn?", fragte Minni und folgte ihm nach draußen.

„Du denkst doch immer noch, dass es richtig war, Charlotte anzurufen, oder?"

„Ja!"

„Okay, danke."

„Gern. Kannst du schnell zwei Autogrammkarten unterschreiben? Für Gerrit und Marie?"

Jonas tat ihr den Gefallen.

„Sag ihnen einen schönen Gruß!"

„Mach ich." Minni strahlte und winkte mit den Karten.

Als Jonas nach Hause kam, ging er als Erstes zum Telefon und wählte Charlottes Nummer.

Ihr Anrufbeantworter meldete sich.

„Hallo, hier ist Jonas. Ich habe ganz vergessen nach deiner Adresse zu fragen. Es bleibt doch hoffentlich bei morgen? Wenn du nach Hause kommst, ruf mich doch kurz zurück. Oder ich versuche es später noch mal."

Er setzte sich aufs Sofa und wartete.

Natürlich hatte er ihre Adresse längst herausgefunden, es war nur ein Vorwand, noch einmal ihre Stimme zu hören.

Das Telefon klingelte. Seine Reaktionsgeschwindigkeit war rekordverdächtig.

„Hallo?"

„Hier ist Charlotte."

„Hi. Schön, dass du anrufst."

Er zwang sich, seine Aufregung, die sich in einer gewissen Kurzatmigkeit äußerte, zu unterdrücken.

„Aachener Straße 4."

„Oh, ja, gut. Danke."

War sie etwas kurz angebunden? Oder täuschte das?

„Ich komme dann morgen so gegen drei Uhr?"

„Ja, gut."

Sie *war* kurz angebunden.

„Ich freue mich sehr darauf, dich wiederzusehen."

„Ja, ich freue mich auch. Sehr."

„Bis dann."

„Bis dann."

Charlotte zitterte am ganzen Leib. Sie hatte schon angefangen zu zittern, als sie den Anrufbeantworter abgehört hatte. Er würde absagen, war ihr erster Gedanke beim Klang seiner Stimme gewesen. Dann hatte sie erleichtert aufgeatmet. Natürlich, die Adresse!

Sie hatte sich sofort auf ihr Telefon gestürzt, um ihn zurückzurufen. Doch vor Aufregung hatte sie fast kein Wort herausgebracht. Gerademal, dass sie die Adresse in den Hörer bellen konnte. Was dachte er jetzt von ihr? Aber wenigstens hatte sie ihm gesagt, dass sie sich freute, obwohl das gar kein Ausdruck war. Man freute sich allenfalls auf Weihnachten oder den Urlaub oder die nächste Staffel der erklärten Lieblingsserie. Dass sie sich darauf freute, Jonas wiederzusehen, war die Untertreibung des Jahrtausends.

Morgen …

17. Als wäre es das letzte Mal

WARUM tat sie sich das an? Das konnte nicht gesund sein. Ihre beiden Beziehungen vorher waren zwar nicht berauschend gewesen, aber sie hatte wenigstens keine körperlichen Beschwerden gehabt. Herzrasen, Atemnot, Appetitlosigkeit, auf Dauer war so etwas tödlich. Und so ging es schon seit dem Aufwachen. Wobei, Aufwachen war gut. Sie war erst gegen Morgen eingeschlafen. Schlaflosigkeit! Genau, das kam auch noch dazu. War sie deshalb noch nie wirklich verliebt gewesen, weil sie geahnt hatte, dass es lebensgefährlich war? Sie war nun mal ein Angsthase. Und nun das.

Charlotte schaute auf die Uhr. Noch zehn Minuten, wenn er pünktlich war.

„Oh Gott!", keuchte sie. Rasch warf sie noch einen Blick in den Spiegel. Wie sah sie aus? Langweilig, wie immer. Wie immer zu blass, zu fade, zu … Was wollte er eigentlich von ihr? Sie entfernte die Haarspange und schüttelte ihre Locken auf. Das sah doch alles scheiße aus. Sie wollte die Spange gerade wieder in ihren Haaren befestigen, da klingelte es.

„Oh Gott!"

Irgendetwas in ihrer Brust wollte ausbrechen. Wie in dem Film: *Alien*. Da war das Böse auch einfach aus der Brust von John Hurt geplatzt. Übrigens, wie passend: Hurt! Nomen est Omen!

Es klingelte schon wieder. Wieso hatte sie so verworrene Gedanken? Weshalb dachte sie jetzt an *Alien*, und warum konnte sie sich nicht bewegen?

Mit aller Kraft schaffte sie es doch. Sie lief zur Tür und drückte den Öffner.

„Oh Gott!", murmelte sie noch einmal, während sie hörte, wie unten die Tür aufging.

Er kam die Treppe rauf, schnell. Es war nur eine Treppe, aber trotzdem war er so außer Atem als wären es zehn. Er sah aus, als hätte auch er ein Alien-Monster in der Brust, das rauswollte. Und er sah irgendwie anders aus. Einen Augenblick lang blieb er stehen, als er sie sah. Dann nahm er zuerst die Sonnenbrille und die Basecap ab, bevor er auf sie zuging.

„Hallo", sagte er mit kratziger Stimme und räusperte sich sofort. „Du siehst … toll aus."

Charlotte lächelte. „Du siehst …", begann sie, doch weiter kam sie nicht, denn Jonas' Verlangen, sie endlich zu spüren, war so groß, dass er sich keine Sekunde länger beherrschen konnte. Seine Arme umschlangen sie mit der ganzen Sehnsucht, die er so lange unterdrückt hatte, und mit aller Zärtlichkeit, die er für sie empfand, presste er sie an sein klopfendes Herz.

Die Schmetterlinge in Charlottes Bauch tanzten vor Glück, brachen aus und flogen durch ihren ganzen Körper. Das Alien löste sich auf, und alles in ihrem Inneren war nur noch warm und leicht und schön. Nicht loslassen! Nie mehr!

Er ließ nicht los. Er küsste sie. Er hatte es nicht vorgehabt, aber er konnte einfach nicht anders. Er hatte die ganze Woche über an nichts anders denken können als an sie, und als er sie jetzt sah, konnte er sich nicht mehr zurückhalten. Und sie genauso wenig. Sie erwiderte seine Umarmung und seinen Kuss, als wäre es das letzte Mal.

Sie hätten eigentlich gleich da bleiben können, dachte Jonas im Überschwang seiner Gefühle, doch dann fiel ihm ein, was sie zu MrNiceGuy gesagt hatte: So bin ich nicht. Aber vielleicht würde sie bei ihm eine Ausnahme machen. Sie gehörten zusammen, das war doch jetzt ganz klar. Nein, alles der Reihe nach, rief er sich zur Ordnung und genoss das Gefühl, sich durch ihre unbeschreiblichen Locken zu wühlen, während er sie küsste.

Der Türsummer und Getrampel auf der Treppe beendeten die leidenschaftliche Begrüßung im Türrahmen. Jonas und Charlotte fuhren auseinander und schauten ungnädig der Horde Jungs hinterher, die durch das Treppenhaus nach oben jagte. Dann sahen sie einander an, und die Spannung löste sich in ihrem Lachen.

„Was wolltest du sagen, als ich dich unterbrochen habe?", fragte Jonas, als sei nichts gewesen. Charlotte blickte verlegen grinsend zu Boden.

„Ach ja, ich wollte sagen: Du siehst anders aus."

„Tarnung", erklärte Jonas. „Blöd?"

„Geht schon. Interessant, wie dunkel dein Bart ist."

„Ich habe ja auch dunkle Wimpern."

„Aber die blonden Haare sind echt?"

„Natürlich sind die echt. Alles an mir ist echt."

„Soso!"

Sie grinsten einander an. Warum hatten sie sich eigentlich beide vorher so aufgeregt, es war doch alles ganz einfach.

„Ich muss meine Haare noch mal kämmen", sagte Charlotte und winkte ihm, ihr in die Wohnung zu folgen.

„Du bist ja so ordentlich", stellte er fest und dachte mit Unbehagen an das Chaos seiner eigene Wohnung.

„Ich habe aufgeräumt, weil es mir peinlich gewesen wäre, wenn du meine Unordnung gesehen hättest", bekannte Charlotte ehrlich und fügte rasch hinzu. „Also, falls du in meine Wohnung gekommen wärst, man weiß ja nie."

„Genau, man weiß ja nie", bestätigte Jonas mit leicht anzüglichem Unterton.

„Ich meine, falls man mal aufs Klo muss", versuchte Charlotte, ihre Gedankengänge etwas harmloser wirken zu lassen.

„Berühmte Schauspieler müssen nie aufs Klo", sagte Jonas.

„Ach nein?", staunte Charlotte. „Aber wie machen die das dann mit ihren … du weißt schon."

„Verwandelt sich alles in Aura", erklärte Jonas.

„Jetzt wird mir einiges klar", meinte Charlotte und klemmte die Haarspange wieder ins frisch ausgebürstete Haar. „Fertig!"

„Ich glaube, ich müsste nun doch noch mal deine Toilette benutzen."

„Das macht dich menschlich."

Drei Minuten später saßen sie in Jonas' altem Wagen.

„Ist das Auto auch Tarnung?", fragte Charlotte, während sich Jonas wieder mit umgedrehter Basecap und Sonnenbrille ausrüstete.

„Nein, Überzeugung. Und es fährt."

„Übrigens, falls dich meine Meinung als ausgewiesene Expertin in Jonas-Förster-Fan-Wissenschaft interessiert …"

„Ja?"

„Jeder Fan erkennt dich auf hundert Meter Entfernung."

„Nur wenn man aufmerksam wird. Und die Brille und die Mütze verhindern das."

„Du bestehst ja nicht nur aus Haaren und Augen."

„Für den Rest ist der Bart zuständig."

„Und was ist mit dem Teil unterhalb deines Halses?"

„Daran erkennt man mich doch nicht."

„Aber man guckt danach. Man wird aufmerksam und zack!"

Jonas grinste. Charlotte wurde rot.

Es war ein besonders warmer und sonniger Tag, der wahrlich nach Biergarten schrie. Es war anzunehmen, dass es überall ziemlich bevölkert sein würde. Sie beschlossen, es in der Hirschau zu probieren, und waren überrascht, als sie dort fast mühelos einen Parkplatz fanden. Allerdings war der Biergarten trotzdem hoch frequentiert. Viele Besucher nutzten die Lage im Englischen Garten, um mit dem Fahrrad hierherzukommen.

Normalerweise – doch das gab er vor Charlotte nicht zu – mied Jonas solche Orte. Es war ewig her, dass er privat in einem Biergarten war. Früher mit Werner und Gregor ständig, doch dann war es irgendwann unmöglich geworden. Aber mit Charlotte wollte er etwas Normales unternehmen, etwas, das andere Leute auch machten. Es konnte doch kein so großes Ding sein, im Sommer bei schönem Wetter einen Biergarten zu besuchen. Seine Anwesenheit würde sich in der Menschenmenge einfach verspielen, und er war ja auch nicht der Einzige mit Sonnenbrille und Basecap, das betrachtete hier keiner als Verkleidung.

Trotzdem war er nervös, als sie sich dem Gelände näherten. Um sich zu beruhigen, griff er nach Charlottes Hand.

Sie hatten Glück, die Leute waren viel zu beschäftigt, um auf den jungen Mann in den Jeans und dem graublauem T-Shirt zu achten. Irgendein Typ, der mit seiner Freundin unterwegs war, wie so viele. Man musste aufpassen, dass man sein Bier oder ein ganzes Tablett heil zu seinem Platz transportierte, man musste zusehen, dass man überhaupt einen Platz fand. Und dann widmete man sich den Leuten, mit denen man selbst da war.

Jonas und Charlotte arbeiteten sich unbehelligt bis zur Theke vor, holten zwei Radler und nahmen an der Kasse eine große Brezen mit. Die Band fing wieder an zu spielen. Ein Pärchen verließ gerade einen der kleineren Tische, als sie vorbeigingen, so dass sie sich gleich dort niederlassen konnten. Glück auf der ganzen Linie also. Charlotte bemerkte dennoch, wie angespannt Jonas war. Kein Vergleich zu dem Mann, den sie in den Bergen als locker und unkompliziert kennengelernt hatte, oder der sie vorhin so spontan und leidenschaftlich geküsst hatte.

„Tut mir leid", sagte Jonas, der Charlottes Gedanken nur allzu leicht erraten konnte. „Ich bin immer in Habachtstellung, wenn Leute um mich herum sind." Er sprach leise. Natürlich, denn auch seine Stimme war verräterisch.

„Ist doch verständlich", meinte Charlotte.

„Ja?" Sie konnte seinen unsicheren Blick hinter der Sonnenbrille nur ahnen.

„Ja, klar. Aber wir können auch woanders hingehen … zu Zellingers auf die Hütte", schlug sie scherzhaft vor. Er lächelte und nickte.

„Von dem Wespenstich ist nichts mehr zu sehen", stellte er fest. Sie trug zum ersten Mal seit zwei Wochen wieder ein ärmelloses Top.

„Ja, endlich, hat lange genug gedauert."

Das Gespräch kam nur mühsam in Gang, nicht weil sie sich nichts zu sagen gehabt hätten, sondern weil die Situation einigermaßen verkrampft war.

„Wo gehst du eigentlich sonst so hin, wenn du mal weggehst?", fragte Charlotte.

„Ich gehe nicht weg", erwiderte Jonas.

„Quatsch, jeder geht mal weg, sogar ich. Ein oder zweimal im Jahr."

„In dieser Woche schon zweimal", stellte Jonas fest. Das hatte er sich also gemerkt.

„Ja, ausnahmsweise", sagte sie.

Er konnte sich die Frage, wie das andere Date gelaufen war, gut verkneifen, denn das wusste er ja schon. Lockerer jedenfalls als das hier, dachte er. Andererseits, er hatte sie geküsst, das hatte er dem anderen voraus. Kuss contra entspanntes Zusammensein an einem öffentlichen Ort.

„Also?", riss sie ihn aus seinen Überlegungen.

„Was?"

„Wohin gehst du so?"

Er seufzte. „Auf Veranstaltungen, wo sich noch andere Promis tummeln, erstens, weil ich muss, und zweitens fällt man da nicht auf. Ansonsten fast immer privat zu Freunden. Oder dorthin, wo ich immer schon hingegangen bin und wo mich eh jeder schon seit ewigen Zeiten kennt. Keine Promi-Lokale, das finde ich ätzend. Ganz selten in die Innenstadt, nie in … Biergärten", gab er verschämt zu.

„Und warum heute?", fragte sie.

„Weil … weil ich das auch mal machen wollte", sagte er, wie ein kleiner Junge, der erklärte, warum man ihn mit einer Zigarette erwischte.

„Ja, versteh ich", sagte Charlotte. „Ganz schön mutig", setzte sie lächelnd hinzu.

„Tja, so bin ich eben. Ein richtiger Held", sagte Jonas mit einer trockenen Portion Selbstironie. Seine Finger tasteten nach ihren. Sie öffnete ihre Hand, und er legte seine hinein.

„Warum ich?", fragte Charlotte leise.

„Weil du die Frau mit dem weißen Zettel bist", sagte Jonas ernst und setzte grinsend hinzu: „Und weil du tolle Haare hast und wahnsinnig gut küsst."

Sie lachte. „Danke gleichfalls."

„Und weil du, wie Ferdl sich ausgedrückt hat, das liebenswerteste Geschöpf bist, das ihm jemals begegnet ist. Und mir auch."

„Wieso denn Ferdl?"

„Er hat mir eine DVD geschickt. Einen Film über unseren Ausflug in die Berge, den er zusammengeschnitten hat."

„Im Ernst?", rief Charlotte. „Den muss ich sehen." Doch gleich darauf überlegte sie es sich anders und sagte mit entsetztem Gesicht. „Oh Gott, nein, den muss ich gar nicht sehen."

„Und zu meiner Liebeserklärung sagst du gar nichts?"

„War das eine …?"

„Äh, eigentlich schon, ich hab halt nur Ferdls Worte gebraucht."

Charlotte war sprachlos. Sie wollte ihm um den Hals fallen und da weitermachen, wo sie an ihrer Haustür aufgehört hatten, aber das traute sie sich in der Öffentlichkeit nicht, stattdessen drückte sie zärtlich seine Hand. Ein Versprechen für später.

Ein kleines Kind kam zu ihrem Tisch, blieb stehen und schaute sie grinsend an.

„Na, wer bist du denn?", fragte Charlotte freundlich und unbedarft. Das Kind, ein Mädchen von vielleicht vier oder fünf Jahren, beachtete sie nicht und schaute nur zu Jonas. Sie hielt etwas in der Hand. Ein Stück Papier und einen Stift.

„Schreibst du da deinen Namen hin?", fragte sie strahlend und streckte beides Jonas entgegen. Charlotte war wie vor den Kopf geschlagen. Jonas' Gesichtszüge froren ein. Blitzschnell blickte er sich um und hatte bald drei Frauen mit Kindern ein paar Tische weiter entdeckt. Sie sahen zu ihnen rüber und kicherten hinter vorgehaltenen Händen. Bestimmt tauschten sie sich darüber aus, wie süß die Kleine das machte und wie Jonas wohl reagieren würde. Ein kleines Kind konnte man doch nicht abweisen.

Wenn er unterschrieb, wäre seine Tarnung dahin, und es würde keine Minute dauern, bis der Nächste sein Kind schickte oder selbst rüberkam. Und wenn er Nein sagte, war er wieder der Promi-Arsch mit den Allüren. Er suchte Charlottes Blick, sie nickte ihm unmerklich zu.

Er nahm Stift und Zettel und schrieb: *Machen Sie das nie wieder! Jonas Förster.*

Die Kleine lief stolz wie Bolle zu ihrer Mutter und deren Freundinnen zurück. Als sie die Botschaft lasen, rutschte ihnen das Grinsen augenblicklich aus dem Gesicht.

„Scheiße!", murmelte Jonas.

„Das war völlig richtig", sagte Charlotte, der plötzlich bewusst wurde, dass noch mehr Augenpaare sie im Visier hatten. Manche verstohlen, manche ganz offen. Eine Frau hielt versteckt ein Handy in ihre Richtung.

„Die da hinten fotografiert dich", sagte Charlotte empört.

„Uns", korrigierte Jonas und setzte sich so, dass Charlotte möglichst verdeckt wurde. „Ich hätte es wissen müssen."

„Entschuldigung", sagte eine junge, sehr attraktive Frau, die forsch an ihren Tisch getreten war. „Könnte ich bitte auch ein Autogramm haben?" Sie hielt den Kopf ein wenig schief und lächelte Jonas mit einem Gebiss an, das man für Zahnpastawerbung hätte einsetzen können.

„Tut mir leid, ich bin privat hier", sagte Jonas kühl. Die junge Frau streifte Charlotte mit einem ungläubigen Blick und meinte, die Kleine habe doch eben auch eins gekriegt.

„Dann fragen Sie mal die Mutter, was genau auf dem Zettel stand", entgegnete Jonas und erhob sich. Charlotte verstand das Signal zum Aufbruch sofort.

Im Umkreis wurden diverse Handys gezückt und – diesmal weniger versteckt – die letzte Chance ergriffen, noch ein Foto von dem Star und seiner Begleitung zu machen.

Jonas versuchte, nicht daran zu denken, wie oft diese Fotos gleich auf Twitter oder Facebook erscheinen würden.

Er manövrierte sich und Charlotte zügig zu seinem Auto.

„Es tut mir so leid", sagte er, während er den Motor startete und davonfuhr.

„Das muss es doch nicht."

„Ich hätte es wissen müssen. Es war die dümmste Idee aller Zeiten."

„Aber du hast es doch gut gemeint, du wolltest etwas Besonderes mit mir unternehmen."

Jonas sah sie mit zusammengezogenen Brauen von der Seite her an.

„Also, besonders für dich", fügte sie hinzu. „Das war sehr … sehr rührend, eigentlich."

Roswithas Sirenenton in seinem Handy erklang. Er zog tief die Luft ein.

„Wer ist das?"

„Roswitha."

Jonas lenkte das Auto nach Norden, raus aus Münchens, als sei er auf der Flucht. Irgendwo bei den Isarauen hielt er an.

„Lass uns einfach ein bisschen gehen, okay?"

Sie stiegen aus und gingen zusammen den Weg entlang bis zur Isar. Hier traf man allenfalls ab und zu einen Hundebesitzer oder begegnete Fahrradfahrern. Es gab keine ausgedehnten Liegewiesen mehr, wie im Englischen Garten, wo sich an sonnigen Tagen Horden von Menschen fläzten. Es gab niemanden, der einen beachtete. Jonas setzte seine Mütze ab und strich sich durchs Haar. Er ärgerte sich über sich selbst, darüber, dass er Charlotte da reingezogen hatte. Vor allem aber darüber, dass er mit solchen Situationen nicht souveräner umgehen konnte.

„Jonas?" Charlotte hatte das Gefühl, er hätte völlig vergessen, dass sie noch da war. Er drehte sich abrupt zu ihr um und nahm sie in die Arme.

„Es tut mir so leid. Man kann mich niemandem zumuten. Das dachte ich schon gleich am Anfang. Ich dachte, es wäre besser, ich tue dir das nicht an, ich vergesse dich, aber das ging nicht."

Überrascht machte sich Charlotte los.

„Und was hat deine Meinung geändert? Warum hast du mich doch angerufen?"

Weil ich herausgefunden habe, dass du LadyChatterley bist, hätte er jetzt sagen können. Das wäre der Moment gewesen.

„Weil Ferdl mir diese DVD geschickt hat und ich dich wiedergesehen hab. Und weil ich noch nie jemanden so …"

Der Sirenenton seines Handys unterbrach ihn erneut.

„Ach verdammt!", knurrte er.

„Geh ran, dann stört sie nicht mehr", schlug Charlotte vor.

Jonas wischte über sein Telefon und blaffte: „Ja?"

Charlotte konnte nicht hören, was Roswitha ihm laut und hektisch ins Ohr schrie, aber Jonas' Gesicht sprach Bände.

„Das ist ganz allein meine Sache, ist das klar?", brüllte er am Schluss zurück und legte auf.

„Was ist?", fragte Charlotte zögernd.

„Da ist was auf Twitter."

„Was denn?"

„Ist doch egal. Man muss diese Sachen ignorieren", erklärte Jonas, doch seine Erregung machte nur allzu deutlich, dass er selbst weit davon entfernt war, es ignorieren zu können.

„Zeig", sagte Charlotte. „Auch etwas über … über mich?" Das war, woran sie vorher nicht gedacht hatte. Es war nicht nur Jonas, der belagert wurde, es wurden auch alle unter die Lupe genommen, die mit ihm zusammen waren. Sie hatten sich an den Händen gehalten, sie hatten mit Sicherheit sehr vertraut gewirkt. Sie konnte sich schon denken, was bei Twitter die Runde machte. Was sagten sie über sie?

Sie wollte es gar nicht wissen. Doch. Sie wollte es wissen. Und sie war sich sicher, dass Jonas es bereits wusste. Von Roswitha.

Jonas sah sie bekümmert an.

„Auf Twitter machen Fotos die Runde von dir und dieser grauen Maus unter #JonasFörster. Tausend Leute kommentieren das, die meisten davon im Stile von ‚was will der Mann mit so einer biederen Else?' Was hast du dir eigentlich gedacht, Jonas?"

Das hatte Roswitha ihm am Telefon gesagt.

Was waren das für Arschlöcher, die so etwas schrieben?

„Ich liebe dich", sagte Jonas hilflos. Es war der falscheste Moment, aber er wollte es wenigstens einmal sagen, weil er das Gefühl hatte, dass sie ihm gerade entglitt. Was so schön angefangen hatte, schien nicht für die Ewigkeit bestimmt. Eine Illusion, die gerade eben mit der Realität kollidiert war.

Sie senkte den Kopf und sagte sehr leise: „Ich dich auch, aber ich will sehen, was die schreiben."

„Das ist doch egal."

„Mir nicht."

Sie wollte es, und er würde sie nicht davon abbringen können.

Er holte sein iPhone heraus, wischte und tippte bis er bei den Ergebnissen für den Hashtag mit seinem Namen landete.

Es gab unzählige Fotos von ihm und Charlotte. Gute, schlechte, je nachdem aus welcher Perspektive und wie heimlich sie aufgenommen worden waren. Auf einigen davon hätte selbst die schöne Frau von George Clooney ausgesehen wie Brot. Die Kommentare deckten die ganze Palette ab, von wohlwollend-begeistert bis höhnisch-gemein. Und natürlich hatten sich auch die kreativ-lustigen ausgetobt. Das alles hätte ihn wenig tangiert, wenn es nicht um Charlotte gegangen wäre.

Sie streckte die Hand aus. Er gab ihr das iPhone und beobachtete sie. Den Tumult in ihrem Innern sah man ihr nicht an, sie konnte sehr selbstbeherrscht sein. Sie war in der Lage, sich die Tränen aufzusparen, bis sie mit sich allein war.

Bieder, graue Maus, sieht nach nichts aus, langweilig, … das war doch genau das, was sie selbst über sich dachte. Die Leute hatten doch Recht. Und natürlich fragten sie sich, was Jonas Förster von einer wie ihr wollte, das fragte sie sich doch auch. Jetzt hatte sie es schwarz auf weiß. Einige Bemerkungen waren auch ganz nett. Zumindest waren sie so gemeint. Eine Frau fand es schön, dass Jonas anscheinend nicht nach dem Äußeren ging. Eine andere fand sie gar nicht so schlecht und eine weitere ganz süß. Ein Mann verstieg sich sogar zu der Äußerung, dass sie nicht gerade eine war, die man von der Bettkante stoßen musste.

„Charlotte …", versuchte Jonas, sie zu erreichen. „Lass das doch. Das sind alles Idioten und Arschgeigen, die sich bei Twitter auf diese Weise austoben."

„Ja", stimmte Charlotte zu. Natürlich wusste sie das, aber das machte es nicht weniger verletzend.

„Kannst du mich nach Hause bringen, bitte?" Sie hatte fast keine Stimme mehr. Als er sie in den Arm nehmen wollte, wich sie zurück. Sie konnte das jetzt nicht ertragen. Wie konnte sich alles innerhalb von nicht einmal einer Stunde so ändern? Sie hatte über den Wolken geschwebt und fühlte sich jetzt wie in der Hölle.

„Bitte!", sagte sie noch einmal und ging voraus zum Auto.

Jonas war am Boden zerstört. Alles in ihm brannte vor Mitleid und Wut und dem Wunsch, sie in die Arme zu nehmen. Doch er konnte nichts tun.

Auf dem Weg zu ihrer Wohnung sprach keiner von beiden ein Wort. Als sie in ihrer Straße ankamen und Jonas den Motor abstellte, sagte

Charlotte sofort: „Ich möchte jetzt lieber allein sein. Sei mir nicht böse, bitte."

„Oh Charlotte, wie kann ich dir denn böse sein? *Ich* bin doch der Arsch, der alles vermasselt hat, und es tut mir unsagbar leid, bitte glaub mir das."

„Das weiß ich doch, und du hast überhaupt keine Schuld, Jonas, du hast nichts vermasselt." Mühsam rang sie um ihre Fassung. „Du kannst gar nichts dafür, gar nichts. Es war schön mit dir zusammen zu sein, wirklich."

„Ich möchte dich nicht verlieren", sagte Jonas.

Charlotte wandte sich ab und machte die Autotür auf. „Ich muss gehen", sagte sie. „Mach´s gut, Jonas." Sie floh, anders konnte man es nicht bezeichnen.

Jonas hatte sich noch niemals so schrecklich gefühlt, in keinem einzigen Moment seines ganzen Lebens.

Charlotte saß in ihrem Wohnzimmer und starrte ins Leere. Sie hatte sich ausgeweint, als sie nach Hause gekommen war, aber die Tränen waren schneller versiegt, als sie es für möglich gehalten hatte. Das Weinen war ungefähr so schnell vorbei gewesen wie ihr Date mit Jonas. Sie wartete auf irgendwelche Gefühle der Verzweiflung, der Enttäuschung, auf einen Schmerz, der schier nicht zu ertragen war, auf irgendeine Regung, aber da war nichts. Ihr Kopf war völlig leer und alle Gefühle ausgeschaltet. So saß sie da, und die Stunden vergingen.

Jonas starrte auf den Bildschirm seines Computers. Sie musste doch kommen, sie hatte doch immer alles mit MrNiceGuy besprochen oder zumindest angedeutet, wie es ihr ging. Es war seine einzige Chance, ihr zu helfen. Er wartete und wartete, aber sie kam nicht.

Das Wochenende verbrachte Charlotte mit Hausarbeit. Waschen, bügeln, putzen, alles, was sie sonst immer vor sich herschob oder nur so nebenbei machte, erledigte sie mit höchster Akribie. Hat alles seine Vorteile, dachte sie nüchtern. Jonas versuchte mehrmals, sie telefonisch zu erreichen, aber sie nahm nicht ab, obwohl sie es wollte.

Er konnte ja nichts dafür, aber sie musste erst allein damit fertig werden. Sie musste sich darüber klar werden, ob sie so etwas aushalten konnte oder nicht. Sie musste ein paarmal darüber schlafen. Am nächsten Morgen sah alles immer anders aus, weniger schlimm. Diese Erfahrung hatte sie schon oft gemacht. Vielleicht, wenn sie zwei-, dreimal darüber schlief, wäre es vorbei, und sie könnte so denken wie Jonas: Alles nur Idioten und Arschgeigen. Sie schlief und putzte und schlief und begann allmählich wieder an das Schöne zu denken: an den Kuss, an die Umarmungen. Daran, wie sie sich an den Händen gehalten hatten und wie er ihr gesagt hatte, dass er sie liebte. An die tiefe Gewissheit, dass es die Wahrheit war.

Am Sonntagabend ging sie für kurze Zeit online, weil sie nicht wollte, dass MrNiceGuy sich Sorgen machte, was er schon getan hatte. Sie sagte ihm, dass es ihr nicht gut ginge und dass ihr berühmtes Date mit IHM nicht so ausgefallen sei, wie sie gehofft hatte, und nein, es läge ganz und gar nicht an IHM. Näher wollte sie sich nicht äußern.

„Ich bin dabei, mich zu erholen", schrieb sie

„Manchmal braucht man einfach nur ein bisschen Zeit, stimmt's?", antwortete er.

„Ja", bestätigte sie.

„Dann gibt es noch Hoffnung für IHN?"

„Vielleicht. Ich hoffe."

MrNiceGuy hoffte es auch.

Am Montag ging Jonas zum Bäcker und nahm unterwegs eine Zeitung aus dem Kiosk gleich nebenan mit. Er ließ sie eine Zeit lang achtlos liegen und sah zuerst die Post durch, die zwei Drehbücher zum Prüfen enthielt. Er überflog von beiden die ersten Seiten und fand keines davon so interessant, dass er Lust hatte, weiterzulesen.

Dann erst schlug er die Zeitung auf.

Das Bild war auf der ersten Seite des Münchner Teils. Riesig, nicht mit einem Handy aufgenommen, sondern mit einer professionellen Kamera, ein Paparazzi-Foto, eine Großaufnahme von ihm und Charlotte. Die ineinander geschlungenen Hände waren umkreist, damit sie auch ja keinem entgingen. Doch das wäre gar nicht nötig gewesen, denn die Innigkeit zwischen ihnen war nicht zu übersehen. Es wäre ein schönes Foto gewesen, wäre es nicht ungefragt entstanden und in einer großen Münchner Tageszeitung gelandet, wo alle sehen konnten, was keinen etwas anging.

Die große Überschrift lautete:

Jonas Förster beim Rendezvous.

Und unter dem Foto:

Ist das die Frau, die sich den begehrten Star geangelt hat?

Am letzten Freitag zog es die Münchner in Scharen in die Biergärten. So auch unseren Reporter. Er hätte sich wohl kaum träumen lassen, dass er ausgerechnet an seinem freien Nachmittag den Schnappschuss des Jahres machen würde. Filmstar Jonas Förster, der dafür bekannt ist, eher öffentlichkeitsscheu zu sein und sein Privatleben gern unter Verschluss hält, zeigte sich – getarnt mit Brille, Mütze und Bart – in der bekannten Hirschau mit seiner Freundin. Wer sich an der Seite des gut aussehenden Frauenschwarms nun eine ebensolche charismatische Schönheit vorgestellt hat, dürfte enttäuscht sein. Die junge Frau macht zwar einen netten Eindruck, wirkt aber eher unscheinbar und bieder. Nichts, was sich die weiblichen Fans für ihren Jonas gewünscht hätten. Umso erstaunlicher die Wahl des Stars. Kann das wirklich gut gehen? Wir würden es den beiden gönnen.

Jonas schloss entsetzt die Augen. Wenn Charlotte das sah, war alles aus. Er musste sie sofort anrufen, aber natürlich war sie nicht zu Hause. Die Nummer der Buchhandlung hatte er nicht, und er wusste auch nicht, welche es war. Warum hatte sie nur noch immer kein Handy? Er konnte nichts tun, als bis zum Abend zu warten.

Charlotte ließ das Telefon klingeln. Sie hatte bereits einen Anruf entgegengenommen. Roswithas Anruf. Das hatte ihr genügt. Sie hatte sich die Unverschämtheiten dieser Frau angehört und war danach nach draußen zum nächsten Zeitungskasten gegangen. Sie hatte Glück, ein Exemplar lag noch drin. Der Artikel, über den Roswitha geredet hatte, war schnell gefunden. Nicht zu übersehen. Da war es wieder: *bieder, unscheinbar, erstaunliche Wahl, den Star geangelt. Kann das gut gehen?*

Nein, konnte es nicht.

Was sie sich einbilde, hatte Roswitha gefragt. Ob sie wirklich annehme, dass Jonas mit jemandem wie ihr gut bedient sei? Ob sie seine Karriere auf dem Gewissen haben wolle? Nur weil da oben auf dem Berg wohl was gelaufen sei, müsse sie nicht glauben, sie habe sich jetzt den Märchenprinzen geangelt. Bei *Pretty Woman* habe das auch nur funktioniert, weil Julia Roberts eben genau das war: pretty.

An dem Punkt hatte Charlotte aufgelegt.

Das Telefon klingelte noch ein paarmal. Dann klingelte es an der Haustür Sturm.

Sie riss sich zusammen und ging zum Türöffner. Jonas kam mit riesigen Schritten die Treppe heraufgehastet.

„Warum gehst du nicht ans Telefon?", fragte er aufgeregt.

„Roswitha hat angerufen, da wollte ich nicht mehr", sagte Charlotte, ließ die Tür hinter sich offen und ging in ihre Wohnung. Jonas folgte ihr.

"Was? Roswitha?"

Emotionslos erzählte ihm Charlotte von dem Gespräch, das eigentlich mehr ein Monolog war, bestehend aus wütenden Tiraden und Beleidigungen.

Jonas war entsetzt, zog sein Handy heraus und wollte Roswitha sofort anrufen, doch Charlotte hinderte ihn daran.

„Lass es! Ruf sie bitte nicht an."

„Das kann sie nicht bringen, das ist meine Privatsache", echauffierte sich Jonas.

„Und meine", sagte Charlotte ruhig.

„Ja, genau", erwiderte er mit Nachdruck. Die Art, wie sie ihn ansah, ließ nichts Gutes ahnen.

„Ich kann das nicht, Jonas", sagte sie. „Ich kann damit nicht umgehen. Mit Twitter und Zeitungsartikeln und Roswitha …" Sie hob die Hände, damit er sie nicht unterbrach. „Es wäre vielleicht nicht so schlimm, aber was die schreiben, das denke ich eben auch. Ich bin nicht richtig für dich. Wir sind nicht richtig füreinander."

„Das ist doch nicht wahr", sagte Jonas mit erstickter Stimme.

„Doch. Es reicht manchmal nicht, sich …" Sie sprach es nicht aus.

„Doch, das reicht", widersprach er. „Wir sind ..." Er suchte nach den richtigen Worten, welche, die weniger geschwollen klangen, um auszudrücken, was er meinte, aber es gab nun mal keine anderen. „Wir sind füreinander bestimmt."

Charlotte lachte. Eine Träne löste sich dabei aus ihrem Auge.

„Nein, ich glaube nicht. So ungerecht kann das nicht zugehen mit der Bestimmung."

„Was redest du da?"

„Jonas, das, was wir beide mitbringen, ist einfach zu ungleich verteilt. Ich kann dir einfach nicht so wahnsinnig viel geben, und du verdienst etwas Besseres."

„Aber du bist das Beste, was ich je hatte." Er wollte ihre Hand nehmen, doch sie zog sie zurück, aus Angst, sie könnte ihn nach dieser Berührung nicht mehr loslassen.

„Geh, bitte."

Er schüttelte den Kopf.

„Bitte!"

Er hörte nicht auf, den Kopf zu schütteln, weil er kein Wort mehr herausbrachte.

„Wenn du jetzt nicht gehst, muss ich gehen. Aus meiner eigenen Wohnung. Weil ich es nicht mehr aushalte. Hilf mir doch, bitte!"

Charlotte war jetzt nicht mehr ruhig und selbstbeherrscht, sie war an ihrer Grenze angelangt, und Jonas begriff es. Mühsam stand er auf, wischte sich über Augen und Nase und hoffte, sie würde sich in letzter Sekunde noch anders entscheiden, doch alles, was sie sagte, war: „Bitte komm nicht mehr und ruf mich auch nicht mehr an. Vergiss einfach alles."

Jonas antwortete nicht mehr. Er bewegte sich mechanisch zur Tür, öffnete sie und ging hinaus.

Es gab nur noch einen Menschen, der ihm helfen konnte.

18. Unter den Händen

ER war nicht sicher, dass sie kommen würde. Seit Freitag hatte sie sich nur einmal eingeloggt. Vielleicht war es ihr auch zu viel, mit MrNiceGuy zu reden.

Er war sich allerdings genauso wenig sicher, ob es ihm selbst nicht auch zu viel war. Zu wissen, dass es Charlotte war, mit der er sich unterhielt, die ihm ihr Herz ausschüttete, und so zu tun, als würde sie über irgendeinen Unbekannten reden – er wusste nicht, ob er das aushielt. Aber er konnte auch nicht plötzlich als MrNiceGuy untertauchen, und noch weniger konnte er ihr sagen, dass er es war. Und heute war der Einzige, der noch etwas bewirken konnte, MrNiceGuy, ihr Freund und Vertrauter.

Er wartete zwei Stunden lang bis kurz vor Mitternacht, als endlich ihr Username erschien: LadyChatterley.

Jonas atmete tief durch, wie damals im Theater, bevor er die Bühne betreten hatte, und so wie er es immer machte, bevor er sich in eine schwierige Rolle versenkte. Sein Herz klopfte wie beim schlimmsten Lampenfieber.

„Hi!", schrieb er.

„Hi!", schrieb sie.

„Na, wie sieht's aus bei dir? Hast du dich erholt?"

Es dauerte lange, bis sie antwortete.

„Es ist aus."

„Aber wieso denn?"

„Es passt einfach nicht. Ich wusste es von Anfang an. Ich hätte mich nie mit ihm treffen sollen."

„Aber du liebst ihn doch, oder?"

„Trotzdem."

„Da gibt es kein trotzdem, wenn man jemanden liebt."

„Leider doch, glaub mir."

„Nein tut mir leid, da sind wir wohl zum ersten Mal unterschiedlicher Meinung."

„Kann ja sein."

„Was ist denn falsch an ihm?"

„An ihm ist gar nichts falsch. Ich bin es, die falsch ist."

„So ein Unsinn!!!"

„Es tut mir leid, aber das kannst du nicht beurteilen."

„Kann ich doch."

„Du meinst es gut, das ist lieb, aber hör bitte auf damit."

„Aber du bist auf dem Holzweg. An dir ist nichts falsch, und wenn er auch in Ordnung ist und wenn ihr euch liebt, dann versteh ich nicht, warum alles aus sein soll."

„Das kann ich dir nicht erklären."

„Versuch´s."

„Nein!"

Jonas raufte sich die Haare. Er machte alles falsch, er durfte sie nicht bedrängen. Er musste es anders probieren.

„Tut mir leid, ich will dich nicht nerven."

„Ist okay, ich weiß ja, dass du es gut meinst."

„Ich finde es nur so schade."

„Ja. Ist es."

„Ich habe übrigens SIE angerufen."

„Ja? Das ist gut."

„Und wenn das bei uns genauso läuft?"

„Wird es nicht. Bei mir ist das irgendwie eine spezielle Situation. Kommt nicht so häufig vor, schätze ich."

„Ach, und alle anderen Situationen sind gleich und einfach, oder?"

Und wieder einmal waren seine Finger zu schnell gewesen.

„Das habe ich doch nicht gesagt."

„Nein, ich weiß. Entschuldige."

„Wir kommen eben aus zu unterschiedlichen Welten."

„Jeder kommt aus unterschiedlichen Welten. SIE kommt auch aus einer völlig anderen Welt als ich. In dem Moment, in dem zwei Menschen merken, dass sie sich lieben, verschmelzen diese Welten."

„Das ist nur theoretisch so. Die Wirklichkeit sieht anders aus, ich hab's gerade erlebt."

„Was sagt ER eigentlich dazu?"

„Dass er mich liebt und dass wir füreinander bestimmt sind. Solche Sachen."

„Na also."

„Gar nicht na also."

„Glaubst du ihm nicht?"

„Das Erste schon, das Zweite … klingt sehr romantisch, ist aber … Bullshit. Romantischer, unrealistischer Bullshit."

Jonas biss sich in die Fingerknöchel seiner Hand. Es war weder romantisch noch Bullshit, sondern die Wahrheit, das wusste er zufällig. Aber sie nicht.

„Wenn er wüsste, dass du so über ihn redest …"

„Ich hab ihm das auch gesagt."

„Hast du?"

„In anderen Worten. Ich drücke mich normalerweise nicht so vulgär aus."

„Nur bei mir."

„Nimm es nicht als Beleidigung."

„Mach ich nicht."

„Und lass dich nicht entmutigen, nur weil das bei mir nichts geworden ist. Ich bin sicher, mit deiner Holden wird das ganz anders laufen."

„Das wäre schön. Und wenn alle Stricke reißen, tun wir beide uns eben zusammen, oder?"

„LOL. Ja, genau."

„Ich meine es ernst."

„Mal sehen."

„Glaubst du eigentlich generell, dass es das gibt? Bestimmung?"

„Komisch, Bertram, hat mich das auch gefragt."

„Wer?"

„Ups."

„Heißt ER so?"

„Nein, der andere, der mit den Kellergewölben."

Jonas hatte den Kellergewölbemenschen völlig vergessen, den gab es ja auch noch.

„Was hat der gesagt?"

„Dass es Bestimmung war, dass er mich im Park getroffen hat."

„Was bildet der sich denn ein?"

„Bitte?"

„Ich meine, wie kommt er denn darauf?"

„Weil er normalerweise nie dort ist."

„Und dann nennt er das schon Bestimmung?"

„Wieso, wie nennst du das denn?"

„Zufall!"

„Das Wort Zufall ist Gotteslästerung …"

„ … sagte die beleidigte Gräfin Orsina."

„Du hast den Film also auch gesehen?"

„Was? Welchen Film?"

Charlotte musste zum ersten Mal seit Tagen lachen.

„War ein Insider. Bertram, dessen Name du jetzt leider kennst, aber egal, konnte mit *Emilia Galotti* nichts anfangen."

„Wieso wundert mich das nicht?"

„Aber sonst ist er sehr nett."

„Erwähntest du schon. Und glaubst du jetzt daran?"

„An Bestimmung? Eigentlich nicht."

„Ich schon. Aber nicht an solche Allerweltszufallssachen wie dein Bertram."

„Er ist nicht mein Bertram."

„Könnte er es werden?"

„Weiß ich doch nicht."

„Du lässt die Liebe deines Lebens sausen für einen Typen, der nicht einmal Lessing kennt?"

„Ich finde, du bist erstaunlich parteiisch."

„Nein, ich will nur, dass du glücklich bist, das ist alles."

„Ich werde jedenfalls nicht glücklicher, wenn du ständig in meiner Wunde bohrst. Ich habe mich entschieden, und wie mein Leben darüber hinaus weitergeht, weiß ich noch nicht, aber das wird es schon."

Das war deutlich. Mehr Asse hatte Jonas nicht mehr im Ärmel. Und er hatte auch keine Kraft mehr.

„Okay. Ich wollte dir nicht wehtun. Ich höre jetzt auf damit."

„Gut."

„Ich muss mich jetzt ausloggen."

„Okay."

„Ich bin übrigens in nächster Zeit beruflich wieder ziemlich eingespannt. Abends auch."

„Ist okay. Wenn du kannst, kommst du, und wenn nicht dann nicht."

„Ja, wird wohl häufiger nicht der Fall sein. Ich muss mal sehen."

„Okay, dann mach's gut."

„Du auch."

LadyChatterley verschwand.

Jonas loggte sich aus.

Es war vorbei. Es gab keine Chance mehr für ihn. Wenn er sie irgendwie bedrängen würde, wäre er nicht besser als Franziska, dann wäre er der Stalker. Das wäre doch mal was: *Star stalkt seinen Fan.* Er lachte. Gute Schlagzeile. *Jonas Förster verfolgte über Wochen die unscheinbare Frau, die ihn hatte abblitzen lassen. Jetzt erwirkte sie eine einstweilige Verfügung gegen ihn.*

Jonas wälzte sich lachend übers Bett, der Laptop flog runter. Egal.

Er brauchte jetzt etwas zu trinken. Wenn man in so guter Stimmung war, musste man das mit Alkohol begießen. Er erinnerte sich an diese sauteure Flasche Whiskey, die ihm mal – wer war das gleich? – irgendein Produzent geschenkt hatte. „Die ist vierzig Jahre alt. Kostet weit über tausend Euro. Heb sie dir für einen besonderen Moment auf", hatte er gesagt.

Einen besseren Moment konnte sich Jonas nicht vorstellen. Das wertvolle Gesöff einfach wegkippen, wenn einem das Leben unter den Händen zerfloss, wenn man die Frau, die man liebte, gerade verloren hatte.

Er ging zu dem Schrank, in dem er die Flasche deponiert hatte, packte sie aus und öffnete sie.

„Auf die Liebe!"

19. Füreinander gemacht

IRGENDETWAS Schrilles drang an sein Ohr. Weit weg. Aber schrill. War das sein Name? Er konnte nicht reagieren. Auch nicht, als ihn jemand berührte, schubste, rüttelte. Das alles spürte er kaum. Als hätte er gar keinen Körper mehr. Oder wäre versunken, unter der Erde, oder ganz tief im Wasser. Alles dumpf und weit weg. Und dann war alles wieder schwarz und still. Bis sie erneut an ihm herumrüttelten und zerrten und seinen Namen riefen. Er konnte sich nicht bewegen. Irgendetwas machten sie mit ihm, es war ihm egal, was. Er war ja weit weg von sich selbst und von allem.

Immer wieder rutschte er ab ins Dunkel und immer wieder holten sie ihn hoch, machten etwas, es tat weh, er konnte sich nicht wehren, aber auch das war egal. Und dann ließen sie ihn, und er rutschte endgültig ab.

„Sag mal, das warst du gestern in der Zeitung? Mit Jonas Förster?" Pauline redete nicht um den heißen Brei. Sie hatte Charlotte in der Mittagspause in der Buchhandlung angerufen. Das tat sie selten.

„Ja, das war ich."

„Wahnsinn!", sagte Pauline.

„Ich wusste nicht, dass ihr diese Zeitung lest."

„Tun wir auch nicht. Bertram hat heute Morgen Manfred angerufen und danach gefragt, weil er sich nicht ganz sicher war. Aber ich glaube, er war es doch und wollte die Info nur weiterreichen."

„Bertram? Na super!"

„Tja, er hat sich wohl Hoffnungen gemacht."

„Ich hab nichts mit Jonas Förster, wir haben uns bei diesem Ausflug kennengelernt und verstehen uns einfach nur gut."

„Aha", sagte Pauline eindeutig nicht überzeugt. „Das ist übrigens ein sehr schönes Foto, dem Paparazzo müsste man fast danken."

„Unscheinbar und bieder", zitierte Charlotte.

Pauline lachte. „Na und? Du bist ja auch ziemlich bieder, was soll's? Deshalb seht ihr trotzdem zum Dahinschmelzen aus."

Charlotte war sprachlos. Eine Freundin sollte doch wohl in der Lage sein, im richtigen Moment zu lügen. Nein, du bist überhaupt nicht bieder, kein bisschen. Das hätte ihr Text sein sollen.

„Charlotte", schlug Pauline den Jetzt-sag-ich-dir-mal-was-Ton an. „Ich habe dir das schon einmal gesagt: Du bist Champions League. Bieder oder nicht. Und endlich hat das mal der Richtige erkannt. Die ganzen Elmars und Toms, das war reine Zeitverschwendung, Perlen vor die Säue. Diese Tränen haben nichts weiter getan, als dich kleinzumachen, dir das Gefühl zu geben, sie wären genau das, was du verdient hast. Sind sie aber nicht. Du verdienst den Hauptgewinn. Keine Ahnung, ob Jonas Förster das ist – es gibt ja noch mehr als die Optik –, aber wenn ja, dann gönne ich es dir von Herzen. Übrigens der einzige Satz in dem Artikel, mit dem ich übereinstimme."

Charlotte lächelte. Na also, jetzt war sie wieder in der Spur.

„Du bist einfach die beste Freundin, die man haben kann, Pauline!"

„Sag ich doch: Nur das Beste für meine Charlotte."

„Es ist aber trotzdem aus. Also, aus, bevor es überhaupt richtig angefangen hat."

„Das Leben ist ja noch nicht vorbei", meinte Pauline unbeeindruckt.

„Ähm, doch", widersprach Charlotte irritiert. Es war nett, was ihre Freundin zu ihr gesagt hatte, aber es änderte nichts an den Tatsachen.

Pauline kannte Charlotte schon sehr lange. Sie wusste, dass es keinen Sinn hatte, auf sie einzureden. In diesem Punkt hatte sie MrNiceGuy und Jonas einiges voraus.

„Na gut", sagte sie nur. „Wie du meinst. Komm doch mal wieder vorbei, ja?"

„Mach ich", versprach Charlotte und legte auf. Pauline hatte ihre Überzeugung nicht ins Wanken gebracht, aber es hatte gutgetan, die wohlwollende Meinung einer Freundin zu hören. Es half ihr, den Tag etwas besser zu überstehen. Und für den nächsten würde sich ebenfalls irgendeine Aufmunterung finden und so weiter. Irgendwie würde es schon gehen.

Der nächste Tag kam, und Charlotte ging wie gewohnt zur Arbeit. Ihr Weg führte sie auch an jenem Zeitungskasten vorbei, aus dem sie diese unselige Montagsausgabe gefischt hatte. Sie sah nur flüchtig hin, doch aus dem Augenwinkel heraus nahm sie etwas wahr, das ihre Aufmerksamkeit erregte: Ein Wort, fett gedruckt, auf der ersten Seite: Jonas.

Sie blieb stehen und las, was da in großen Lettern stand: *Tragödie um Jonas Förster!*

Und etwas kleiner darunter: *Mit Blaulicht ins Krankenhaus. Ärzte kämpfen um sein Leben.*

Charlotte kippte um. Einfach zur Seite, als hätte man ihr die Füße weggezogen.

Eine Frau, die hinter ihr gelaufen war, beugte sich zu ihr herab und sagte etwas, aber Charlotte hatte ein hohes Sirren im Ohr. Die Frau reichte ihr eine kleine Flasche Mineralwasser. Als sie getrunken hatte, ließ das Sirren nach, und sie konnte wieder etwas verstehen: „Krankenwagen rufen".

„Nein, danke, es geht schon", murmelte Charlotte und rappelte sich auf. Ihr Ellbogen blutete. „Ich gehe nach Hause und lege mich hin. Ist gleich um die Ecke. Vielen Dank für Ihre Hilfe."

Sie drehte sich um und wankte zurück nach Hause. Sie konnte nicht zur Arbeit gehen, sie musste herausfinden, was los war. Warum hatte sie keine Zeitung mitgenommen? Was sollte sie denn jetzt tun? Was war mit Jonas passiert? Er hatte sich doch nichts angetan? Oder war es ein Unfall? Oder etwa Franziska? Sie hätte Roswitha fragen können, aber das war der letzte Mensch, mit dem sie reden wollte, und außerdem bezweifelte sie, dass Roswitha ihr etwas gesagt hätte. Wen konnte sie denn sonst anrufen? Ihr fiel nur die Unsinnigste aller Möglichkeiten ein: Jonas. Sie hatte seine Handynummer. Er konnte wohl kaum rangehen, wenn er auf der Intensivstation lag, aber vielleicht hatte jemand sein Handy und würde antworten. Aus der Familie vielleicht. Und was sollte sie dann sagen?

Ist doch alles egal, dachte Charlotte verzweifelt und wählte seine Nummer.

Es klingelte dreimal und dann:

„Hallo!"

„JONAS?" Sie schrie ihre Überraschung und ihre Erleichterung ins Telefon.

„Ja." Seine Stimme war kratzig und rau, und er klang müde.

„Ich bin's, Charlotte. Wie geht es dir? Was ist denn passiert?"

„Charlotte?" Jonas, der bei sich zu Hause auf dem Sofa lag, warf seiner Schwester einen freudigen Blick zu.

„Ja. Was ist los mit dir?"

„Nichts Schlimmes."

„Weißt du, was die Zeitung schreibt?"

„Die schreiben doch immer Scheiße, das weißt du doch inzwischen."

„Die schreiben was von Lebensgefahr und Blaulicht und …" Ihre Stimme schraubte sich erneut in hysterische Höhen und brach ab.

„Alles okay. So schlimm war das nicht."

„So schlimm war das nicht?!", blaffte Minni aus dem Hintergrund. „Du spinnst wohl!"

Jonas versuchte, das Handy abzudecken.

„Wer war das?", fragte Charlotte.

„Meine Schwester. Sie hat mich gefunden."

„Dich gefunden?"

Die eine schrie ihn aus der Küche heraus an, die andere aus dem Telefon.

„Ja. Ich hatte ein bisschen zu viel getrunken", erklärte Jonas.

„Er hat eine ganze Flasche Whiskey runtergekippt", rief Minni laut dazwischen.

„Eine ganze Flasche Whiskey? Hast du sie noch alle?", schrie Charlotte. Jonas' Kopf tat ohnehin noch einigermaßen weh.

„Kannst du bitte etwas leiser sprechen?", bat er.

„Kannst du bitte nicht so eine Scheiße machen?", schnauzte ihn Charlotte in völlig ungewohnter Manier an.

„Ja, war blöd."

„Und du warst im Krankenhaus?"

„Da bin ich zumindest aufgewacht, aber sonst weiß ich nichts."

Minni kam mit energischen Schritten heran, beugte sich über das Handy und rief laut: „Ich könnte dir alles genau erzählen. Es war NICHT schön!" Damit dampfte sie wieder ab.

„Ist sie sauer auf mich oder auf dich?", fragte Charlotte.

„Auf mich natürlich. Das war ein ziemlicher Schock, als sie mich nicht wach gekriegt hat. Und dann hat sie halt den Rettungswagen gerufen und alles."

„Und jetzt bist du schon wieder zu Hause?"

„Alkoholvergiftung dauert ja nicht lange, wenn man's überlebt."

„Du hast Nerven."

„Rumliegen kann ich hier auch, und meine Schwester hat die Aufsicht übernommen."

Minni kam mit einer Tasse Tee und einem noch immer wütenden Gesicht.

„Jonas?" Ein ängstliches Zögern lag in Charlottes Stimme.

„Ja?"

„Du hast das nicht absichtlich gemacht, oder? Du wolltest nicht …"

„Nein!", sagte er entschieden. „Ich wollte mir die Kante geben, nichts weiter."

„Mit einer ganzen Flasche Whiskey? Du hättest sterben können."

Jonas sagte nichts dazu. Das hatte er nicht gewollt, aber er hatte es in Kauf genommen. Er erzählte Charlotte nicht, was der Arzt im Krankenhaus zu ihm gesagt hatte: „Das war ganz knapp." Und dann hatte er ihm noch den Rat gegeben, sich psychologischen Beistand zu suchen. Minni war völlig verstört gewesen, und seine Eltern hatte er noch nie so aufgewühlt gesehen. Er versuchte, alles herunterzuspielen, aber die Indizien sprachen Bände. Eine leere Flasche Whiskey in seiner Hand neben ihm auf dem Boden, wo Minni ihn gefunden hatte.

„Ich sag ja, ich war blöd. Es tut mir echt leid."

„Mach so was nie mehr."

„Mach ich nicht. Hast du dich sehr erschreckt, als du die Zeitung gesehen hast?", fragte Jonas.

„Was denkst du denn?", erwiderte Charlotte. Wie sehr, erwähnte sie nicht.

„Ich bin froh, dass du angerufen hast", sagte Jonas.

„Was hätte ich denn tun sollen, wenn ich so was lese? Warten, bis sie dich im Fernsehen auf einem Schwarz-Weiß-Bild zeigen?"

„Es tut mir leid, Charlotte, das wollte ich wirklich nicht."

„Mach es einfach nicht mehr, okay? Pass auf dich auf. Ich will wenigstens wissen, dass es dir gut geht."

„Und wie geht es dir?"

„Gut. Mir geht es gut. Ich will nur so eine Scheiße nie mehr lesen."

„Okay."

„Mach's gut."

„Du auch."

Jonas zog die Decke über sich. Jetzt wäre er in Stimmung für die nächste Whiskeyflasche gewesen, aber nur ein paar Sekunden zuvor hatte er ein Versprechen abgelegt, und seiner Familie konnte er das auch kein zweites Mal antun.

„Das war sie, oder?", fragte Minni und setzte sich zu ihm. Jonas nickte.

„Hat sie die Zeitung gelesen?"

Jonas nickte wieder.

„War sie panisch?"

„Ja, war sie. Völlig", sagte Jonas. Er wollte schlafen. Wenn er schon nicht trinken konnte, dann wenigstens schlafen.

„Das war übrigens ein sehr schönes Foto von euch beiden in der Zeitung", meinte Minni. Sie hatte ihm das schon die ganze Zeit über sagen wollen, schon als sie ihn am Morgen zuvor aufgesucht hatte. Dann musste sie ihm allerdings zuerst einmal das Leben retten, und später war sie zu wütend.

„Ihr seht aus wie füreinander gemacht", sagte sie.

„Charlotte behauptet das Gegenteil."

„Ihr *seid* füreinander gemacht", betonte Minni.

„Hast du Tomaten auf den Ohren? Sie will nicht."

„Sie hat ja auch gar nicht das ganze Bild", sagte Minni, riss bedeutungsvoll die Augen auf und formte mit den Händen eine Art Globus.

„Was für ein Bild?"

„Sie weiß nicht, dass ihr euch schon längst gekannt habt, bevor ihr euch kennengelernt habt, oder?"

„Nein, Gott sei Dank, weiß sie das nicht", sagte Jonas.

„Wieso Gott sei Dank?"

„Weil ich sie dann ganz verlieren würde."

„Und du willst immer weiter eine Rolle spielen, Mr... wie heißt er?"

„MrNiceGuy."

„Und sie?"

„LadyChatterley. Chatterley als Wortspiel: chat! Verstehst du?"

Minni schmunzelte.

„Ich werde mich irgendwann ausklinken müssen, so nach und nach", sagte Jonas resigniert.

„Und was tun? Dich totsaufen? Weiter auf das hören, was andere sagen? Presse, Twitter, Roswitha … Das ist doch *dein* Leben, Jonas. Du kannst damit machen, was du willst. Und du kannst Charlotte zeigen, dass du das auch tust."

Jonas rührte mit zweifelnder Miene in seinem Tee.

„Tu was, Jonas. Lass dir was einfallen, nimm einmal dein Leben selbst in die Hand, verdammt. LadyChatterley und MrNiceGuy haben sich nicht zufällig angefreundet. Charlotte hat nicht zufällig einen weißen Zettel abgegeben. Und du hast sie nicht zufällig ausgewählt. Ihr ergänzt euch, ihr seid perfekt füreinander. Charlotte muss es nur noch sehen. Und du musst es ihr zeigen."

Jonas ließ seine Tasse sinken. Bescheuerte Idee, die er da hatte.

20. Tabula Rasa

CHARLOTTE verfolgte in den nächsten Tagen die Berichterstattung über Jonas' „Genesung". Offiziell war von einem plötzlichen Schwächeanfall die Rede, darunter konnte man sich vorstellen, was man wollte. Nach ein paar Tagen war die Aufregung vorbei, und es gab schon wieder andere Neuigkeiten über andere Promis zu vermelden. Hochzeiten, Trennungen, Skandälchen, das Übliche. Charlotte war froh, dass sie das hinter sich hatte. Einmal hatte ihr gereicht. Allerdings hatte sie dafür, dass sie von nun an ungeschoren blieb, einen hohen Preis bezahlt. Je mehr Zeit verging, desto öfter ertappte sie sich dabei, darüber nachzudenken, ob sie es nicht doch hätte aushalten können. Inzwischen krähte doch kein Hahn mehr danach. Allerdings war sie vernünftig genug einzusehen, dass nur deshalb kein Hahn krähte, weil es nichts mehr zu krähen gab, also verbot sie sich diese Gedanken.

Jonas meldete sich nicht mehr. Zum Glück. Das machte es leichter.

Bertram, oder wie MrNiceGuy ihn nannte, Kellergewölbe-Bertram, meldete sich ebenfalls nicht. Natürlich nicht, er hatte sie ja in der Zeitung entdeckt. Das konnte man ihm nun wirklich nicht übel nehmen. Allerdings traf sie ihn schließlich Mitte August bei Pauline, die eine kleine Sommerparty organisiert hatte. Es waren ein paar Freunde und Kollegen von Manfred da und auch ein paar Nachbarn, die wohl unter anderem eingeladen worden waren, um die Fläche des begrenzten Reihenhausgartens etwas zu erweitern.

Charlotte bewunderte die mühsamen, aber energischen Gehversuche von Paulines kleiner Tochter Josefine, die an der Hand ihres großen Bruders, der im Herbst schon in den Kindergarten kam, umherspazierte. Philipp, der Große, erzählte ganz aufgeregt von dem bevorstehenden Ereignis. Ganz allein sei er dann dort, berichtete er wie ein Ritter von der bevorstehenden Erlegung des bösen Drachen. Charlotte bewunderte auch ihn für seinen Mut, irgendwo ganz allein zu bleiben, und fragte ihn, wer sich denn dann um die kleine Josephine kümmern würde. Das müsse dann leider die Mama machen, meinte der Zwerg und fuhr fort, seine jauchzende Schwester durch den Garten zu führen.

„Also, wie ich das schaffen soll, weiß ich ja noch nicht", meinte Pauline, die das Gespräch belauscht hatte, zu Charlotte. „Philipp kümmert sich wirklich rührend um Finchen. So was hab ich noch nie gesehen."

„Du hast echt Glück mit deinen Kindern", sagte Charlotte, während sie den beiden Kleinen wehmütig hinterherblickte.

Bertram hatte außer einem kurzen „Hallo" noch kein Wort mit ihr gewechselt. Charlotte hatte den Eindruck, dass er ihr aus dem Weg ging, was sie albern fand, denn sie hatten sich doch glänzend verstanden beim letzten Mal. Sie hatte ihm schließlich kein Heiratsversprechen gegeben und sich dann mit einem anderen getroffen. Es war ja nichts zwischen ihnen gewesen. Dass er sich nicht gemeldet hatte, verstand sie, aber dass er sie bei dieser Gelegenheit immer noch mied, konnte sie nicht ganz nachvollziehen.

Sie unterhielt sich hauptsächlich mit Pauline, mit Manfred und ein paar Leuten, die sie schon öfter bei den beiden getroffen hatte. Irgendwann jedoch kam sie Bertram schließlich so nah, dass es schon an eine Unverschämtheit gegrenzt hätte, hätte er sie weiterhin ignoriert. Sie holte sich etwas zu trinken, als auch er gerade sein Glas nachfüllte.

„Ach, Charlotte", sagte er bemüht lächelnd.

„Ach, Bertram", rutschte es ihr heraus. Sie schickte ein kleines Lachen hinterher, damit es nicht gar so schnippisch klang. Er lachte verkrampft mit.

„Tja, …", suchte er nach einem Thema, doch in seinem Kopf kreisten aller Wahrscheinlichkeit nach die Worte „Jonas Förster" und ließen keinen Raum für irgendetwas anderes.

„Schön, dich mal wiederzusehen", half Charlotte unverbindlich nach. Das war eigentlich nicht ihre angestammte Rolle, die der Gesprächsführerin, aber was wollte sie machen, wenn er so hilflos war? Wenn ihm jetzt nichts einfiel, konnte sie sich immer noch umdrehen und wieder zu Pauline gehen.

„Ja, finde ich auch", behauptete Bertram.

Warum grinsten sich Leute, die sich nichts zu sagen hatten, eigentlich immer so blöd an, fragte sich Charlotte. Man konnte doch auch ernst dabei gucken. Oder gelangweilt. Aber nein, man grinste hohl.

„Ich wollte dich ja schon längst mal anrufen …", fuhr Bertram fort. Charlotte war gespannt, wie der Satz weitergehen würde, aber er ging nicht weiter.

„Aber?", fragte sie, was sie nur logisch fand.

„Äh …, aber nichts", lachte Bertram. „Bin einfach nicht dazu gekommen."

Ja klar, dachte Charlotte und hatte plötzlich keine Lust mehr auf diesen Eiertanz.

„Du hast mein Bild in der Zeitung gesehen und gedacht, ich hätte was mit einem Schauspieler, stimmt's?"

„Ähm … pff, nein", wand sich Bertram.

„Wir haben nichts miteinander, Jonas und ich", stellte Charlotte klar.

„Pff, geht mich ja nichts an", stammelte Bertram.

„Die Zeitung ging es auch nichts an, und die haben trotzdem darüber geschrieben", erwiderte Charlotte schulterzuckend, „also kann ich das doch wohl zumindest richtigstellen."

„Ja, okay, also …" Bertram stammelte noch ein bisschen, doch dann fing er sich plötzlich. „Ich konnte es mir auch gar nicht vorstellen, ehrlich gesagt."

Charlotte stutzte. „Und wieso nicht?"

„Na ja, pff, der ist doch ziemlich bekannt."

„Sehr bekannt", korrigierte Charlotte.

„Ja, eben. Ich meine, der ist doch sicher … ähm."

„Was?"

Bertram begann zu schwitzen.

„Na ja, so ein bekannter Schauspieler hat doch bestimmt eine Freundin. Oder mehrere", lachte er. „Also, so aus seinem Umfeld, wenn du verstehst, was ich meine."

Charlotte wusste ganz genau, was Bertram sagen wollte, nämlich das Gleiche, was die ganzen Idioten bei Twitter und der Zeitungsreporter ebenfalls geäußert hatten: Was wollte ein Jonas Förster denn mit jemandem wie Charlotte?

„Nein, ich verstehe eigentlich nicht, was du meinst", antwortete sie. Innerlich kam ein Gefühl in ihr auf, das ihr bislang unbekannt war. Sie kam sich vor wie eine lebende Sprengladung.

Bertram grinste sich durch die Peinlichkeit. „Ach was! Schwamm drüber!"

„Nein, erklär es mir ruhig", sagte Charlotte.

„Komm schon, Charlotte, muss ich das wirklich erklären? Der Typ kann doch haben, wen er will. Hat er bestimmt auch, da gehe ich jede Wette ein."

Damit hatte er die Zündschnur entfacht.

„Ich glaube, ich muss da mal etwas klarstellen, Bertram", sagte Charlotte. „Der Typ, wie du ihn nennst, könnte in der Tat jede haben, aber – Überraschung! – er wollte mich. *Ich* bin diejenige, die nicht wollte. Was sagst du jetzt?"

Bertram klappte der Kiefer herunter, doch bevor er in seinem verdrossenen Oberstübchen auch nur ein einziges „Äh" fand, hatte Charlotte schon weiter Fahrt aufgenommen.

„Ich wollte nicht, weil ich mich nicht ständig mit Idioten wie dir herumärgern wollte, die glauben, berühmte Schauspieler müssten sich notwendigerweise nur mit Model-Schönheiten umgeben und davon an jedem Finger zehn. Klugscheißer, die meinen, sie wüssten ganz genau Bescheid. Bleib du mal bei deinen Kellergewölben, davon hast du Ahnung. Von Jonas oder von mir weißt du gar nichts. Und ich sag dir noch was: Schauspieler oder nicht, du kannst ihm schon rein menschlich nicht das Wasser reichen. Übrigens, ich glaube inzwischen auch an Bestimmung: Es war Bestimmung, dass dieses Bild in der Zeitung erschien, weil mir deine Reaktion darauf glücklicherweise klar gemacht hat, dass ich mit dir nur meine Zeit verschwende."

Als sie fertig war, wurde ihr bewusst, dass alle Gespräche in der Umgebung verstummt waren. Alle hatten ihr zugehört. Ihr, Charlotte, die es hasste, im Mittelpunkt zu stehen oder aufzufallen. Dann erblickte sie Pauline mit einem verstohlenen Lächeln im Gesicht, den Daumen heimlich nach oben gereckt. Na gut, dachte Charlotte, jetzt ist das auch schon egal. Sie schnappte sich ihre Handtasche, warf noch einen Blick in die Runde und sagte: „Und wen es interessiert: Er küsst fantastisch."

Damit verließ sie die Party.

„Hi!"

„Hi!"

„Schön, dass du mal wieder on bist. Und ausgerechnet heute. Geht's dir gut?"

„Geht so und dir? Wieso ausgerechnet heute?"

„Mir geht's heute super. Also punktuell super."

„Was heißt das?"

„Sonst geht's mir schlecht, also, ich bin noch nicht ganz drüber weg, ehrlich gesagt."

„Gut."

„Das findest du gut?"

„Nein, ich meine, das ist verständlich."

„Ja."

„Und wieso geht's dir heute gut?"

„Weil ich heute den Party-Crasher gegeben habe. Jawohl ich: LadyChatterley, kleines, harmloses, graues Mäuschen, das nie den Mund aufkriegt."

„LOL. Wie das?"

„Ich habe Kellergewölbe-Bertram getroffen und ihn zur Schnecke gemacht."

„Was? Wieso das denn?"

„Weil er sich erlaubt hat, blöde Bemerkungen über IHN zu machen."

„Woher kennt Bertram IHN?"

„Man kennt IHN nun mal. So jetzt weißt du's."

„Ach so?"

„Ja, egal. Jedenfalls … ähm"

„Ähm …?"

„Ja, das ist schwierig zu erklären, ohne zu viel zu erklären. Jedenfalls hat sich Bertram als kompletter Idiot geoutet. Und ich habe ihm das gesagt."

„Super."

„So laut, dass es alle gehört haben."

„Noch superer!"

„Ja, das war … schon peinlich, aber ein super Gefühl. Kannte ich noch gar nicht."

„Das schreit nach einer Wiederholung."

„Ja, ich mache das jetzt immer. Es tat gut, sich endlich mal zu wehren."

„Hast du gut gemacht. Du hast IHN also verteidigt?"

„Ja, natürlich. Und mich."

„Warum muss man sich eigentlich verteidigen?"

„Genau. Muss man gar nicht."

„Ich weiß zwar nicht, worum es geht, aber … ich bin sehr stolz auf dich."

„Ja, ich auch."

Jonas hatte mit Roswitha nie über ihr Telefonat mit Charlotte gesprochen. Sie durfte also annehmen, dass er nichts davon wusste, und sie vermutete, dass sie Charlotte zu sehr eingeschüchtert hatte, als dass diese es gewagt hätte, sie bei Jonas hinzuhängen. Roswitha fühlte sich völlig sicher, und die Tatsache, dass die Beziehung zu Charlotte oder was auch immer damals seinen Anfang genommen hatte, beendet war, bestätigte sie in diesem Gefühl. Sie hielt die Fäden, an denen Jonas Förster hing, in ihren Händen. Den Teufel würde sie tun zu erlauben, dass ihr so eine kleine graue Maus, die nichts hermachte, ihr wichtigstes Projekt beschädigte.

Vielleicht hatte sie ja mit Kanonen auf Spatzen geschossen, als sie Charlotte damals anrief, vielleicht war sie nur eine kleine Abwechslung für ihr Sensibelchen gewesen, vielleicht hatte er nur etwas Inspiration aus einer neuen Richtung gebraucht, aber wer wusste das schon? Das Foto hatte durchaus suggeriert, dass es sich hier um die große Liebe handelte. Lächerlich! Natürlich hatte sie da vorbeugen müssen. Das war ihre Aufgabe. Die leidige Geschichte mit der Alkoholvergiftung hatte sie, was die Presse anging, zum Glück mühelos in den Griff gekriegt. Und Jonas? Schauspieler neigten eben manchmal zu übertriebener Dramatik. Deshalb waren es ja Schauspieler. Er hatte sich wieder gefangen. Alles gut.

Roswitha Kessler war Anfang September längst wieder mit sich und der Welt im Reinen. Die heiße Promotionphase für *Liebe des Lebens*, Jonas' Film, der Anfang Oktober herauskam, startete. Sie hatte in Absprache mit der Produktionsfirma jede Menge Termine für ihn klargemacht. Roswitha war in ihrem Element, wenn sie ihren Schützling ins grelle Scheinwerferlicht und auf die Titelseiten bringen konnte.

Sie waren verabredet, um das alles in ihrem Büro zu besprechen. Roswitha hatte ein netteres Ambiente vorgeschlagen, irgendein schickes Nobelrestaurant – sie verband immer gern das Nützliche mit dem Angenehmen –, aber Jonas wollte lieber zu ihr ins Büro kommen.

Sie sah auf die Uhr. Er verspätete sich. Roswitha seufzte. Er konnte ja gern ein paar Allüren haben, aber doch bitte nicht ihr gegenüber.

Jonas war gewöhnlich immer pünktlich, doch diesmal verspätete er sich um eine halbe Stunde. Noch dazu war er in Begleitung. Seine Schwester Jasmin war dabei, was Roswitha mit eingefrorenem Lächeln zur Kenntnis nahm.

„Jasmin! Wie schön!", heuchelte sie.

„Hallo Frau Kessler", erwiderte Minni mit neutraler Höflichkeit und setzte sich ohne Aufforderung in einen der beiden Sessel bei der eleganten Sitzgruppe.

„Hallo Roswitha", sagte Jonas.

„Du bist ein wenig spät, Jonas", rügte ihn Roswitha mit scherzhaft erhobenem Zeigefinger.

„Das macht nichts, wir brauchen nicht lange", meinte Jonas.

„Also, das glaube ich aber schon", widersprach Roswitha entschieden. „Da gibt es jede Menge Termine, die wir durchgehen müssen."

Sie hattc einen Aktenordner vor sich liegen und blätterte darin, um zu zeigen, was sie alles vor sich hatten.

„Kein Problem! Gib die Unterlagen einfach Jasmin. Wir kümmern uns dann darum."

„Wie bitte?" Roswitha begriff nicht.

„Die Unterlagen", wiederholte Jonas und deutete auf den Ordner. „Und bitte auch alles andere, was mich betrifft. Alles an Jasmin."

Roswitha lehnte sich in ihrem Schreibtischsessel zurück und starrte ihn an.

„Sag mal, was soll das?"

„Jasmin kümmert sich ab jetzt um meine Termine. Du bist gefeuert."

Roswitha wurde bleich unter ihren roten, aufgetürmten Haaren, starrte Jonas sekundenlang mit aufgerissenen Augen an und verwandelte sich dann in eine Kobra, kurz bevor sie ihr Gift verspritzte.

„Spinnst du?", zischte sie ihn an. „Was bildest du dir ein?"

„Du hast genau einen Anruf zu viel getätigt, Roswitha. Den bei Charlotte."

Roswitha schnappte nach Luft.

„Du mischst dich nie wieder in mein Leben ein oder belästigst Leute, die mir nahestehen mit deinen Unverschämtheiten."

„Wer hat denn behauptet, dass ich diese Frau angerufen habe?", fragte sie dreist.

„Charlotte. Und ich wusste es schon von Anfang an."

„Ach, und da hast du so lange gewartet?"

Jonas stützte sich auf den Schreibtisch und beugte sich vor.

„Ich wollte dir den Spaß genau dann verderben, wenn er am größten ist", sagte er.

„Das war meine Idee", warf Minni ein. „Jonas ist eigentlich nicht so gemein."

Roswitha erhob sich, sodass sie auf Augenhöhe mit Jonas war.

„Falls du denkst, dass du noch einen Fuß auf die Erde kriegst, wenn du diese Nummer jetzt durchziehst, dann hast du dich geirrt. Ich habe eine Menge Einfluss, das weißt du genau."

„Da überschätzt du dich mal wieder gewaltig, Roswitha", entgegnete Jonas. „Du bist nur so bedeutend, wie die Leute, die du vertrittst, und mich bist du jetzt los. Schnapp dir die Unterlagen, Minni."

„Das ist mein Eigentum, die kriegst du nicht."

„Auch gut, dann machen wir das per Anwalt. Du hast mir ja einen sehr guten empfohlen."

Roswitha schnaubte.

„Du bist ein undankbarer Mistkerl, Jonas", schimpfte sie. „Ich hab dich zu dem gemacht, was du bist."

„Da hast du leider Recht. Deshalb wird es auch Zeit, dass ich das jetzt selbst in die Hand nehme."

Jonas wandte sich zum Gehen.

„Wir hören noch voneinander", keifte Roswitha.

„Wünsch dir das lieber nicht", drohte Jonas, der langsam die Beherrschung verlor. „Sei froh, dass du glimpflich davonkommst. Ich habe auch Einfluss, und wenn ich die Geschichte von dem Anruf bei Charlotte publik mache, dann machen sehr viele Leute in Zukunft einen großen Bogen um dich."

Minni nahm ihn am Arm und griff sich unbehelligt Roswithas Unterlagenmappe, dann zog sie ihn mit sich nach draußen.

„Die sind wir los", sagte sie strahlend. „Gut gemacht!"

„Hi!"

„Hi!"

„Du machst dich echt rar in letzter Zeit."

„Tut mir leid, ich hab viel zu tun, und ich hab mir auch noch einiges an Extraarbeit aufgehalst."

„Oje, was denn?"

„Ich schreibe was."

„Ups, du bist darauf reingefallen."

„Nein, bin ich nicht."

„Du hast eine persönliche Frage beantwortet, ein ganz schlimmer Ups-Moment."

„Ich dachte, wir wollten das etwas auflockern. Ich weiß ja auch schon von Bertram."

„Bertram ist nun wirklich alles andere als persönlich. Der zählt nicht mehr."

„Du kannst trotzdem wissen, dass ich was schreibe. Du interessierst dich doch dafür, stimmt's?"

„Du bist aber kein Schriftsteller, oder? Frank Schätzing??????"

„Nein."

„Schade."

„Aha."

„Was Aha?"

„Stehst du auf den?"

„Ich stehe nur auf einen."

„Immer noch ER?"

„Lassen wir das."

„Ganz wie du willst."

„Du schreibst also."

„Ja."

„Was? Einen Roman?"

„So ähnlich."

„Was ist denn so ähnlich?"

„Weiß ich auch nicht. So ähnlich halt. Kann ich dir nicht erklären."

„Na, dann nicht. Und sonst?"

„Hab ich mich von einer schweren Last befreit."

„Klingt gut."

„Ist es auch."

„Und, was ich schon immer wissen wollte, aber bisher nicht zu fragen wagte …"

„Was denn, Woody?"

„Wie steht's eigentlich mit der Holden und dir?"

„Tja …"

„Was denn? Nicht?"

„Nein."

„Aber wieso?"

„Sie will mich nicht."

„Sie ist eine dumme Kuh. Wie kann sie dich nicht wollen?"

„Du weißt doch gar nicht, wie ich aussehe."

„Das ist doch völlig egal. Du bist doch toll."

„Danke, aber sie hat schon ihre Gründe."

„Liebt sie dich nicht?"

„Doch, ich glaub schon, aber … wem sag ich das?"

„Du musst mir doch nicht alles nachmachen."

„Bleibt mir nichts anderes übrig."

„Dann müssen wir uns doch noch in Paris treffen, oder?"

„Sieht so aus."

„Ich würde dich nehmen."

„Ich würde dich auch nehmen."

Mitte September hatte Amadeus Geburtstag, wozu er Charlotte als einzigen Gast einlud. Allerdings lud er sie in ihre eigene Wohnung ein, weil seine viel kleiner war und er die Schreibatmosphäre nicht zerstören wollte. Oder mit anderen Worten: Er hatte keine Lust zum Putzen und Aufräumen.

Die gemeinsame Mutter absolvierte gerade den alljährlichen Besuch bei ihrer ältesten Tochter Clara in den USA. Amadeus und Charlotte waren pro forma wie jedes Jahr ebenfalls eingeladen worden, und wie jedes Jahr hatten sie dankend abgelehnt. Die Gespräche bei Clara drehten sich immer nur um „Him", wobei in diesem Fall tatsächlich der liebe Gott gemeint war. Vor allem Amadeus konnte das ständige heilige Gegrinse der zur Kreationistin mutierten Schwester nicht ohne sarkastische Kommentare ertragen. So feierte Amadeus seinen sechsunddreißigsten Geburtstag allein mit seiner kleinen Schwester, zwei Flaschen Rotwein und dem Fernseher.

Charlotte, die auch etwas essen wollte, hatte eine Gulaschsuppe gekocht und zur Feier des Tages schauten sie sich einen Film an. Amadeus durfte wählen. Vor der Reihe mit den *Feierabend*-DVDs blieb er stehen.

„Wir könnten natürlich auch …", sagte er, während seine Hand über der ersten Staffel schwebte.

„Dann kannst du alleine gucken", sagte Charlotte.

„War nur ein Scherz", beruhigte sie Amadeus und ließ ihr die Wahl zwischen *Tatsächlich Liebe* und *Pulp Fiction*. Charlotte wählte letzteres.

„Immer noch in der Trauerphase?", fragte Amadeus und legte den Tarantino-Klassiker, den er praktisch mitsprechen konnte, in den Rekorder.

„Ich möchte nur nicht mitten im Spätsommer einen Weihnachtsfilm sehen, ansonsten geht's mir gut", erklärte Charlotte.

Es war eine gute Idee, *Pulp Fiction* zu schauen, denn Amadeus dabei zu sehen und zu hören, war genauso unterhaltsam wie der ganze Film. Bei der Tanzszene mit Uma Thurman und John Travolta zog er Charlotte vom Sofa hoch und zwang sie mitzutanzen.

Als der Film zu Ende war, schaltete Amadeus auf das normale Fernsehprogramm und zappte sich von einer Freitagabend-Talk-Show zur nächsten. Bis plötzlich Jonas im Bild war. Mit offenen Haaren, Jeans und einem dunkelblauen Jackett über einem graublauen T-Shirt.

„Hoppla, den kennen wir doch", sagte Amadeus, während es Charlotte eiskalt überlief.

„Schaltest du das bitte weg?", sagte sie.

„Jetzt warte doch mal. Ich dachte, dir geht's gut."

„Tut's auch."

„Na also, dann lass mich das jetzt sehen", beharrte Amadeus und legte die Fernbedienung außerhalb Charlottes Reichweite.

Jonas saß in der Runde, und nur ab und zu fing ihn die Kamera ein. Charlotte hoffte, dass er schon vorher dran war, aber sie hatte Pech. Die Moderatorin begrüßte ihn mit einem strahlenden Lächeln gleich als nächsten Gast.

Charlottes Herz begann zu klopfen. Sie verließ das Sofa und setzte sich an ihren Computer. Vielleicht war MrNiceGuy online, dann hätte sie etwas zu tun. Das war doch eigentlich ihre Zeit.

Jonas erzählte inzwischen von seinem neuen Film, der in zwei Wochen in den Kinos anlief, einer tragischen Liebesgeschichte, in der zwei Freunde die gleiche Frau liebten.

„Ist Ihnen das in Ihrem Privatleben auch schon einmal passiert?", fragte die Moderatorin.

„Davon abgesehen, dass ich nicht über mein Privatleben rede", sagte Jonas, „was genau meinen Sie?" Alle schmunzelten. Die Moderatorin warf ihm einen neckischen Blick zu und führte ihre Frage weiter aus.

„Ich meine, dass Sie in einer solchen Zwickmühle waren wie der junge Mann, den Sie in dem Film spielen, und der die Frau, die er liebt, seinem Freund überlässt."

„Nein, zum Glück nicht."

„Das heißt, Sie mussten also noch nicht auf die Liebe *Ihres* Lebens verzichten?", lachte die Moderatorin, sichtlich stolz darauf, wie geschickt sie den Filmtitel eingewoben hatte, um ihre Indiskretion als kleinen Scherz zu verkaufen.

Charlotte holte tief Luft. Sie erwartete, dass Jonas der Frau nun über den Mund fahren würde, doch er ging höflich auf das Lachen ein und meinte: „Ich würde es jedenfalls nicht so ohne Weiteres tun. Da war meine Figur im Film leidensfähiger."

Was sagte er da? Charlotte setzte sich wieder neben Amadeus aufs Sofa. Amadeus schenkte ein zweites Glas Rotwein ein und reichte es ihr.

Jonas hatte doch auf sie verzichtet. Sicher, sie hatte ihm keine Wahl gelassen, aber er hatte sich zurückgezogen ohne allzu große Gegenwehr. War also das, was sie als Rücksichtnahme empfunden hatte, nichts weiter gewesen als Gleichgültigkeit? Nicht dass sie geglaubt hatte, die Liebe seines Lebens gewesen zu sein, was für ein romantischer Quatsch, aber sie hatte doch angenommen, dass sie ihm etwas bedeutet hatte. Die Liebe seines Lebens würde er also nicht einfach so ziehen lassen. Gut zu wissen.

Charlotte hörte nicht mehr zu. Die Moderatorin schäkerte noch etwas mit Jonas, und dieser schäkerte charmant zurück. Er war Charlotte so fremd, als wäre er ein anderer Mensch.

„Das ist also der Mann, den du liebst", konstatierte Amadeus. Charlotte antwortete nicht.

„Guter Schauspieler jedenfalls."

Sie sah ihren Bruder verwundert an.

„Wann hast du ihn denn mal in irgendeiner Rolle gesehen?", fragte sie.

„Eben gerade", erwiderte Amadeus.

Es war ein weiterer Montag mit wenig Arbeit. Charlotte ging ein bisschen die Regale durch, ordnete, arrangierte die Auslage ein bisschen um, verkaufte zwischendurch einen modernen Gedichtband und beriet einen älteren Herrn, der seiner Enkelin ein Kinderbuch kaufen wollte und leider schlecht hörte. Schließlich drückte sie ihm einfach ein Buch in die Hand. Der ältere Herr blätterte kurz darin herum, war zufrieden und kaufte es. Als er den Laden verließ, kam gleichzeitig ein junges Mädchen herein. Sie hatte die braunen Haare zu einem lockeren Knoten zusammengezwirbelt und trug einen rechteckigen, braunen, flachen Karton unter dem Arm. Dunkelgraublaue Augen umrahmt von langen dunklen Wimpern strahlten Charlotte an und wirkten irgendwie vertraut.

„Guten Morgen, kann ich Ihnen behilflich sein?", fragte Charlotte, als das Mädchen vor ihr stand.

„Ja. Also, das heißt, nicht direkt mir", sagte das Mädchen. „Ich habe gehört, dass Sie sich manchmal Sachen von aufstrebenden jungen Autoren durchlesen und ihnen ein erstes Feedback geben." Sie hob den Karton hoch. „Das hier ist ein Erstlingswerk. Und ich möchte Sie im Namen des Autors bitten, es sich durchzulesen und ihm hinterher zu sagen, was Sie davon halten."

Das Mädchen lächelte nervös und atmete nach ihrer hörbar gründlich vorbereiteten Ansprache tief durch.

Charlotte war immer noch verwirrt. Warum kam besagter Autor nicht selbst? Woher kannte sie diese Augen?

„Wer ist denn der Autor?"

„Mein Bruder", sagte Minni. „Mein Bruder Jonas. Und er bittet Sie wirklich herzlich darum, denn er sagt, nur Sie können beurteilen, ob es gut genug ist."

Minni legte den Karton auf die Theke, hob die Hand kurz und verlegen zum Gruß und ging.

Charlotte blieb sprachlos zurück. Jonas? Seit wann schrieb Jonas Bücher? Was sollte das? Sie hatte seit fast zwei Monaten nichts mehr von ihm gehört und jetzt das. Und wieso schickte er seine Schwester? Und woher wusste er, dass sie manchmal Manuskripte las? Hatte sie ihm das jemals erzählt? Sie konnte sich nicht daran erinnern.

Der braune Karton lag vor ihr. DIN-A4-Größe. Sie hob ihn an und schüttelte ihn vorsichtig, weil sie immer noch nicht glauben konnte, dass da ein Manuskript drin sein sollte, aber so hörte und fühlte es sich an. Sie legte den Karton wieder auf die Theke zurück und hob langsam den Deckel ab.

Da stand tatsächlich sein Name auf dem Deckblatt: von Jonas Förster. Erst danach las Charlotte den Titel: *LadyChatterley und MrNiceGuy*

21. Charlotte und Jonas

MRNICEGUY liebte LadyChatterley lange bevor Jonas Charlotte liebte.

Das war der erste Satz. Der erste von vielen, die Charlotte um ihre Fassung gebracht hätten, wäre es darum nicht schon längst nach der Entdeckung des Titels geschehen gewesen.

Sie schloss den Laden ab und zog das Rollo herunter, denn sie wollte nicht, dass irgendein Kunde ihren hysterischen Weinkrampf mitbekam. Dazu war sie noch fähig, so weit hatte sie sich noch unter Kontrolle, aber nicht weiter. Zitternd kauerte sie auf dem kleinen Sofa und las Seite um Seite, so gespannt, als würde sie nicht selbst schon alles kennen. Nur dass sie jetzt alles mit Jonas' Augen sah, oder MrNiceGuys. Sie las von seinen Gedanken bei ihren abendlichen Chats und bei ihrer allerersten Begegnung auf dem Parkplatz. Alles vermischte sich und wurde eins. Sie erlebte den gemeinsamen Filmabend mit MrNiceGuy noch einmal, genauso wie die Nacht im Stockbett auf der Hütte mit Jonas. Sie erfuhr von seinem Schock und seiner Freude, als er anhand ihres Wespenstichs herausfand, wer sie war, von seiner Eifersucht auf Bertram, seinen Ängsten, seiner Hoffnung, es könnte doch funktionieren. Und von seiner Verzweiflung und seiner Hilflosigkeit, als nicht einmal mehr MrNiceGuy etwas daran ändern konnte, dass Charlotte Jonas verließ.

Charlotte las das ganze Buch, den ganzen Roman, oder was auch immer es war, in einem Stück.

Der Schluss war traurig, denn Jonas hatte die Hoffnung auf Charlotte aufgegeben und damit waren auch die Tage für MrNiceGuy gezählt, der die Situation nicht länger ertragen konnte. Das Buch endete fast mit dem gleichen Satz, mit dem es begonnen hatte: *MrNiceGuy liebte LadyChatterley lange bevor Jonas Charlotte liebte, doch das war bedeutungslos, denn keiner von beiden würde je mit der Frau, die er liebte, zusammen sein.*

Es war inzwischen Abend geworden. Draußen zog eine Gruppe Jugendlicher vorbei, sie johlten und neckten sich gegenseitig. Der Verkehr lärmte. Irgendwo tickte etwas. Die Uhr an der Wand über der Tür zum Büro tickte. Charlotte war das noch nie vorher aufgefallen. Ein Kind schrie, eine Mutter schimpfte. Autohupen, Fahrradklingeln. Man achtete nie auf die alltäglichen Dinge, sie gingen einfach unter. Jetzt nahm Charlotte all das wahr, als wären die Filter, die normalerweise alles ausblendeten, plötzlich abgeschaltet.

Sie hatte die ganze Zeit über mit Jonas geredet. Im Chatroom. Von Anfang an. Und sie hatten es nicht gewusst. Wie auch? Sie hatten ja peinlich darauf geachtet, nichts Persönliches von sich preiszugeben. Und es hatte funktioniert. Bis eine Wespe beschlossen hatte, unter ihren Ärmel zu kriechen.

War das alles Zufall? Schicksal? Bestimmung?

Jonas hatte sich auf der Hütte darüber geärgert, dass er eine Verabredung nicht einhalten konnte. Das war sie gewesen, diese Verabredung. Sie hatten sich gegenseitig von ihrem Liebeskummer erzählt und hatten über sich selbst geredet.

So etwas gab es doch nicht.

Und Jonas hatte nicht gewusst, wie er es ihr sagen sollte, nachdem er die Wahrheit herausgefunden hatte. MrNiceGuy war es gewesen, dem sie davon erzählt hatte, dass sie Manuskripte las, das von Frau Hindelang, davon hatte sie ihm erzählt. Und Jonas hatte diesen Weg gewählt. Wie viel Mühe er sich gemacht hatte! Und das Ende? War es das richtige Ende oder nur ein mögliches? War es seine Kapitulation oder … was war es? Sie sollte es lesen, beurteilen, ob es gut genug war. Gut genug wofür?

Sie sollte ihm sagen, was sie davon hielt. Würde er sie anrufen? Vorbeikommen? Er würde doch sicher ahnen, dass sie es sofort gelesen hatte.

Charlotte packte das Manuskript zurück in den Karton. Das Papier war zerknittert und an vielen Stellen feucht. Sie nahm ihre Jacke und den Karton, schloss die Ladentür auf und hinter sich wieder zu. Im Laufschritt eilte sie nach Hause. Halb erwartete sie, dass er vor ihrer Haustür stand, als sie ankam, doch er war nicht da. In ihrem

Briefkasten war nichts und auf ihrem Anrufbeantworter keine Nachricht.

Das Telefon klingelte. Es war Amadeus' Nummer. Charlotte nahm ab und rief ohne Begrüßung: „Geh bitte aus der Leitung, ich erwarte einen Anruf." Dann legte sie auf.

Und wenn es etwas Dringendes war? Wenn Amadeus ihre Hilfe brauchte? Wenn es ihm nicht gut ging? Charlotte wählte Amadeus' Nummer, und als er abhob, fragte sie: „Ist alles in Ordnung?"

„Ja, danke der Nachfrage."

„Gut!" Sie legte wieder auf.

Das Telefon rührte sich nicht.

Was für ein Unsinn, hier herumzusitzen und nichts zu tun. Sie hatte das Manuskript doch erst am Morgen erhalten. Er würde ihr wahrscheinlich einen weiteren Tag Zeit zum Lesen zugestehen. Nein, würde er nicht. Würde sie auch nicht. Sie würde sofort wissen wollen, was er denkt. Und er tickte genauso. Das war ja gerade der Witz.

Plötzlich fiel es ihr wie Schuppen von den Augen. War sie denn blöd? Wieso hatte sie nicht gleich daran gedacht?

Sie schnappte sich ihr Notebook. Anschalten, Internet, Seite aufrufen, einloggen. Chatroom.

Er war da. Wie lange hatte er schon auf sie gewartet, während sie auf den Anruf seines Alter Egos in der Parallelwelt gewartet hatte?

„Hi!", schrieb er.

„Hi!", schrieb sie.

„Hast du es gelesen?"

„Ja."

„Was sagst du?"

„Du hast einen grauenhaften Stil. Das wird nichts mit der literarischen Karriere, fürchte ich."

„Dachte ich mir. Und der Inhalt?"

„Ist ganz originell."

„Nicht zu weit hergeholt?"

„Vielleicht ein bisschen. Aber das Leben ist ja manchmal auch ein bisschen weit hergeholt."

„Stimmt. Wie findest du den Schluss? Da war ich mir nicht ganz sicher."

„Ich mag Bücher mit Happy End lieber."

„Ich eigentlich auch, aber … das wäre vielleicht nicht realistisch. Dachte ich. Was meinst du?"

„Ich weiß nicht, ob es so realistischer ist."

„Vielleicht könnte ich ja ein alternatives Ende schreiben und dann sehen, was besser wirkt."

„Ja, könntest du."

„Könntest du mir dabei helfen?"

„Wie denn?"

„Du könntest mich nächste Woche zur Premiere begleiten, zum Beispiel. Das würde mich inspirieren."

„Ich betrete keinen roten Teppich."

„Ich halte dich fest, dann stolperst du nicht."

„Es geht nicht ums Stolpern."

„Nein? Die meisten Leute haben Angst, auf dem roten Teppich zu stolpern, vor allem die Frauen."

„Ich gehe auf keinen roten Teppich."

„Ich hab die Haare abgeschnitten."

„Was????"

„Alle werden dann nur auf meine Haare starren, du musst also keine Angst haben aufzufallen."

„Deine schönen Haare!"

„Und ich dachte, du wärst nicht wie alle anderen."

„Mein heimlicher Jonas-Förster-Traum war immer, in seinen Haaren herumzuwühlen. So, jetzt weißt du es."

„Mein heimlicher Charlotte-Frühwald-Traum ging genauso."

„Ich schneide mir jetzt auch die Haare ab."

„Das tust du nicht."

„Wieso? Ist dann dein Happy End gefährdet?"

„Nein, das nicht, aber es wäre schade."

„Also gut, ich schneide sie nicht ab."

„Kommst du nun mit?"

„Ich trau mich nicht. Ich bin zu schüchtern"

„Das behauptest du immer, obwohl es gar nicht stimmt."

„Woher willst du das wissen?"

„Ich weiß alles über dich."

„Du hast allenfalls einen kleinen Wissensvorsprung."

„Möchtest du den ein bisschen aufholen?"

„Natürlich."

„Ich hab Roswitha gefeuert."

„Echt jetzt?"

„Ja!"

„Super!"

„Finde ich auch. Sie hat mir versprochen, dass ich beim Film keinen Fuß mehr auf die Erde kriege."

„Blödsinn!"

„Ich möchte sowieso gern wieder Theater spielen. Ich habe jetzt Andreas Kleinholz als Agenten, der hat einen guten Namen in der Theaterszene."

„Sehr gut."

„Minni kümmert sich jetzt um meine Termine."

„Oh!"

„Übrigens, sie mag dich."

„Übrigens, mein Bruder mag dich auch. Zumindest findet er, dass du ein guter Schauspieler bist."

„Dein Bruder kennt mich?"

„Er hat dich in der Talkshow am Freitag gesehen."

„Oh Gott, und du auch?"

„Ich hab meistens weggeguckt."

„Danke für das Kompliment."

„Du hast mit der Moderatorin geflirtet."

„Ich war höflich, das wird bei mir oft als flirten missverstanden."

„Und du hast gesagt, dass du die Liebe deines Lebens nicht einfach so aufgeben würdest."

„Tu ich ja auch nicht, wie du siehst. Würdest du das etwa?"

„Ich hätte es fast getan."

„Übrigens, kann ich jetzt endlich reinkommen?"

„Was? Wo bist du denn?"

„Ich sitze vor deiner Wohnungstür und kenne inzwischen die Hälfte deiner Nachbarn."

„Moment."

Charlotte rannte zur Tür und riss sie auf.

„Hi!", sagte Jonas, der auf dem Boden saß und zu ihr hochblickte. Er packte sein iPhone weg und stand auf. „Schlimm?", fragte er, als sie seine Haare anstarrte. Kurz und zerzaust, so wie er es seit Jahren am liebsten haben wollte.

„Gar nicht schlimm", sagte sie und strich mit ihren Fingern durch. „Schön."

Jonas nahm sie in die Arme.

„Schön, dich endlich kennenzulernen, LadyChatterley."

„Ganz meinerseits, MrNiceGuy."

22. Roter Teppich

JULIANE versuchte, sich nach vorn zu drängen, aber sie hatte wie immer keine Chance. Die Zwillinge hatten mehr Glück gehabt. Mit gezückten Handys standen sie in der ersten Reihe und warteten. Anneli hatte ihre kleine Tochter mitgenommen. „Bitte, lassen Sie doch das Kind vor, die kann ja gar nichts sehen", forderte sie die Leute auf und schob die Kleine nach vorn, sich selbst dabei natürlich mit. Heidelinde hielt sich freiwillig lieber im Hintergrund, doch Brigitte machte ein offizielles Gesicht und manövrierte sich mit einem lauten „Darf ich, bitte?" und mithilfe eines hochgehaltenen Besucherausweises der Handwerksmesse in die vorderste Reihe.

Viele Promis gingen auf dem roten Teppich vorbei, schrieben Autogramme, machten Selfies mit Fans, gaben kurze Interviews und äußerten, wie gespannt sie auf den Film seien. Bald erschienen auch schon die ersten Darsteller und wurden bejubelt. Der Regisseur ging vorbei, das Produzententeam, noch mehr Promis, doch alle warteten nur auf einen. Iris biss an ihren Fingernägeln herum, Juliane hüpfte wie ein Gummiball auf und ab, um zumindest einen Sekundenblick zu erhaschen, und Anneli blaffte ihre Tochter an, die sich quengelnd darüber beschwerte, dass sie nicht mehr stehen könne. „Das hältst du jetzt schon noch aus, mach nicht so ein Theater."

Und dann fuhr ein dunkler Wagen vor.

Ein Raunen ging durch die Menge, als er ausstieg. Er hatte kurze Haare. Oh Gott! Die schönen Haare! Aber eigentlich sah er jetzt noch viel besser aus. Das Gekreische ging los. Frenetischer Jubel brach aus. Und dann stutzte die Menge zum zweiten Mal. Er blieb neben der Wagentür stehen und half einer Frau heraus. Sie war so groß wie ein Model, hatte eine umwerfende Figur, die in einem lachsfarbenen, fließenden Kleid perfekt zur Geltung kam und traumhaft schöne, lockige Haare. Ein scheues Strahlen ging über ihr hübsches Gesicht, dann streckte sie den Rücken und nahm die Schultern zurück. Hand in

Hand gingen die beiden über den roten Teppich. Überall klickten die Kameras und die Handys, falls die erstaunten Besitzer geistesgegenwärtig genug waren, rasch ein Foto zu schießen. Man hatte zu viel damit zu tun, alles an dem Paar zu begutachten, das atemberaubende Designer-Kleid, den schicken Anzug, die neue Frisur, die verschränkten Hände. Keiner wagte es, um ein Selfie zu bitten, denn was würde seine Freundin dazu sagen? Sogar die Autogrammjägerinnen wirkten paralysiert. Er hatte auch gar keine Hand frei, er hielt sie die ganze Zeit fest, als befürchtete er, sie würde weglaufen wollen. Die Fotografen riefen ihm wie üblich Kommandos zu, nur diesmal variierten sie ein wenig: „Bitte mal den Arm um die Taille legen." „Bitte ein Kuss für die Kameras."

„Ich küsse nicht für die Kameras", rief er zurück, flüsterte seiner Freundin etwas ins Ohr und küsste sie schließlich doch. Ein verliebter, inniger Kuss, als wären sie ganz für sich und nicht von Hunderten von Menschen umgeben. Sie senkte lächelnd den Blick, er streichelte ihr zärtlich über die Wange und grinste. Dann erlöste er sie und ging mit ihr weiter, bis sie endlich im Eingang zum Kino verschwanden.

Brigitte, Anneli und den anderen stand der Mund offen. Jetzt, wo es nichts mehr zu sehen gab, war Juliane in der Lage, sich nach vorn durchzuboxen. Heidelinde folgte ihr.

„War er da?", fragte Juliane.

Brigitte nickte wortlos. Iris runzelte die Stirn und meinte: „Seine Freundin kam mir irgendwie bekannt vor."

„Das war Charlotte, du Blindfisch", entfuhr es Anneli.

„Charlotte?", fragte Juliane. „Welche Charlotte?"

„Wie viele kennst du denn?", fragte Brigitte.

„Nur die eine, die mal im Klub war. Die große Unscheinbare, die nie was gesagt hat. Die hatte doch das Glück, mit Jonas in die Berge … Oh!" Die Erkenntnis hatte sie erwischt. Sie holte tief Luft und vergaß, sie wieder rauszulassen.

„*Die* Charlotte, genau!", sagte Brigitte.

„Aber die sah ganz anders aus", behauptete Jutta, Iris' Schwester. „Charlotte sah doch nicht so gut aus, oder?"

„Vielleicht hat sie was machen lassen", mutmaßte Juliane.

„Nein, sie hatte nur die Haare offen und war ein bisschen mehr geschminkt", bemerkte Iris.

„Und außerdem werden die alle ausgestattet", wusste Anneli. „Die haben ihre Stylisten und Leute fürs Make-up und die Haare und alles. Wenn wir das alles hätten und in so einem teuren Fummel stecken würden, würden wir genauso aussehen." Juliane nickte heftig, ihr schweres Doppelkinn nickte mit.

„Und Jonas mit kurzen Haaren, also ich weiß ja nicht", meinte Brigitte. Dabei machte sie ein Gesicht, als wäre neben ihr eine Stinkbombe geplatzt.

„Ich finde auch, dass ihm das nicht so gut steht", bestätigte Jutta. Und Anneli fügte kichernd hinzu, dass Charlotte jetzt wahrscheinlich seine neue Stilberaterin sei. Man beschloss, sich in die Stammkneipe in der Georgenstraße zurückzuziehen, um in Ruhe weiterlästern zu können. Jonas Förster und Charlotte Frühwald waren ein Paar. Unfassbar!

„Hi!"

„Hi!"

„Wie war dein Tag?"

„Cool. Ich hab Promis getroffen."

„Wahnsinn! Und wie sind die so?"

„Wie alle anderen Menschen auch: Manche nett, manche blöd, manche ganz normal, manche überdreht, manche … und so weiter."

„Na also."

„Ich hatte zehn Pfund Schminke im Gesicht."

„LOL"

„Nichts LOL, morgen krieg ich Pickel. Ich hab mich schon zweimal abgeschminkt."

„Ich wette, du hast umwerfend ausgesehen."

„Leute sagen das."

„Welche Leute?"

„Alle. Sogar die bei Twitter."

„Cool!"

„Nur über Jonas' Haare wurde gelästert."

„Er wird drüber wegkommen."

„Ich weiß nicht. ER ist ein Sensibelchen."

„Wie kommst du jetzt darauf?"

„Er kann sich selbst nicht auf der Leinwand sehen."

„Na und?"

„Zeugt von einiger Selbstunsicherheit."

„So ein Blödsinn."

„LOL. Macht ihn doch nur noch sympathischer."

„Wenn du meinst."

„Und was hast du heute so erlebt?"

„Nur Berufskrempel."

„Du Armer!"

„War nicht so schlimm, Charlotte war ja dabei."

„Wow, die Holde traut sich was."

„Ja. War ein bisschen Überredung nötig. Aber mit meinem Charme …"

„Eingebildeter Fatzke! Hat's ihr gefallen?"

„Ich glaube, ja. Jens Plapperer hat sie angebaggert."

„Er hat sie nicht angebaggert."

„Woher willst du das denn wissen?"

„Ich kann mir das nicht vorstellen, nach allem, was ich bisher von deiner Holden gehört habe."

„Sie hat ja nicht *ihn*, er hat *sie* angebaggert. Und sie merkt solche Sachen auch gar nicht."

„Wieso merkt sie das nicht?"

„Sie weiß nicht, wie sie aussieht, und sie ist zu naiv."

„Das ist ja … weiß sie, dass du so über sie redest?"

„Naiv ist doch nichts Schlechtes. Sie ist eben so eine Grundgute."

„Das klingt für mich nach Dummchen."

„Nein, das klingt nach toller Mensch. Deswegen habe ich mich auch auf den ersten Blick in sie verliebt."

„Auf den ersten Blick?"

„Ja, eigentlich schon."

„Und sie?"

„Weiß ich nicht."

„Also, ich wüsste bei mir gar nicht, was als erster Blick zählt. Der erste Blick in den Fernseher? Oder der erste Blick in Jonas' Augen?"

„Ja, Charlotte ist manchmal auch so kompliziert."

„Ich bin nicht kompliziert."

„Ist ja auch egal."

„Eben."

„Was macht er jetzt gerade, während du chattest?"

„Liegt neben mir und spielt an seinem neuen iPhone herum. Mir hat er sein altes aufgeschwatzt."

„Gute Idee!"

„Ja, jetzt, wo ich es hab, ist es ganz nett."

„Siehst du!"

„Und es hat den Vorteil, dass ich an seinem Computer chatten kann, wenn ich bei ihm bin."

„Während er an seinem neuen schicken Gerät chattet."

„Genau."

„Ist bei uns so ähnlich."

„Dann mal schönen Gruß an die Holde."

„Nenn sie nicht immer so. Ihr Name ist Charlotte."

„Ich finde unsere persönliche Annäherung ist mittlerweile schon ziemlich weit gegangen."

„Ja, sehr aufgelockert in letzter Zeit."

„Wie wär es dann mal mit Paris?"

„Das wäre super."

„Abgemacht?"

„Abgemacht!"

„Okay, ich muss dann mal Schluss machen."

„Geht mir auch so."

„Hast du noch was vor heute Abend?"

„Ähm … jaaaa …"

„LOL. Dann viel Spaß."

„Danke. Und du?"

„Deswegen muss ich ja Schluss machen."

„Dann will ich dich nicht länger aufhalten.“

„Das ist nett.“

„Gute Nacht, LadyChatterley!“

„Gute Nacht, MrNiceGuy!“

ENDE

Eine kleine Bitte zum Schluss ...

Wir hoffen, Ihnen hat dieses Buch gefallen ...

Der schnellste Weg, andere Leser da draußen an Ihren Erfahrungen mit diesem Buch teilhaben zu lassen, ist eine Rezension im Online-Buch-Shop. Ihr Feedback hilft nicht nur anderen Lesern, Neues zu entdecken, sondern auch dem Autor, zu verstehen, was aus Lesersicht in diesem Buch gut und weniger gut ist. So kann sich der Autor weiterentwickeln und Ihnen sowie anderen Lesern in Zukunft noch schönere Geschichten präsentieren. Außerdem sind Ihre Erfahrungen, Erkenntnisse und Eindrücke als ehrliches Leser-Feedback eine enorme Wertschätzung vieler liebevoller Arbeitsstunden, die in dieses Buch geflossen sind.

Danke also schon im Voraus, wenn Sie sich zwei bis drei Minuten Zeit nehmen und eine kleine Bewertung zum Buch z.B. auf Amazon veröffentlichen.

Mehr zum Autor finden Sie auf
www.facebook.com/leciejewski.barbara/ und
www.feuerwerkeverlag.de/barbara-leciejewski/

Abonnieren Sie auch unseren Verlags- und Autoren-Newsletter und erfahren Sie so als Erster von unseren **Neuerscheinungen, Autorennews** und exklusiven **Buch-Gewinnspielen**:
www.feuerwerkeverlag.de/newsletter

Weitere Bücher des Verlages

Eigentlich nur dich

Kristina Moninger

Mona ist nicht auf der Suche nach der großen Liebe. Eigentlich ist sie ganz zufrieden mit ihrem unkomplizierten Leben – bis sie Milan begegnet. Aber noch bevor die beiden, die so perfekt füreinander scheinen, sich wirklich kennenlernen können, reißt ein fatales Ereignis Mona für Monate aus dem Alltag. Eine Zeit, in der Milan glaubt, dass Mona ihn vergessen hat, und dabei keine Ahnung hat, dass er der seidene Faden ist, an dem Monas Leben hängt. Als sie sich endlich wiedersehen, hat sich vieles verändert. Nur die Anziehungskraft ist ungebrochen. Doch das Schicksal hat anderes mit ihnen vor, denn manchmal steht zwischen Glück und unerfüllter Liebe nur ein kleines, zerstörerisches Wort: Eigentlich …

Vergiss nicht, dass wir uns lieben

Barbara Leciejewski

Ohne die geringste Erinnerung an ihre Vergangenheit oder Identität treffen Paula und Johannes aufeinander – im einzigen Haus einer wunderschönen, aber menschenleeren Gegend am Meer. Sie sind einander fremd, aber auf irgendeine Weise auch unendlich vertraut. Aus Angst, Unsicherheit und Verzweiflung wird innerhalb weniger Tage Liebe – eine unerklärliche Liebe. Doch was geschieht, wenn eines Tages alle Rätsel gelöst werden, wenn die Vergangenheit zurückkehrt und wenn nur noch eine einzige Frage bleibt: Wie stark ist die Macht der Liebe wirklich?

Denn Geister vergessen nie
Jessica Koch

Amy hat das Wichtigste in ihrem Leben verloren. Sie ist kurz davor, alles aufzugeben, als plötzlich Mian vor ihr steht.

Mian ist anders. Er kann spüren, was Amy fühlt. Und er schaut nicht nur bis in den letzten Winkel ihres Herzens, er erkennt auch als Einziger ihren unendlichen Schmerz.

Als Amy und Mian mit einer Gruppe von Freunden zu einem zweiwöchigen Segeltrip aufbrechen, entwickelt sich eine tiefe Liebe zwischen den beiden, und Amys Herz beginnt langsam zu heilen. Doch das Glück scheint nur von kurzer Dauer. Denn als Amy bemerkt, dass auch Mian mit den Dämonen seiner Vergangenheit kämpft, kommt es auf dem Schiff plötzlich zur Katastrophe. Und am Ende wird ihnen klar – die Geister aus der Vergangenheit vergessen nie ...

Das Dorf (Finsterzeit 1)
Sandra Toth

Lara und Thomas stehen fassungslos vor den Trümmern ihrer Zeit. Die erbarmungslos vorangetriebene Energiewende hat das Land in Arm und Reich gespalten, das Stromnetz ist zusammengebrochen. Hunger, Gewalt und Mord sind an der Tagesordnung - alle sind auf der Flucht.

Doch es gibt einen vermeintlich sicheren Ort, eine Festung, die schon vor dem Zusammenbruch erbaut wurde und geschützt vor den katastrophalen Zuständen im Land zu sein scheint. Diesen Ort zu erreichen, ist das Ziel des jungen Paares, die einzige Hoffnung eines gesamten Dorfes und die letzte Chance eines Mannes, wieder mit seiner Familie vereint zu sein. Auf dem Weg dorthin geht es um Leben und Tod – und letztendlich auch um die einzige Chance auf eine Zukunft für Lara und Thomas …